宋六十名家詞

四部備要

集部

中華書局據汲古閣本校刊

桐鄉陸費逵總勘

杭縣高時顯 吳汝霖輯校

杭縣丁輔之監造

稼軒詞卷第三

新荷葉 和趙德莊韻

人已歸來杜鵑欲勸誰歸綠樹如雲等閒付與鶯飛兔葵燕麥問劉郎幾度沾衣翠屏幽夢覺來水繞山圍 有酒重攜小園隨意芳菲往日繁華而今物是人非春風半面記當年初識崔徽南雲雁少錦書無箇因依

又再和前韻

春色如愁行雲帶雨纔歸春意長閒游絲盡日低飛閒愁幾許更晚風特地吹衣小窗人靜棋聲似解重圍 光景難攜任他鶗鴂芳菲細數前愆不應詩酒皆非知音絃斷笑淵明空撫餘徽停杯對影待邀明月相依

又再題傅巖叟悠然閣

種豆南山零落一頃爲萁歲晚淵明也吟草盛苗稀風流劃地向尊前采菊題詩悠然忽見此山正繞東籬 千載襟期高情想像當時小閣橫空朝來翠撲人衣是中真趣問騁懷遊目誰知無心出岫白雲一片孤飛

又趙茂嘉趙晉臣和韻見約初秋訪悠然再用

韻
物盛還衰眼看春葉秋萁貴賤交情翟公門外人稀
酒酣耳熱又何須幽憤裁詩茂林脩竹小園曲徑疎
籬 秋以爲期西風黃菊開時拄杖敲門任他顛倒
裳衣去年堪笑醉題詩醒後方知而今東望心隨去
鳥先飛

又上巳日吳子似謂古今無此詞索賦

曲水流觴賞心樂事良辰蘭蕙光風轉頭天氣還新
明眸皓齒看江頭有女如雲折花歸去綺羅陌上芳
塵 能幾多春試聽啼鳥殷勤對景與懷向來愛樂
紛紛且題醉墨似蘭亭別敘時人後之覽者又將有
感斯文

御街行無題

闌干四面山無數供望眼朝與暮好風吹雨過山來
吹盡一簾煩暑紗廚如霧簟紋如水別有生涼處
冰肌不受鉛華汙更旖旎真香聚臨風一曲最妖嬈
唱得行雲且住藕花都放木犀開後待與乘鸞去

又山中問盛復之提幹行期

山城甲子冥冥雨門外青泥路杜鵑只是等閑啼莫
被他催歸去垂楊不語行人去後也會風前絮 情

知夢裏尋鵷鷺玉殿追班處怕君不飲太愁生不是苦留君住白頭笑我年年送客自歎春江渡

祝英臺近 晚春

寶釵分桃葉渡煙柳暗南浦怕上層樓十日九風雨斷腸點點飛紅都無人管更誰勸流鶯聲住 鬢邊覷試把花卜歸期才簪又重數羅帳燈昏哽咽夢中語是他春帶愁來春歸何處卻不解帶將愁去

又 與客飲瓢泉客以泉聲喧靜為問余醉未及答或者以蟬噪林逾靜代對意甚美矣翌日為此賦詞以褒之

水縱橫山遠近拄杖占千頃老眼羞明水底看山影試教水動山搖吾生堪笑似此箇青山無定 一瓢飲人間翁愛飛泉來尋箇中靜繞屋聲喧怎做靜中鏡我眠君且歸休維摩方丈待天女散花時問

婆羅門引 別杜叔高叔高長於楚詞

落花時節杜鵑聲裏送君歸未消文字湘纍只怕蛟龍雲雨後會渺難期更何人念我老大傷悲 已而已而算此意只君知記取岐亭買酒雲洞題詩爭如不見纔相見便有別離時千里月兩地相思

又 用韻別郭逢道

綠陰啼鳥陽關未徹早催歸歌珠悽斷纍纍回首海
山何處千里共襟期歎高山流水絃斷斷堪悲　中心
悵而似風雨落花知更擬停雲君去細和陶詩見君
何日待瓊林宴罷醉歸時人爭看寶馬來思

又用韻答傅先之時傅先之宰龍泉歸

龍泉佳處種花滿縣卻東歸腰間玉若金纍纍須信功
名富貴長與少年期悵高山流水古調今悲　臥龍
暫而算天上有人知最好五十學易三百篇詩男兒
事業看一日須有致君時端的了休便尋思

又用韻答趙晉臣敷文

不堪鶗鴂早教百草放春歸江頭愁殺吾纍纍卻覺君
侯雅句千載共心期便留春甚樂樂了須悲　瓊而
素而被花惱只鶯知正要千鍾角酒五字裁詩江東
日暮道繡斧人去未多時還又要玉殿論思

又趙晉臣敷文張燈甚盛索賦偶憶舊游未章
因及之

落星萬點一天寶熖下層霄人間疊作僊鼇取愛金
蓮側畔紅粉梟花梢更鳴鼉擊鼓噴玉吹簫　曲江
畫橋記花月可憐宵想見閒愁未了宿酒纔消東風
搖蕩似楊柳十五女兒腰人共柳那箇無聊

千年調 開山徑得石壁因名曰蒼壁事出望外意天之所賜耶喜而賦

左手把青霓右手挾明月吾使豐隆前導叫開閶闔周遊上下徑入寥天一覽玄圃萬斛泉千丈石 鈞天廣樂燕我瑤之席帝飲予觴甚樂賜汝蒼壁璘珣突兀正在一邱壑余馬懷僕夫悲下恍惚

又 蔗庵小閣名曰巵言作此詞以嘲之

巵酒向人時和氣先傾倒最要然然可可萬事稱好滑稽坐上更對鴟夷笑寒與熱總隨人甘國老 少年使酒出口人嫌拗此箇和合道理近日方曉學人言語未會十分巧看他們得人憐秦吉了

粉蝶兒 和趙晉臣敷文賦落梅

昨日春如十三女兒學繡一枝枝不教花瘦甚無情便下得雨僝風僽向園林鋪作地衣紅縐 而今春似輕薄蕩子難久記前時送春歸後把春波都釀作一江醇酎約清愁楊柳岸邊相候

千秋歲 金陵壽史帥致道時有版築役

塞垣秋草又報平安好尊俎上英雄表金湯生氣象珠玉霏譚笑春近也春花得似人難老 莫惜金尊倒鳳詔看看到留不住江東小從容帷幄裏整頓乾

坤了千百歲從今盡是中書考

江神子 和人韻

膩雲殘日弄陰晴晚山明小溪橫枝上綿蠻休作斷腸聲但是青山山下路青到處總堪行 當年綵筆賦蕪城憶平生若爲情試把靈槎歸路問君平花底夜深寒較甚須拚卻玉山傾

又

梨花著雨晚來晴月朧明淚縱橫繡閣香濃深鎖鳳簫聲未必人知春意思還獨自繞花行 酒兵昨夜壓愁城太狂生轉關情寫盡胸中磈磊未全平卻與平章珠玉價看醉裏錦囊傾

又 和陳仁和韻

玉簫聲遠憶驂鸞幾悲歡帶羅寬且對花前痛飲莫留殘歸去小窗明月在雲一縷玉千竿 吳霜應點鬢雲斑綺窗閑夢連環說與東風歸與有無間芳草姑蘇臺下路和淚看小屏山

又

寶釵飛鳳鬢驚鸞望重歡水雲寬腸斷新來翠被粉香殘待得來時春盡也梅結子筍成竿 湘筠簾捲淚痕斑珮聲閑玉垂環箇裏柔溫容我老其間卻笑

平生三羽箭何日去定天山

又 和人韻

梅梅柳柳鬬纖穠亂山中爲誰容試著春衫依舊怯東風何處踏青人未去呼女伴認驕驄 兒家門戶幾重重記相逢畫樓東明日重來風雨暗殘紅可惜行雲春不管裙帶褪鬢雲鬆

又 博山道中書王氏壁

一川松竹任橫斜有人家被雲遮雪後疎梅時見兩三花比著桃源溪上路風景好不爭些 旗亭有酒徑須賒晚寒咱怎禁他醉裏匆匆歸騎自隨車白髮蒼顏吾老矣只此地是生涯

又 聞蟬蛙戲作

簟鋪湘竹帳籠紗醉眠些夢天涯一枕驚回水底沸鳴蛙借問喧天成鼓吹良自苦爲官耶 心空喧靜不爭多病維摩意云何掃地燒香且看散天花斜日綠陰枝上噪還又問是蟬麽

又 送元濟之歸豫章

亂雲擾擾水潺潺笑溪山幾時閒更覺桃源人去隔仙凡 桃源乃王氏酒壚與濟之送別處 萬壑千巖樓外雪瓊作樹玉爲闌 倦遊回首且加餐短篷寒畫

圖閒見說嬌顰擁髻待君看二月東湖湖上路官柳
嫩野梅殘

又賦梅寄余叔良

暗香橫路雪垂垂晚風吹曉風吹花意爭春先出歲
寒枝畢竟一年春事了緣太早卻成遲 未應全是
雪霜姿欲開時未開時粉面朱脣一半點胭脂醉裏
謗花花莫恨渾冷澹有誰知

又別吳子似未寄潘德久

看君人物漢西都過吾廬笑談初便說公卿元自要
通儒一自梅花開了後長怕說賦歸歟 而今別恨
滿江湖怎消除算何如杖屨當時聞早放教疎今代
故交新貴後渾不寄數行書

又侍者請先生賦詞自壽

兩輪屋角走如梭大忙些怎禁他擬倩何人天上勸
羲娥何似從容來左右傾美酒聽高歌 人生今古
不消磨積教多似塵沙未必堅牢剗地實堪嗟莫道
長生學不得學得後待如何

又和李能伯韻呈趙晉臣

五雲高處望西清玉階升棣華榮築屋溪頭樓觀畫
難成長夜笙歌還起問誰放月又西沈 家傳鴻寶

舊知名看長生奉嚴宸且把風流水北畫耆英咫尺西風詩酒社石鼎句要彌明

青玉案 元夕

東風夜放花千樹更吹落星如雨寶馬雕車香滿路鳳簫聲動玉壺光轉一夜魚龍舞　蛾兒雪柳黃金縷笑語盈盈暗香去衆裏尋它千百度驀然迴首那人卻在燈火闌珊處

感皇恩 滁州壽范倅

春事到清明十分花柳喚得笙歌勸君酒酒如春好春色年年依舊青春元不老君知否　席上看君竹清松瘦待與青春鬭長久三山歸路明日天香襟袖更持金盞起爲君壽

又

七十古來稀人人都道不是陰功怎生到松姿雖瘦偏奈雪寒霜曉看君雙鬢底青青好　樓雪初晴庭闈嬉笑一醉何妨玉壺倒從今康健不用靈丹仙草更看一百歲人難老

又 慶嬸母王恭人七十

七十古來稀未爲稀有須是榮華更長久滿牀靴笏羅列兒孫新婦精神渾似箇西王母　遙想畫堂兩

行紅袖妙舞清歌擁前後大男小女逐箇出來爲壽
一箇一百歲一杯酒

又讀莊子聞朱晦庵卽世

案上數編書非莊卽老會說忘言始知道萬言千句
不自能忘堪笑今朝梅雨霽青天好　一壑一邱輕
衫短帽白髮多時故人少子雲何在應有玄經遺草
江河流日夜何時了

又壽鉛山陳丞及之

富貴不須論公應自有且把新詞祝公壽當年仙桂
父子同攀希有人言金殿上他年久　冠冕在前周
公拜手同日催班魯公後此時人羨綠鬢朱顏依舊
親朋來賀喜休辭酒

行香子三山作

好雨當春要趁歸耕況而今已是清明小窗坐地側
聽簷聲恨夜來風夜來月夜來雲　花絮飄零鶯燕
丁寧怕妨儂湖上閒行天心肯後費甚心情放霎時
陰霎時雨霎時晴

又山居客至

白露園蔬碧水溪魚笑先生釣罷還鋤小窗高臥風
展殘書看北山移盤谷序輞川圖　白飯青蒭赤腳

長鬚客來時酒盡重沽聽風聽雨吾愛吾廬歎苦無
心剛自瘦此君疎

又 博山戲呈趙昌甫韓仲止

少日嘗聞富不如貧貴不如賤者長存由來至樂總屬閒人且飲瓢泉弄秋水看停雲　歲晚情親老語彌真記前時勸我殷勤都休殢酒也莫論文把相牛經種魚法教兒孫

又 雲巖道中

雲岫如簪野漲挼藍向春闌綠醒紅酣青裙縞袂兩兩三三把麴生禪玉版局一時參　拄杖彎環過眼嵌巖岸輕烏白髮鬖鬖他年來種萬桂千杉聽小綿蠻新格磔舊呢喃

一翦梅 游蔣山呈葉丞相

獨立蒼茫醉不歸日暮天寒歸去來兮探梅踏雪幾何時今我來思楊柳依依　白石岡頭曲岸西一片閒愁芳草萋萋多情山鳥不須啼桃李無言下自成蹊

又 中秋無月

憶對中秋月桂叢花在杯中月在杯中今宵樓上一尊同雲溼紗窗雨溼紗窗　渾欲乘風問化工路也

難通信也難通滿堂惟有燭花紅杯且從容歌且從容

踏沙行 庚戌中秋後二夕帶湖篆岡小酌

夜月樓臺秋香院宇笑吟吟地人來去是誰秋到便淒涼當年宋玉悲如許　隨分杯盤等閒歌舞問他有甚堪悲處思量卻也有悲時重陽節近多風雨

又 賦木犀

弄影闌干吹香巖谷枝枝點點黃金粟未堪收拾付薰爐窗前且把離騷讀　奴僕葵花兒曹金菊一枝風露清涼足旁邊只欠箇姮娥分明身在蟾宮宿

又 賦稼軒集經句

進退存亡行藏用舍小人請學樊須稼衡門之下可棲遲日之夕矣牛羊下　去衛靈公遭桓司馬東西南北之人也長沮桀溺耦而耕丘何爲是栖栖者

又 和趙國興知錄韻

吾道悠悠憂心悄悄最無聊處秋光到西風林外有啼鴉斜陽山下多衰草　長憶商山當年四老塵埃也走咸陽道爲誰書到便幡然至今此意無人曉

定風波 暮春漫興

少日春懷似酒濃插花走馬醉千鍾老去逢春如病

酒唯有茶甌香篆小簾櫳　捲盡殘花風未定休恨花開元自要春風試問春歸誰得見飛燕來時相遇夕陽中

又大醉歸自葛園家人有痛飲之戒故書于壁

昨夜山翁倒載歸兒童應笑醉如泥試與扶頭渾未醒休問夢魂猶在葛家溪　欲覓醉鄉今古路知處溫柔東畔白雲西起向綠窗高處看題徧劉伶元自有賢妻

又用藥名招婺源馬荀仲游雨巖馬善醫

山路風來草木香雨餘涼意到胡牀泉石膏肓吾已甚多病隄防風月費篇章　孤負尋常山簡醉獨自應知楊子草玄忙湖海早知身汗漫誰伴只甘松竹共淒涼

又藥名

仄月高寒水石鄉倚空青碧對禪房白髮自憐心似鐵風月史君仔細與平章　平昔生涯筇竹杖來往卻慚沙鳥笑人忙便好賸留黃卷句誰賦銀鉤小草晚天涼

又施樞密聖與席上賦

春到蓬壺特地晴神仙隊裏相公行翠玉相挨呼小

子須記笑簪花底是飛瓊　總是傾城來一處誰妒誰攜歌舞到園亭柳妒腰肢花妒豔聽著流鶯直是妒歌聲

又 席上送范先之游建鄴

聽我尊前醉後歌人生無奈別離何但使情親千里近須信無情對面是山河　寄語石頭城下水居士而今渾不怕風波借使未成鷗鷺伴經慣也應學得老漁蓑

又 三山送盧國華提刑約上元重來

少日猶堪話別離老來怕作送行詩極目南雲無雁過君看梅花也解寄相思　無限江山行未了父母不須和淚看旌旗後會丁寧何日是須記春風十里放燈時

又 用韻時國華置酒歌舞甚盛

莫望中州歎黍離元和盛德要君詩老去不堪誰似我歸臥青山活計費尋思　誰築詩壇高十丈直上看君斬將更搴旗歌舞正濃還有語記取鬚髯不似少年時

又 自和

金印纍纍佩陸離河梁更賦斷腸詩莫擁旌旗真箇

去何處玉堂元自要論思　且約風流三學士同醉春風看試幾搶旗從此酒酣明月夜耳熱那邊應是說儂時

又賦杜鵑花

百紫千紅過了春杜鵑聲苦不堪聞卻解啼教春小住風雨空山招得海棠魂　恰似蜀宮當日女無數猩猩血染赭羅巾畢竟花開誰作主記取大都花屬惜花人

又再用韻和趙晉臣敷文

野草閒花不當春杜鵑卻是舊知聞漫道不如歸去住梅雨石榴花又是離魂　前殿羣臣深殿女赭袍一點萬紅巾莫問興亡今幾許聽取花前毛羽已羞人

破陣子為范南伯壽時南伯為張南軒辟宰盧溪南伯遲遲未行因作此以勉之

擲地劉郎玉斗挂帆西子扁舟千古風流今在此萬里功名莫放休君王三百州　燕雀豈知鴻鵠貂蟬元出兜鍪卻笑盧溪如斗大肯把牛刀試手不壽君雙玉甌

又為陳同甫賦壯詞以寄之

醉裏挑燈看劍夢回吹角連營八百里分麾下炙五十絃翻塞外聲沙場秋點兵　馬作的盧飛快弓如霹靂弦驚了卻君王天下事贏得生前身後名可憐白髮生

又贈行

少日春風滿眼而今秋葉辭柯便好消磨心下事也憶尋常醉後歌新來白髮多　明日扶頭顛倒倩誰伴舞婆娑我定思君拚瘦損君不思兮可奈何天寒將息呵

又趙晉臣敷文幼女縣主覓詞

菩薩叢中惠眼碩人詩裏蛾眉天上人間真福相畫就描成好靨兒行時嬌更遲　勸酒偏多最劣笑時猶有些癡更著十年君看取兩國夫人更是誰殷勤秋水詞

又峽石道中有懷吳子似縣尉

宿麥畦中雉雊桑葉陌上蠶生騎火須防花月暗玉唾長攜綵筆行隔牆人笑聲　莫說弓刀事業依然詩酒功名千載途中今古事萬石溪頭長短亭小塘風浪平時修圖經築亭堠○途中之途當作圖

臨江仙探梅

老去惜花心已懶愛梅猶繞江村一枝先破玉溪春更無花態度全是雪精神　賸向青山餐秀色爲渠著句清新竹根流水帶溪雲醉中渾不記歸路月黃昏

又　醉宿崇福寺寄祐之弟祐之以僕先歸

莫向空山吹玉笛壯懷酒醒心驚四更霜月太寒生被翻紅錦浪酒滿玉壺冰　小陸未須臨水笑山林我輩鍾情今宵依舊醉中行試尋殘菊處中路候淵明

又　再用韻送祐之弟歸浮梁

鐘鼎山林都是夢人間寵辱休驚只消閒處過平生酒杯秋吸露詩句夜裁冰　記取小窗風雨夜對牀燈火多情問誰千里伴君行曉山眉樣翠秋水鏡般明

又

小靨人憐都惡瘦曲眉天與長顰沈思歡事惜腰身枕添離別淚粉落卻深勻　翠袖盈盈渾力薄玉笙嫋嫋愁新夕陽依舊倚窗塵葉紅苔蘚碧深院斷無人

又

迓曉鶯啼聲晛晛掩關高樹冥冥小渠春浪細無聲井窗聽夜雨出蘚轆轤青　碧碧旋荒金谷路烏絲重記蘭亭彊扶殘醉繞雲屏一枝風露溼花重入疎櫺

又　即席和韓南澗韻

風雨催春寒食近平原一片丹青溪頭喚渡柳邊行花飛蝴蝶亂桑嫩野蠶生　綠野先生閒袖手卻尋詩酒功名未知明日定陰晴今宵成獨醉卻笑衆人醒

又　爲岳母壽

住世都知菩薩行仙家風骨精神壽如山岳福如雲金花湯沐誥竹馬綺羅裙　更願昇平添喜事大家禱祝殷勤明年此地慶佳辰一杯千歲酒重拜太夫人

又　和信守王道夫韻謝以爲壽時僕作閩憲

記取年年爲客夜只今明月相隨莫教絃管便生衣引壺觴自酌須富貴何時　入手清風詞更好細書白璽烏絲海山問我幾時歸棗瓜如可啖直欲覓安期

又

春色饒君白髮了不妨倚綠偎紅翠鬟催喚出房櫳垂肩金縷窄醮甲寶杯濃　睡起鴛鴦飛燕子門前沙暖泥融畫樓人把玉西東舞低花外月唱徹柳邊風

又

金谷無煙宮樹綠嫩寒生怕春風博山微透暖薰櫳小樓春色裏幽夢雨聲中　別浦鯉魚何日到錦書封恨重重海棠花下去年逢也應隨分瘦忍淚覓殘紅

又 戲爲期思詹老壽

手種門前烏桕樹而今千尺蒼蒼田園只是舊耕桑杯盤風月夜簫鼓子孫忙　七十五年無事客不妨兩鬢如霜綠窗剗地調紅妝更從今日醉三萬六千場

又

手撚黃花無意緒等閒行盡回廊捲簾芳桂散餘香枯荷難睡鴨疎雨暗添塘　憶得舊時攜手處如今水遠天長羅巾浥淚別殘妝舊歡新夢裏閒處卻思量

又 和葉仲洽賦羊桃

憶醉三山芳樹下幾曾風韻忘懷黃金顏色五花開味如盧橘熟貴似荔枝來　聞道商山餘四老橘中自釀秋醅試呼名品細推排重重香肺腑偏礴聖賢杯

又

冷雁寒雲渠有恨春風自滿余懷更教無日不花開未須愁菊盡相次有梅來　□□□□□□□□□□□醅□□□多要安排不須連日醉且進兩三杯

又侍者阿錢將行賦錢字以贈之

一自酒情詩興懶舞裙歌扇闌珊好天良夜月團團杜陵真好事留得一錢看　歲晚人欺程不識怎教阿堵留連楊花榆莢雪漫天從今花影下只看綠苔圓

又諸葛元亮席上見和再用韻

夜雨南堂新瓦響三更急雨珊珊交情莫作碎沙團死生貧富際試向此中看　記取他年耆舊傳與君名字牽連清風一枕晚涼天覺來還自笑此夢倩誰圓

又壬戌歲生日書懷

六十三年無限事從頭悔恨難追已知六十二年非只應今日是後日又尋思　少是多非惟有酒何須過後方知從今休似去年時病中留客飲醉裏和人詩

又　再用圓字韻

窄樣金杯休教了房櫳試聽珊珊莫教秋扇雪團團古今悲笑事長付後人看　記取桔槔春雨後短畦菊艾相連拙於人處巧於天君看流水地難得正方圓

又　戲爲山園蒼壁解嘲

莫笑吾家蒼壁小稜層勢欲摩空相知惟有主人翁有心雄泰華無意巧玲瓏　天作高山難得料解嘲試倩揚雄君看當日仲尼窮從人賢子貢自欲學周公

又　簪花屢墮戲作

鼓子花開春爛熳荒園無限思量今朝拄杖過西鄉急呼桃葉渡爲看牡丹忙　不管昨宵風雨横依然紅紫成行白頭陪奉少年場一枝簪不住推道帽簷長

又

醉帽吟鞭花不住卻招花共商量人生何必醉爲鄉
從教斟酒淺休更和詩忙　一斗百篇風月地饒他
老子當行從今三萬六千場青青頭上髮還作柳絲
長

又昨日得家報牡丹漸開連日少雨多晴當年
未有僕留龍安蕭寺諸君亦不果來豈牡丹
留不住爲恨耶因取來韻爲牡丹一語

秖恐牡丹留不住與君約束分明未開微雨半開晴
要花開定準又更與花盟　魏紫朝來將進酒玉盤
盂樣先呈鞓紅似向舞腰橫風流人不見錦繡夜間
行

又

老去渾身無著處天教只住山林百年光景百年心
更歡須歎息無病也呻吟　試向浮瓜沈李處清風
散髮披襟莫嫌淺後更頻斟要他詩句好須是酒杯
深

又停雲偶作

偶向停雲堂上坐曉猿夜鶴驚猜主人何事太塵埃
低頭還說向被召又重來　多謝北山山下老殷勤
一語佳哉借君竹杖與芒鞋逕須從此去深入白雲

堆

蝶戀花 和趙景明知縣韻

老去怕尋年少伴畫棟珠簾風月無人管公子看花朱碧亂新詞攪斷相思怨 涼夜愁腸千百轉一雁西風錦字何時遣畢竟啼烏才思短喚回曉夢天涯遠

又 和楊濟翁韻首句用邱宗卿書中語

檢點笙歌多釀酒蝴蝶西園暖日明花柳醉倒東風眠晝錦覺來小院重攜手 可惜春殘風又雨收拾情懷閒把詩僝僽楊柳人見離別後腰肢近日和他瘦

又 和楊濟翁韻餞范南伯知縣歸京口

淚眼送君傾似雨不折垂楊只倩愁隨去有底風光留不住煙波萬頃春江艣 老馬臨流癡不渡應惜障泥忘了尋春路身在稼軒安穩處書來不用多行數

又 席上贈楊濟翁侍兒

小小年華才月半羅幕春風幸自無人見剛道羞郎低粉面傍人瞥見回嬌盼 昨夜西池陪女伴柳困花慵見說歸來晚勸客持觴渾未慣未歌先覺花頭

顫

又用趙文鼎提舉送李正之提刑韻送鄭元英

莫向樓頭聽漏點說與行人默默情千萬總是離愁無近遠人間兒女空悲怨　錦繡心胸冰雪面舊日詩名曾道空梁燕傾蓋未償平日願一杯早唱陽關勸

又客有燕語鶯啼人作遠之句用爲首句

燕語鶯啼人乍遠卻恨西園依舊鶯和燕笑語十分愁一半翠圍特地春光暖　只道書來無過雁不道柔腸近日無腸斷柄玉莫搖湘淚點怕君喚作秋風扇

又送祐之弟

衰草斜陽三萬頃不算飄零天外孤鴻影幾許淒涼須痛飲行人自向江頭醒　會少離多看兩鬢萬縷千絲何況新來病不是離愁難整頓被他引惹其他恨

又元日立春

誰向椒盤簪綵勝整整韶華爭上春風鬢往日不堪重記省爲花常把新春恨　春未來時先借問晚恨開遲早又飄零近今歲花期消息定只愁風雨無憑

準

又 月下醉書雨巖石浪

九畹芳菲蘭佩好空谷無人自怨蛾眉巧寶瑟泠泠千古調朱絲絃斷知音少　冉冉年華吾自老水滿汀洲何處尋芳草喚起湘纍歌未了石龍舞罷松風曉

又 用前韻送人行

意態憨生元自好學畫鴉兒舊日偏他巧蜂蝶不禁花引調西園人去春風少　春色無情秋又老誰管閒愁千里青青草今夜情簪黃菊了斷腸明日霜天曉

又

洗盡機心隨法喜看取尊前秋思如春意誰與先生寬髮齒醉時惟有歌而已　歲月何須溪上記千古黃花自有淵明比高臥石龍呼不起微風不動天如醉

又

何物能令公怒喜山要人來人要山無意恰似哀箏絃下齒千情萬意無時已　自要溪堂韓作記今代雲梯好語花難比老眼狂花空亂處銀鉤未見心先

醉

小重山　席上和人韻送李子永提幹

旋製離歌唱未成陽關先畫出柳邊亭中年懷抱管絃聲難忘處風月此時情　夜雨共誰聽儘教清夢去兩三程商量詩價重連城相如老漢殿舊知名

又　三山與客泛西湖

綠漲連雲翠拂空十分風月處著衰翁垂楊影斷岸西東君恩重教且種芙蓉　十里水晶宮有時騎馬去笑兒童殷勤卻謝打頭風船兒住且醉浪花中

又　茉莉

倩得薰風染綠衣國香收不起透冰肌略開些箇未多時窗兒外卻早被人知　越惜越嬌癡一枝雲鬢上那人宜莫將他去比荼蘼分明是他更韻些兒

南鄉子

隔戶語春鶯纔掛簾兒斂袂行漸見淩波羅韈步盈盈隨笑隨顰百媚生　著意聽新聲盡是司空自教成今夜酒腸難道窄多情莫放紗籠蠟炬明

又　舟中記夢

欹枕艣聲邊貪聽咿啞聒醉眠夢裏笙歌花底去依然翠袖盈盈在眼前　別後兩眉尖欲說還休夢已

闌只記埋寃前夜月相看不管人愁獨自圓

又 慶前岡周氏旌表

無處著風光天上飛來詔十行父老歡呼童穉舞前岡千載周家孝義鄉　草木盡芬芳更覺溪頭水也香我道烏頭門側畔諸郎準備他年晝錦堂

又 送趙國宜赴高安戶曹

日日老萊衣更解風流蠟鳳嬉膝上放教文度去須知要使人看玉樹枝　賸記乃翁詩綠水紅蓮覓舊題歸騎春衫花滿路相期來歲流觴曲水時

又 登京口北固亭有懷

何處望神州滿眼風光北固樓千古興亡多少事悠悠不盡長江滾滾流　年少萬兜鍪坐斷東南戰未休天下英雄誰敵手曹劉生子當如孫仲謀

鷓鴣天 離豫章別司馬漢章大監

聚散匆匆不偶然二年歷偏楚山川但將痛飲酬風月莫放離歌入管絃　縈綠帶點青錢東湖春水碧連天明朝放我東歸去後夜相思月滿船

又 和張子志提舉

別後妝成白髮新空教兒女笑陳人醉尋夜雨旗亭酒夢斷東風輦路塵　騎騄駬荷青雲看公冠佩玉

階春忠言句句唐虞際便是人間要路津

又

尊俎風流有幾人當年未遇已心親金陵種柳歡娛地庾嶺逢梅寂寞濱　尊似海筆如神故人南北一般春玉人好把新妝樣淡畫眉兒淺注脣

又代人賦

晚日寒鴉一片愁柳塘新綠卻温柔若教眼底無離恨不信人間有白頭　腸已斷淚難收相思重上小紅樓情知已被雲遮斷頻倚闌干不自由

又

陌上柔桑破嫩芽東鄰蠶種已生些平岡細草鳴黃犢斜日寒林點暮鴉　山遠近路橫斜青旗沽酒有人家城中桃李愁風雨春在溪頭薺菜花

又

撲面征塵去路遙香篝漸覺水沈銷山無重數週遭碧花不知名分外嬌　人歷歷馬蕭蕭旌旗又過小紅橋愁邊剩有相思句搖斷吟鞭碧玉梢

又

唱徹陽關淚未乾功名餘事且加餐浮天水送無窮樹帶雨雲埋一半山　今古恨幾千般只今離合是

悲歡江頭未是風波惡別有人間行路難

又　鵝湖道中

一榻清風殿影涼涓涓流水響回廊千章雲木鉤輈叫十里溪風䆉稏香　衝急雨趁斜陽山園細路轉微茫倦途卻被行人笑只為林泉有底忙

又　鵝湖歸病起作

枕簟溪堂冷欲秋斷雲依水晚來收紅蓮相倚渾如醉白鳥無言定自愁　書咄咄且休休一邱一壑也風流不知筋力衰多少但覺新來懶上樓

又

指點芳尊特地開風帆莫引酒船回方驚共折津頭柳卻喜重尋嶺上梅　催月上喚風來莫愁瓶罄恥金罍只愁畫角樓頭起急管哀絃次第催

又

著意尋梅懶便回何如信步兩三杯山纔好處行還倦詩未成時雨早催　攜竹杖更芒鞋朱朱粉粉野蒿開誰家寒食歸寧女笑語柔桑陌上來

又

翠木千尋上薜蘿東湖經雨又增波只因買得青山好卻恨歸來白髮多　明畫燭洗金荷主人起舞客

高歌醉中只恨歡娛少無奈明朝酒醒何

又

困不成眠奈夜何情知歸未轉愁多暗將往事思量
徧誰把多情惱亂他　些底事誤人多不成眞箇不
思家嬌癡卻妒香香睡喚起醒鬆說夢些

又鄭守厚卿席上謝余伯山用其韻

夢斷京華故倦游只今芳草替人愁陽關莫作三疊
唱越女應須爲我留　看逸韻自名流青衫司馬且
江州君家兄弟眞堪笑箇箇能修五鳳樓

又和人韻有所贈

趁得西風汗漫遊見他歌後怎生愁事如芳草春長
在人似浮雲影不留　眉黛斂眼波流十年薄倖說
揚州明朝短棹輕衫夢只在溪南罨畫樓

又徐衡仲撫幹惠琴不受

千丈陰崖百丈溪孤桐枝上鳳偏宜玉香落落雖難
合橫理庚庚定自奇山谷聽摘阮歌云立壁庚庚有
橫理　人散後月明時試彈幽憤淚空垂不如卻付
騷人手留和南風解慍詩

又用前韻和趙文鼎提舉賦雪

莫上扁舟訪剡溪淺斟低唱正相宜從教犬吠千家

白且與梅成一段奇　香暖處酒醒時畫簷玉筯已
偷垂笑君解釋春風恨倩拂蠻牋只費詩

又重九席上

戲馬臺前秋雁飛管絃歌舞更旌旗要知黃菊清高
處不入當年二謝詩　傾白酒繞東籬只於陶令有
心期明朝九日渾瀟灑莫使尊前欠一枝

又

有甚閒愁可皺眉老懷無緒自傷悲百年旋逐花陰
轉萬事長看鬢髮知　溪上枕竹間棋怕尋酒伴懶
吟詩十分筋力誇彊健只比年時病起時

又送范先之秋試

白苧新袍入嫩涼春蠶食葉響迴廊禹門已準桃花
浪月殿先收桂子香　鵬北海鳳朝陽又攜書劍路
茫茫明年此日青雲上卻笑人間舉子忙

又

一夜清霜變鬢絲怕愁剛把酒禁持玉人今夜相思
不想見頻將翠枕移　真箇恨未多時也應香雪減
些兒菱花照面須頻記曾道偏宜淺畫眉

又送歐陽國瑞入吳中

莫避春陰上馬遲春來未有不陰時人情輾轉閒中

看客路崎嶇倦後知　梅似雪柳如絲試聽別語慰
相思短蓬炊飯鱸魚熟除卻松江枉費詩

又

木落山高一夜霜北風驅雁又離行無言每覺情懷
好不飲能令興味長　頻聚散試思量爲誰春草夢
池塘中年長作東山恨莫遣離歌苦斷腸

又 席上再用韻

水底明霞十頃光天教鋪錦襯鴛鴦最憐楊柳如張
緒卻笑蓮花似六郎　方竹簟小胡牀晚來消得許
多涼背人白鳥都飛去落日殘鴉更斷腸

又 石門道中

山上飛泉萬斛珠懸崖千丈落鼪鼯已通樵徑行還
礙似有人聲聽卻無　間略彴遠浮屠溪南修竹有
茅廬莫嫌杖屨頻來往此地偏宜著老夫

又 敗棋罰賦梅雨

漠漠輕陰撥不開江南細雨熟黃梅有情無道東邊
日已怒重驚忽地雷　雲柱礎水接臺羅衣費盡博
山灰當時一識和羹味便道爲霖消息來

又 黃沙道中卽事

句裏春風正翦裁溪山一片畫圖開輕鷗自趁虛船

去荒犬還迎野婦回　松共竹翠成堆要擘殘雲鬬
疎梅亂鴉畢竟無才思時把瓊瑤蹴下來

又　元溪不見梅

千丈冰溪百步雷柴門都向水邊開亂雲賸帶炊煙
去野水閒將日影來　穿窈窕過崔嵬東林試問幾
時栽動搖意態雖多竹點綴風流卻欠梅

又　戲題村舍

雞鴨成羣晚未收桑麻長過屋山頭有何不可吾方
羨要底都無飽便休　新柳樹舊沙洲去年溪打卻
邊流自言此地生兒女不嫁余家即聘周

又　春日即事題毛村酒壚

春日平原薺菜花新耕雨後落羣鴉多情白髮春無
奈晚日青帘酒易賒　閒意態細生涯牛欄西畔有
桑麻青裙縞袂誰家女去趁蠶生看外家

又　睡起即事

水荇參差動綠波一池蛛影噤羣蛙因風野鶴飢猶
舞積雨山梔病不花　名利處戰爭多門前蠻觸日
干戈不知更有槐安國夢覺南柯日未斜

又

石壁虛雲積漸高溪聲繞屋幾週遭自從一雨花零

落卻愛微風草動搖　呼玉友薦溪毛殷勤野老著
相邀杖藜忽避行人去認是翁來卻過橋

又送元濟之歸豫章

欹枕婆娑兩鬢霜起聽簷溜碎喧江那邊玉筯銷啼
粉這裏車輪轉別腸　詩酒社水雲鄉可看醉墨幾
淋浪畫圖卻似歸家夢千里河山寸許長

又尋菊花無有戲作

掩鼻人間臭腐腸古今惟有酒偏香自從來住雲煙
畔直到而今歌舞忙　呼老伴共秋光黃花何處避
重陽要知爛熳開時節直待西風一夜霜

又席上吳子似諸友見和再用韻答之

翰墨諸公久擅場胸中書傳許多香都無絲竹啣杯
樂卻有龍蛇落筆忙　閒意思老風光酒徒今有幾
高陽黃花不怯西風冷只怕詩人兩鬢霜

又

自古高人最可嗟只因疎懶取名多居山一似庚桑
楚種樹真成郭橐駝　雲子飯水晶瓜林間攜客更
烹茶君歸休矣吾忙甚要看蜂兒晚趁衙

又三山道中

拋卻山中詩酒窠卻來官府聽笙歌閒愁做弄天來

大白髮栽培日許多　新劍戟舊風波天生予懶奈予何此身已覺渾無事卻教兒童莫恁麽

又

點盡蒼苔色欲空竹籬茅舍要詩翁花餘歌舞歡娛外詩在經營慘澹中　聽軟語笑衰容一枝斜墜翠鬟鬆淺顰深笑誰看醉看取瀟然林下風

又用前韻賦梅三山梅開時猶有青葉予時病齒

病繞梅花酒不空齒牙牢在莫欺翁恨無飛雪青松畔卻放疎花翠葉中　冰作骨玉爲容當年宮額鬢雲鬆直須爛熳燒銀燭橫笛難看一夜風

又

桃李漫山過眼空也宜惱損杜陵翁若將玉骨冰姿比李蔡爲人在下中　尋驛使寄芳容壠頭休放馬蹄鬆吾家籬落黃昏後剩有西湖處士風

又有感

出處從來自不齊後車方載太公歸誰知寂寞空山裏卻有高人賦采薇　黃菊嫩晚香枝一般同是采花時蜂兒辛苦多官府蝴蝶花間自在飛

又讀淵明詩不能去手戲作小詞以送之

晚歲躬耕不怨貧隻雞斗酒聚比鄰都無晉宋之間
事自是羲皇以上人　千載後百篇存更無一字不
清眞若教王謝諸郎在未抵柴桑陌上塵

又

鬢底青青無限春殘紅飛雪漫紛紛黃花也伴秋光
老何似尊前見在身　書萬卷筆如神眼看同輩上
青雲箇中不許兒童會只恐功名更過人

又戊午拜復職奉祠之命

老退何曾說著官今朝放罷上恩寬便支香火眞祠
奉更綴文書舊殿班　扶病脚洗衰顏快從老病借
衣冠此身忘世渾容易使世相忘卻自難

又和趙晉臣敷文韻

綠鬢都無白髮侵醉時拈筆越精神愛將蕪語追前
事更把梅花比那人　回急雪遏行雲近時歌舞舊
時情君侯要識誰輕重看取金杯幾許深

又和傅先之提舉賦雪

泉上長吟我獨清喜君未共雪爭明已驚並水鷗無
色更怪行沙蟹有聲　添爽氣動雄容奇因六出憶
陳平卻嫌鳥雀投林去觸破當樓雲母屏

又博山寺作

不向長安路上行卻教山寺厭逢迎味無味處求吾樂材不材間過此生　寧作我豈其卿人間走偏卻歸耕一松一竹真朋友山鳥山花好弟兄

又 不寐

老病那堪歲月侵霎時光景值千金一生不負溪山債百藥難醫書史淫　隨巧拙任浮沈人無同處面如心不妨舊事從頭記要寫行藏入笑林

又 有客慨然談功名因追念少年時事戲作

壯歲旌旗擁萬夫錦襜突騎渡江初燕兵夜娖側角
切銀胡韣漢箭朝飛金僕姑　追往事歎今吾春風不染白髭鬚卻將萬字平戎策換得東家種樹書

又 祝良顯家牡丹一本

占斷雕闌只一株春風費盡幾工夫天香夜染衣猶溼國色朝酣醉未蘇　嬌欲語巧相扶不妨老幹自扶疎恰如翠幕高堂上來看紅衫百子圖

又 賦牡丹主人以謗花索賦解嘲

翠蓋牙籤數百株楊家姊妹夜遊初五花結隊香如霧一朵傾城醉未蘇　閒小立困相扶夜來風雨有情無愁紅慘綠今宵看恰似吳宮教陣圖

又 再賦

濃紫深黃一畫圖中間更有玉盤盂先裁翡翠裝成蓋更點胭脂染透酥　香瀲灩錦模糊主人長得醉工夫莫攜弄玉闌邊去羞得花枝一朵無

又

去歲花枝把酒杯雪中曾見牡丹開而今紈扇薰風裏又見疎枝月下梅　歡幾許醉方回明朝歸路有誰催低聲待向他家道帶得歌聲滿耳來

又壽吳子似縣尉時攝事城中

上巳風光好放懷故人猶未看花回茂林映帶誰家竹曲水流傳第幾杯　摛錦繡寫瓊瑰長年富貴屬多才要知此日生男好曾有周公祓禊來

又寄葉仲洽

是處移花是處開古今興廢幾池臺背人翠羽偷魚去抱蕊黃鬚趁蝶來　掀老甕撥新醅客來且盡兩三杯日高盤饌供何晚市遠魚鮭買未回

又登一邱一壑偶成

莫礙春光花下遊便須準備落花愁百年雨打風吹卻萬事三平二滿休　將擾擾付悠悠此生於世百無憂新愁次第相拋舍要伴春歸天盡頭

又和吳子似山行韻

誰共春光管日華朱朱粉粉野蒿花閒愁投老無多子酒病而今較減些　山遠近路橫斜正無聊處管絃譁去年醉後猶能記細數溪邊第幾家

又 過峽石用韻答吳子似

歎息頻年廩未高新詞空賀此邱遭遙知醉帽時時落見說吟鞭步步搖　乾玉唾禿錐毛只今明月費招邀最憐烏鵲南飛句不解風流見二喬

又 吳子似過秋水

秋水長廊水石間有誰來共聽潺潺羨君人物東西晉分我詩名大小山　窮自樂晚方閒人間路窄酒杯寬看君不了癡兒事又似風流靖長官

又 和章泉趙昌父

萬事紛紛一笑中淵明把菊對秋風細看爽氣今猶在惟有南山一似翁　情未好語言工三賢高致古來同誰知止酒停雲老獨立斜陽數過鴻

瑞鷓鴣 京口有懷山中故人

暮年不賦短長詞和得淵明數首詩君自不歸歸甚易今猶未足足何時　偷閒定向山中老此意須教鶴輩知聞道只今秋水上故人曾榜北山移

又 京口病中起登連滄觀偶成

聲名少日畏人知老去行藏與願違山草舊曾呼遠志故人今有寄當歸　何人可覓安心法有客來觀杜德機卻笑使君那得似清江萬頃白鷗飛

又

膠膠擾擾幾時休一出山來不自由秋水觀中秋月夜停雲堂下菊花秋　隨緣道理應須會過分功名莫彊求先自一身愁不了那堪愁上更添愁

又乙丑奉祠歸舟次餘干賦

江頭日日打頭風憔悴歸來邴曼容鄭賈正應求死鼠葉公豈是好真龍　孰居無事陪犀首未辨求封遇萬松卻笑千年曹孟德夢中相對也龍鍾

又

期思溪上日千回樟木橋邊酒數杯人影不隨流水去醉顏重帶少年來　疎蟬響澀林逾靜冷蝶飛輕菊半開不是長卿終慢世只緣多病又非才

稼軒詞卷第三

稼軒詞卷第四

玉樓春 席上贈別上饒黃倅

往年蘢蓯堂前路路上人誇通判雨去年拄杖過瓢泉縣吏垂頭民歎語 學窺聖處文章古清到窮時風味苦尊前老淚不成行明日送君天上去

又 效白樂天體

少年才把笙歌醆夏日非長愁夜短因他老病不相饒把好心情都做懶 故人別後書來勸乍可停杯彊喫飯云何相見酒邊時卻道達人須飲滿

又 用韻答葉仲洽

狂歌擊碎村醪醆欲舞還憐衫袖短心如溪上釣磯閒身似道旁官堠懶 山中有酒提壺勸好語憐君堪鮓飯至今有句落人間渭水秋風黃葉滿

又 用韻答吳子似縣尉

君如九醞臺粘醆我似茅柴風味短幾時秋水美人來長恐扁舟乘興懶 高懷自飲無人勸馬有青芻奴白飯向來珠履玉簪人頗覺酒量車載滿

又 客有遊山者忘攜具而以詞來病不往索酒用韻以答余時以病不往

山行日日妨風雨風雨晴時君不去牆頭塵滿短轅

車門外人行芳草路　城南東野應聯句好記琅玕
題字處也應竹裏著行廚已向甕邊防吏部

又再和

人間反覆成雲雨鳧雁江湖來又去十千一斗飲中
仙一百八盤天上路　舊時楓落吳江句今日錦囊
無著處看封關外水雲侯剩接山中詩酒部

又戲賦雲山

何人半夜推山去四面浮雲猜是汝當時相對兩三
峯走徧溪頭無覓處　西風瞥起雲橫度忽見東南
天一柱老僧拍手笑相夸且喜青山依舊住

又用韻答傅巖叟葉仲洽趙國興

青山不解乘雲去怕有愚公驚著汝人間踏地出租
錢借使移將無著處　三星昨夜光移度妙語來題
橋上柱黃花不插滿頭歸定向白雲遮且住

又

無心雲自來還去元共青山相爾汝霎時迎雨障崔
嵬雨過卻尋歸路處　侵天翠竹何曾度遙見屹然
星砥柱今朝不管亂雲深來伴仙翁山下住

又

瘦筇倦作登高去卻把黃花相爾汝嶺頭拭目望龍

山更在雲煙遮斷處　思量落帽人風度休說當年功紀桂謝公直是愛東山畢竟東山留不住

又

風前欲勸春光住春在城南芳草路未隨流落水邊花且作飄零泥上絮　鏡中已有星星誤人不負春春自負夢回人遠許多愁只在梨花風雨處

又

三三兩兩誰家婦聽取鳴禽枝上語提壺沽酒已多時婆餅焦時須早去　醉中忘卻來時路借問行人家住處只尋古廟那邊行更過溪南烏桕樹

又寄題文山鄭元英巢經樓

悠悠莫向文山去要把襟裾牛馬汝遙知書帶草邊行正在雀羅門裏住　平生插架昌黎句不似拾柴東野苦侵天且擬鳳凰巢掃地從他鸜鵒舞

又樂令謂衛玠人未嘗夢搗虀餐鐵杵乘車入鼠穴以謂世無是事而有是理樂所謂無猶云有也戲作數語以明之

有無一理誰差別樂令區區猶未達事言無處未嘗無試把所無憑理說　伯夷飢采西山蕨何異搗虀餐杵鐵仲尼去衛又之陳此是乘車穿鼠穴

又 隱湖戲作

客來底事逢迎晚行裏鳴禽尋未見日高猶苦聖賢心門外誰酣蠻觸戰　多方爲渴泉尋徧何日成陰松種滿不辭長向水雲來只怕頻頻魚鳥倦

又 有自九江以石作觀音像持送者因以詞賦之

琵琶亭畔多芳草時對香爐峯一笑偶然重傍玉溪行不是白頭誰覺老　普陀大士神通妙影入石頭光了了看來將獻可無言長似慈悲顏色好

又 乙丑京口奉祠西歸將至仙人磯

江頭一帶斜陽樹總是六朝人住處悠悠興廢不關心惟有沙洲雙白鷺　仙人磯下多風雨好卸征帆留不住直須抖擻盡塵埃卻趁新涼秋水去

鵲橋仙 爲人慶八十席上戲作

朱顏暈酒方瞳點漆閒傍松邊倚杖不須更展畫圖看是箇壽星的模樣　今朝盛事一杯深勸更把新詞齊唱人間八十最風流長貼在兒孫額上

又 和范先之送祐之弟歸浮梁

小窗風雨從今便憶中夜笑談清軟啼鴉衰柳自無聊更管得離人腸斷　詩書事業猶在青氈頭上貂

蟬會見莫貪風月臥江湖道日近長安路遠

又 壽徐伯熙察院

豸冠風采繡衣聲價曾把經綸少試看看有詔日邊來便入侍明光殿裏 東君未老花明柳媚且引玉巵沈醉好將三萬六千場自今日從頭數起

又 己酉山行書所見

松岡避暑茆簷避雨閒去閒來幾度醉扶怪石看飛泉又卻是前回醒處 東家娶婦西家歸女燈火門前笑語釀成千頃稻花香夜夜費一天風露

又 慶岳母八十

八旬慶會人間盛事齊勸一杯春釀臙脂小字點眉間猶記得舊時宮樣 綵衣更著功名富貴直過太公以上大家著意記新詞遇著箇十年便唱

又 贈鷺鷥

溪邊白鷺來吾告汝溪裏魚兒堪數主憐汝汝又憐魚要物我欣然一處 白沙遠浦青泥別渚剩有鰕跳鰍舞聽君飛去飽時來看頭上風吹一縷

又 席上和趙晉臣敷文

少年風月少年歌舞老去方知堪羨歎折腰五斗賦歸來問走了羊腸幾徧 高車駟馬金章紫綬傳語

渠儂穩便問東湖帶得幾多春且看淩雲筆健

西江月 采石岸戲作漁父詞

千丈懸崖削翠一川落日鎔金白鷗來往本無心選甚風波一任　別浦魚肥堪膾前村酒美重斟千年往事已沈沈閑管興亡則甚

又 壽范南伯知縣

秀骨青松不老新詞玉佩相磨靈槎準擬泛銀河剩摘天星幾箇 南伯去歲七月生子 奠枕樓頭風月駐春亭上笙歌留君一醉意如何金印明年斗大

又 和楊民瞻賦丹桂韻

宮粉厭塗嬌額濃妝再厭秋花西真人醉憶仙家飛珮丹霞羽化　十里芬芳未足一亭風露先加杏腮桃臉費鉛華終慣秋蟾影下

又 癸丑正月四日三山被召經從建安席上和陳安行舍人韻

風月亭危致爽管絃聲脆休催主人只是舊情懷錦瑟傍邊須醉　玉殿何曾儂去沙隄正要公來看看紅藥又翻階趁取西湖春會

又 用韻和李兼濟提舉

且對東君痛飲莫教華髮空催瓊瑰千字已盈懷消

得津頭一醉 休唱陽關別去只今鳳詔歸來五雲
兩兩望三台已覺精神聚會

又 三山作

貪數明朝重九不知過了中秋人生有得許多愁只
有黃花如舊 萬象亭中殢酒九仙閣上扶頭城鴉
喚我醉歸休細雨斜風時候

又 夜行黃沙道中

明月別枝驚鵲清風半夜鳴蟬稻花香裏說豐年聽
取蛙聲一片 七八箇星天外兩三點雨山前舊時
茆店社林邊路轉溪橋忽見

又 春晚

賸欲讀書已懶只今多病長閑聽風聽雨小窗眠過
了春光太半 往事數尋去鳥消愁難解連環流鶯
不肯入西園喚起畫梁飛燕

又 木犀

金粟如來出世蕊宮仙子乘風清香一袖意無窮洗
盡塵緣千種 長爲西風作主更居明月光中十分
秋意與玲瓏拚卻今宵無夢

又 壽祐之弟時新居落成

畫棟新垂簾幕華燈未放笙歌一杯瀲灩泛金波先

向大夫稱賀 富貴無應自有功名不用渠多只將綠鬢抵義娥金印須教斗大

又 遣興

醉裏且貪歡笑要愁那得工夫近來始覺古人書信著全無是處 昨夜松邊醉倒問松我醉何如只疑松動要來扶以手推松曰去

又 和趙晉臣敷文賦秋水瀑泉

八萬四千偈后更誰妙語披襟紉蘭結佩有同心喚取詩翁來飲 鏤玉裁冰著句高山流水知音胸中不受一塵侵卻怕靈均獨醒

又 悠然閣

一柱中擎遠碧兩峯旁聳高寒橫陳削盡短長山莫把一分增減 我望雲煙目斷人言風景天慳被公詩筆盡追還重上層梯一覽

又 示兒曹以家事付之

萬事雲煙忽過百年蒲柳先衰而今何事最相宜宜醉宜遊宜睡 早趁催科了納更量出入收支迺翁依舊管些兒管竹管山管水

又

粉面都成醉夢霜髯能幾春秋來時送我伴牢愁一

見尊前似舊　詩在陰何側畔字居羅趙前頭錦囊來往幾時休已遣蛾眉等候

朝中措　醉歸祐之弟

籃輿嫋嫋破重岡玉笛兩紅妝這裏都愁酒盡那邊正和詩忙　爲誰醉倒爲誰歸去都莫思量白水東邊籬落斜陽欲下牛羊

又

夜深殘月過山房睡覺北窗涼起繞中庭獨步一天星斗文章　朝來客話山林鍾鼎那處難忘君向沙頭細問白鷗知我行藏

又　爲人壽

年年黃菊豔秋風更有拒霜紅黃似舊時宮額紅如此日芳容　青青未老尊前要看兒輩平戎試釀西江爲壽西江綠水無窮

又

年年金蘂豔西風人與菊花同霜鬢經春重綠仙姿不飲長紅　焚香度日儘從容笑語調兒童一歲一杯爲壽從今更數千鍾

又　九日小集時楊世長將赴南宮

年年團扇怨秋風愁絕玉杯空山下臥龍丰度臺前

戲馬英雄 而今休也花殘一似人老花同莫怪東
籬韻減只今丹桂香濃

清平樂博山道中即事

柳邊飛鞚露溼征衣重宿鷺窺沙孤影動應有魚鰕
入夢 一川明月疎星浣沙人影娉婷笑背行人歸
去門前稚子啼聲

又

茅簷低小溪上青青草醉裏吳音相媚好白髮誰家
翁媼 大兒鋤豆溪東中兒正織雞籠最喜小兒亡
賴溪頭看剝蓮蓬

又獨宿博山王氏庵

繞牀飢鼠蝙蝠翻燈舞屋上松風吹急雨破紙窗間
自語 平生塞北江南歸來華髮蒼顏布被秋宵夢
覺眼前萬里江山

又檢校山園書所見

連雲松竹萬事從今足拄杖東家分社肉白酒牀頭
初熟 西風梨棗山園兒童偷把長竿莫遣旁人驚
去老夫靜處閒看

又

斷崖松竹竹裏藏冰玉路轉清溪三百曲香滿黃昏

雪屋　行人繫馬疎籬折殘猶有高枝留得東風數點只緣嬌嫩春遲

又為兒鐵柱作

靈皇醮罷福祿都來也試引鵷鶵花樹下斷了驚驚怕怕　從今日日聰明更有潭妹嵩兒看取辛家鐵柱無災無難公卿

又木犀

月明秋曉翠蓋團團好碎翦黃金敷恁小都著葉兒遮了　打來休似年時小窗能有高低無頓許多香處只消三兩枝兒

又再賦

東園向曉陣陣西風好喚起仙人金小小翠羽玲瓏裝了　一枝枕畔開時羅幃翠幕垂低恁地十分遮護打窗早有蜂兒

又憶吳江賞木犀

少年痛飲憶向吳江醒明月團團高樹影十里水沈煙冷　大都一點宮黃人間直恁芬芳怕是秋天風露染教世界都香

又壽信守王道夫

此身長健還卻功名願枉讀平生三萬卷滿酌金杯

聽勸　男兒玉帶金魚能消幾許詩書料得今宵醉

也兩行紅袖爭扶

又壽趙民則提刑時新除且素不喜飲

詩書萬卷合上明光殿案上文書看來偏眉裏陰功

早見　十分竹瘦松堅看君自是長年若解尊前痛

飲精神便是神仙

又題上盧橋

清泉奔快不管青山礙十里盤盤平世界更著溪山

襟帶　古今陵谷茫茫市朝往往耕桑此地居然形

勝似曾小小興亡

又

清詞索笑莫厭銀杯小應是天孫新與巧翦恨裁愁

句好　有人夢斷關河小窗日飲亡何想見重簾不

捲淚痕滴盡湘娥

又呈趙昌甫時僕以病止酒昌甫作詩數篇末

及之

雲煙草樹山北山南雨溪上行人相背去惟有啼鴉

一處　門前萬斛春寒梅花可煞摧殘使我長忘酒

易要君不作詩難

又書王德由主簿扇

溪回沙淺紅杏都開偏鸂鶒不知春水暖猶傍垂楊春岸　片帆千里輕船行人想見欹眠誰似先生高舉一行白鷺青天

好事近　中秋席上和王路鈐

明月到今宵長是不如人約想見廣寒宮殿正雲梳風掠　夜深休更喚笙歌簷頭雨聲惡不是小山詞就這一場寥索

又　送李復州致一席上和韻

和淚唱陽關依舊字嬌聲穩回首長安何處怕行人歸晚　垂楊折盡只啼鴉把離愁勾引卻笑遠山無數被行雲低損

又　席上和王道夫賦元夕立春

綵勝鬭華燈平把東風吹卻喚取雪中明月伴使君行樂　紅旗鐵馬響春冰老去此情薄惟有前村梅在倩一枝隨著

又　和城中諸友韻

雲氣上林梢畢竟非空非色風景不隨人去到而今留得　老無情味到篇章詩債怕人索卻喜近來林下有許多詞客

菩薩蠻　金陵賞心亭爲葉丞相賦

青山欲共高人語聯翩萬馬來無數煙雨卻低回望來終不來　人言頭上髮總向愁中白拍手笑沙鷗一身都是愁

又 用前韻

錦書誰寄相思語天邊數偏飛鴻數一夜夢千回梅花入夢來　漲痕紛樹髮霜落瀟湘白心事莫驚鷗人間千萬愁

又

江山病眼昏如霧送愁直到津頭路歸念樂天詩人生足別離　雲屏深夜語夢到君知否玉筯莫偷垂斷腸天不知

又 書江西造口壁

鬱孤臺下清江水中間多少行人淚西北是長安可憐無數山　青山遮不住畢竟東流去江晚正愁余山深聞鷓鴣

又

西風都是行人恨馬頭漸喜歸期近試上小紅樓飛鴻字字愁　闌干閒倚處一帶山無數不似遠山橫秋波相共明

又

功名飽聽兒童說看公兩眼明如月萬里勒燕然老人書一編　玉階方寸地好趁風雲會他日赤松游依然萬戶侯

又送祐之弟歸浮梁

無情最是江頭柳長條折盡還依舊木葉下平湖雁來書有無　雁無書尚可好語憑誰和風雨斷腸時小山生桂枝

又送鄭守厚卿赴闕

送君直上金鑾殿情知不久須相見一日甚三秋愁來不自由　九重天一笑定是留中了白髮少經過此時愁奈何

又送曹君之莊所

人間歲月堂堂去勸君快上青雲路聖處一燈傳工夫螢雪邊　麯生風味惡辜負西窗約沙岸片帆開寄書無雁來

又席上分賦得櫻桃

香浮乳酪玻璃盌年年醉裏嘗新慣何物比春風歌脣一點紅　江湖清夢斷翠籠明光殿萬顆瀉輕勻低頭愧野人

又賦摘阮

阮琴斜挂香羅綬玉纖初試琵琶手桐葉雨聲乾珍珠落玉盤　朱絃調未慣笑倩東風伴莫作別離聲且聽雙鳳鳴

又雪樓賞牡丹席上用楊民瞻韻

紅芽籤上羣仙客翠羅蓋底傾城色和雨淚闌干沈香亭北看　東風休放去怕有流鶯訴試問賞花人曉妝勻未勻

又和盧國華提刑

旌旗依舊長亭路尊前試點鶯花數何處捧心顰人間別樣春　功名君自許少日聞雞舞詩句到梅花春風十萬家

卜算子尋春作

脩竹翠蘿寒遲日江山暮幽徑無人獨自芳此恨知無數　只共梅花語懶逐遊絲去著意尋春不肯香香在無尋處

又爲人賦荷花

紅粉靚梳妝翠蓋低風雨占斷人間六月涼明月鴛鴦浦　根底藕絲長花裏蓮心苦只爲風流有許愁更襯佳人步

又聞李正之茶馬訃音

欲行且起行欲坐重來坐坐坐行行有倦時更枕閒書臥　病是近來身懶是從前我淨掃瓢泉竹樹陰且憑隨緣過

又 飲酒

盜跖儻名丘孔子如名跖跖聖丘愚直到今美□□□□　簡策寫虛名螻蟻侵枯骨千古光陰一霎時且進杯中物

又 用莊語

一以我爲牛一以我爲馬人與之名受不辭善學莊周者　江海任虛舟風雨從飄瓦醉者乘車墜不傷全得於天也

又 漫興

夜雨醉瓜廬春水行秧馬點檢田間快活人未有如翁者　掃禿兔毫錐磨透銅臺瓦誰伴楊雄作解嘲烏有先生也

又

珠玉作泥沙山谷量牛馬試上纍纍邱壠看誰是彊梁者　水浸淺深簷山壓高低瓦山水朝來笑問人翁早歸來也

又

漢代李將軍奪得胡兒馬李蔡爲人在下中卻是封侯者　芸草去陳根筧竹添新瓦萬一朝廷舉力田舍我其誰也

又用韻答趙晉臣敷文趙有真得歸方是閒堂

百郡怯登車千里輸流馬乞得膠膠擾擾身卻笑區區者　野水玉鳴渠急雨珠跳瓦一榻清風方是閒真是歸來也

又

萬里只浮雲一噴空凡馬歎息曹瞞老驥詩伏櫪如公者　山鳥哢窺簷野鼠飢翻瓦老我癡頑合住山此地菟裘也

又齒落

剛者不堅牢柔的難摧挫不信張開口角看舌在牙先墮　已闕兩邊廂又豁中間箇說與兒曹莫笑翁狗竇從君過

又飲酒成病

一箇去學仙一箇去學佛仙飲千杯醉似泥皮骨如金石　不飲便康彊佛壽須千百八十餘年入涅盤且進杯中物

又飲酒不寫書

一飲動連宵一醉長三日廢盡寒溫不寫書富貴何由得請看塚中人塚似當時筆萬札千言只恁休且進杯中物

醜奴兒 醉中有歌此詩以勸酒者聊櫽括之

晚來雲淡秋光薄落日晴天落日晴天堂上風斜畫燭煙 從渠去買人間恨字字都圓字字都圓腸斷西風十四絃

又

尋常中酒扶頭後歌舞支持歌舞支持誰把新詞喚住伊 臨岐也有旁人笑笑己爭知笑己爭知明月樓空燕子飛

又 書博山道中壁

煙蕪露芰荒池柳洗雨烘晴洗雨烘晴一樣春風幾樣青 提壺脫袴催歸去萬恨千情萬恨千情各自無聊各自鳴

又

此生自斷天休問獨倚危樓獨倚危樓不信人間別有愁 君來正是眠時節君且歸休君且歸休說與西風一任秋

又

少年不識愁滋味愛上層樓愛上層樓爲賦新詞彊說愁　而今識盡愁滋味欲說還休欲說還休卻道天涼好箇秋

又

近來愁似天來大誰解相憐誰解相憐又把愁來做箇天　都將今古無窮事放在愁邊放在愁邊卻自移家向酒泉

又和鉛山陳簿韻二首

鵝湖山下長亭路明月臨關明月臨關幾陣西風落葉乾　新詞誰解裁冰雪筆墨生寒筆墨生寒會說離愁千萬般

又

年年索盡梅花笑疎影黃昏疎影黃昏香滿東風月一痕　清詩冷落無人寄雪豔冰魂雪豔冰魂浮玉溪頭煙樹村

浣溪沙漫興作

未到山前騎馬回風吹雨打已無梅共誰消遣兩三杯　一似舊時春意思百無事處老形骸也曾頭上戴花來

又黃沙嶺

寸步人間百十樓孤城春水一沙鷗天風吹樹幾時休　突兀趁人山石狠朦朧避路野花羞人家平水廟東頭

又　壽內子

壽酒同斟喜有餘朱顏卻對白髭鬚兩人百歲恰乘除　婚嫁剩添兒女拜平安頻拆外家書年年堂上壽星圖

又　瓢泉偶作

新葺茆簷次第成青山恰對小窗橫去年曾共燕經營　病卻杯盤甘止酒老依香火苦翻經夜來依舊管絃聲

又　壬子春赴閩別瓢泉

細聽春山杜宇啼一聲聲是送行詩朝來白鳥背人飛　對鄭子眞巖石臥赴陶元亮菊花期而今堪誦北山移

又　常山道中卽事

北隴田高踏水頻西溪禾早已嘗新隔牆沽酒煮纖鱗　向有微涼何處雨更無留影霎時雲賣瓜人過竹邊村

又　偕杜叔高吳子似宿山寺戲作

花向今朝粉面勻柳因何事翠眉顰東風吹雨細於塵自笑好山如好色只今懷樹更懷人閒愁閒恨一翻新

又

歌串如珠箇箇勻被花勾引笑和顰忽來驚動畫梁塵莫倚笙歌多樂事相看紅紫又拋人舊巢還有燕泥新

又

父老爭言雨水勻眉頭不似去年顰殷勤謝卻甑中塵啼鳥有時能勸客小桃無賴已撩人梨花也作白頭新

又別杜叔高

這裏裁詩話別離那邊應是望歸期人言心急馬行遲去雁無憑傳錦字春泥抵死汙人衣海棠過了有荼蘼

又席上趙景山提幹賦溪臺和韻

臺倚崩崖玉滅痕青山卻作捧心顰遠林煙火幾家村引入滄浪魚得計展成寥闊鶴能言幾時高處見層軒

又

妙手都無斧鑿痕飽參佳處卻成顰恰如春入浣花村　筆墨今宵光有豔管絃從此悄無言主人席次兩眉軒

又種松未成

草木於人也作疏秋來咫尺異榮枯空山歲晚孰華余　孤竹君窮猶抱節赤松子嬾已生鬚主人相愛肯留無

又種梅菊

百世孤芳肯自媒直須詩句與推排不然喚起酒邊來　自有陶潛方有菊若無和靖卽無梅秪今何處向人開

又別澄上人并送性禪師

梅子生時到幾回桃花開後不須猜重來松竹意徘徊　慣聽禽聲應可語飽觀魚陣已能排晚風挾雨喚歸來

山花子答傅巖叟酬春之約

豔杏夭桃兩行排莫攜歌舞去相催次第未堪供醉眼去年栽　春意纔從梅裏過人情都向柳邊來咫尺東家還又有海棠開

又用韻謝傅巖叟瑞香之惠

句裏明珠字字排多情應也被春催怪得名花和淚送雨中栽　赤腳未安芳斛穩娥眉早把橘枝來報道錦薰籠底下麝臍開

又三山戲作

記得瓢泉快活時長年耽酒更吟詩蓦地捉將來斷送老頭皮　繞屋人扶行不得閒窗學得鷓鴣啼卻有杜鵑能勸道不如歸

又

日日閒看燕子飛舊巢新壘畫簾低玉曆今朝推戊己卻啣泥　先自春光留不住那看更著子規啼一陣晚香吹不斷落花溪

又與客賞山茶一朵忽墮地戲作

酒面低迷翠被重黃昏院落月朦朧墮髻啼妝孫壽醉泥秦宮　試問花留春幾日略無人管雨和風瞥向綠珠樓下見墜殘紅

又簡傅巖叟

總把平生入醉鄉大都三萬六千場今古悠悠多少事莫思量　微有些寒春雨好更無尋處野花香年去年來還又笑燕飛忙

又用前韻謝傅巖叟餽名花鮮蕈

楊柳温柔是故鄉紛紛蜂蝶去年塲大率一春風雨事最難量　滿把攜來紅粉面堆盤更覺紫芝香幸自麯生閒去了又教忙　纔止酒

又病起獨坐停雲

彊欲加餐竟未佳只宜長伴病僧齋心似風吹香篆過也無灰　山下朝來雲出岫隨風一去未曾回次第前村行雨了合歸來

虞美人賦荼蘼

羣花泣盡朝來露爭奈春歸去不知庭下有荼蘼偷得十分春色怕春知　淡中有味清中貴飛絮殘紅避露華微浸玉肌香恰似楊妃初試出蘭湯

又壽趙文鼎提舉

翠屏羅幕遮前後舞袖翻長壽紫髯冠佩御爐香看取明年歸奉萬年觴　今宵池上蟠桃席咫尺長安日寶煙飛焰萬花濃試看中間白鶴駕仙風

又用前韻

一杯莫落他人後富貴功名壽胸中書傳有餘香寫得蘭亭小字記流觴　問誰分我漁樵席江海消閒日看看天上拜恩濃卻怕畫樓無處著春風

又賦虞美人草

當年得意如芳草日日春風好拔山力盡忽悲歌飲罷虞兮從此奈君何　人間不識精誠苦貪看青青舞驀然斂袂卻亭亭怕是曲中猶帶楚歌聲

浪淘沙山寺夜半聞鐘

身世酒杯中萬事皆空古來三五箇英雄雨打風吹何處是漢殿秦宮　夢入少年叢歌舞匆匆老僧夜半誤鳴鐘驚起西窗眠不得捲地西風

又賦虞美人草

不肯過江東玉帳匆匆只今草木憶英雄唱著虞兮當日曲便舞春風　兒女此情同往事朦朧湘娥竹上淚痕濃舜目重瞳堪痛恨羽又重瞳

又送吳子似縣尉

金玉舊情懷風月追陪扁舟千里興佳哉不似子猷行半路卻棹船回　來歲菊花開記我清杯西風雁過鎖山臺把似倩他書不到好與同來

減字木蘭花宿僧房有作

僧窗夜雨茶鼎熏爐宜小住卻恨春風勾引詩來惱殺翁　狂歌未可且把一尊料理我我到亡何卻聽農家陌上歌

又

昨朝官告一百五年村父老更莫驚疑剛道人生七十稀　使君喜見恰限華堂開壽宴問壽如何百代兒孫擁太婆

又長沙道中壁上有婦人題字若有恨者用其意為賦

盈盈淚眼往日青樓天樣遠秋月春花輸與尋常姊妹家　水村山驛日暮行雲無氣力錦字偷裁立盡西風雁不來

南歌子山中夜坐

世事從頭減秋懷徹底清夜深猶送枕邊聲試問清溪底事未能平　月到愁邊白雞先遠處鳴是中無有利和名因甚山前未曉有人行

又獨坐蔗庵

玄入參同契禪依不二門細看斜日隙中塵始覺人間何處不紛紛　病笑春先到閒知懶是真百般啼鳥苦撩人除卻提壺此外不堪聞

又新開池戲作

散髮披襟處浮瓜沈李時涓涓流水細侵階鑿箇池兒喚箇月兒來　畫棟頻搖動紅蕖盡倒開鬬勻紅粉照香腮有箇人人把箇鏡兒猜

醉太平 春景

態濃意遠眉顰笑淺薄羅衣窄絮風輕鬢雲欺翠捲
南園花樹春光暖香徑裏榆錢滿欲上鞦韆又驚
懶且歸休怕晚

漁家傲 爲余伯熙察院壽信之讖云水打烏龜石三台出此時伯熙舊居城西直龜山之北溪水齧山足矣意伯熙當之耶伯熙學道有新功一日語余云溪上嘗得異石有文隱然如記姓名且有長生等字余未之見也因其生朝姑摭二事爲詞以壽之

道德文章傳幾世到君合上三台位自是君家門户事當此際龜山正抱西江水 三萬六千排日醉鬢毛只恁青青地江裏石頭爭獻瑞分明是中間有箇長生字

錦帳春 杜叔高席上

春色難留酒杯常淺更舊恨新愁相間五更風千里夢看飛紅幾片這般庭院 幾許風流幾般嬌懶問相見何如不見燕飛忙鶯語亂恨重簾不捲翠屏平遠

太常引 建康中秋夜爲呂潛叔賦

一輪秋影轉金波飛鏡又重磨把酒問姮娥被白髮欺人奈何　乘風好去長空萬里直下看山河斫去桂婆娑人道是清光更多

又　壽韓南澗尚書

君王著意履聲間便合押紫宸班今代又尊韓道吏部文章泰山　一杯千歲問公何事早伴赤松閒功業後來看似江左風流謝安

又　賦十四絃

仙機似欲織纖羅髣髴度金梭無奈玉纖何卻彈作清商恨多　珠簾影裏如花半面絕勝隔簾歌世路苦風波且痛飲公無渡河

又　壽趙晉臣敷文

論公耆德舊宗英吳季子百餘齡奉使老於行更看舞聽歌最精　須同衞武九十入相菉竹自青青富貴出長生記門外清溪姓彭　彭溪晉臣居也

東坡引　閨怨

玉纖彈舊怨還敲繡屏面清歌自送西風雁雁行吹字斷雁行吹字斷　夜深拜半月瑣窗西畔但桂影空階滿翠帷自掩無人見羅衣寬一半羅衣寬一半

又

君如梁上燕妾如手中扇團團青影雙雙伴秋來腸欲斷秋來腸欲斷　黃昏淚眼青山隔岸但咫尺如天遠病來只謝旁人勸龍華三會願龍華三會願

又

花稍紅未足條破鶯新綠重簾下偏闌干曲有人春睡熟有人春睡熟　鳴禽破夢雲偏目蹙起來香腮褪紅玉花時愛與愁相續羅裙過半幅羅裙過半幅

夜遊宮　苦俗客

幾箇相知可喜才廝見說山說水顛倒爛熟只這是怎奈何一回說一回美　有箇尖新底說底話非名非利說的口乾罪過你且不罪俺略起去洗耳

戀繡衾　無題

長安偏冷添被兒枕頭兒移了又移我自是笑別人底卻元來當局者迷　如今只恨因緣淺也不曾抵死恨伊合手下安排了那筵席須有散時

杏花天　無題

病來自是於春懶但別院笙歌一片蛛絲網偏玻瓈盞更問舞裙歌扇　有多少鶯愁蝶怨甚夢裏春歸不管楊花也笑人情淺故故沾衣撲面

又

牡丹昨夜方開徧畢竟是今年春晚荼蘼付與薰風管燕子忙時鶯嬾　多病起日長人倦不待得酒闌歌散甫能得見荼甌面卻早安排腸斷

又　賦牡丹

牡丹比得誰顏色似宮中太真第一漁陽鞞鼓邊風急人在沈香亭北　買栽池館多何益莫虛把千金拋擲若教解語應傾國一箇西施也得

唐河傳　傚花間體

春水千里孤舟浪起夢攜西子覺來村巷夕陽斜幾家短牆紅杏花　晚雲做造些兒雨折花去岸上誰家女太顛狂那邊柳線被風吹上天

醉花陰　為人壽

黃花漫說年年好也趁秋光老綠鬢不驚秋若鬭尊前人好花堪笑　蟠桃結子知多少家住三山島何日跨飛鸞滄海飛塵人世因緣了

品令　族姑慶八十來索俳語

更休說便是箇住世觀音菩薩甚今年容貌八十歲見底道纔十八　莫獻壽星香燭莫祝靈椿龜鶴只消得把筆輕輕去十字上添一撇

惜分飛　春思

翡翠樓前芳草路寶馬墜鞭暫駐最是周郎顧幾度
歌聲誤　望斷碧雲空日暮流水桃源何處聞道春
歸去更無人管飄紅雨

柳梢青和范先之席上賦牡丹

姚魏名流年年攬斷雨恨風愁解釋春光剩須破費
酒令詩籌　玉肌紅粉溫柔更染盡天香未休今夜
簪花他年第一玉殿東頭

又三山歸途代白鷗見嘲

白鳥相迎相憐相笑滿面塵埃華髮蒼顏去時曾勸
聞早歸來　而今豈是高懷爲千里蓴羹計哉好把
移文從今日日讀取千回

又辛酉生日前兩日夢一道士話長年之術夢
中痛以理折之覺而賦八難之辭

莫鍊丹難黃河可塞金可成難休辟穀難吸風飲露
長忍飢難　勸君莫遠遊難何處有西王母難休采
藥難人沈下土我上天難

河瀆神女城祠效花間體

芳草綠萋萋斷腸絕浦相思山頭人望翠雲旗蕙肴
桂酒君歸　惆悵畫簷雙燕舞東風吹散靈雲香火
冷淺簫鼓斜陽門外今古

武陵春 春興

桃李風前多嫵媚楊柳更溫柔喚取笙歌爛熳遊且莫管閒愁 好趁晴時連夜賞雨便一春休草草杯盤不要收纔晚又扶頭

又

走去走來三百里五日以爲期六日歸時已是疑應是望多時 鞭箇馬兒歸去也心急馬行遲不免相煩喜鵲兒先報那人知

謁金門 無題

遮素月雲外金蟾明滅翻樹啼鴉聲未徹雨聲驚落葉 寶炬成行嫌熱玉腕藕絲誰雪流水高山絃斷絕怒蛙聲自咽

又

山吐月畫燭從教風滅一曲瑤琴纔聽徹金蕉三兩葉 驟雨微涼還熱似欠舞瓊歌雪近日醉鄉音問絕有時清淚咽

又

歸去未風雨送春行李一枕離愁頭徹尾如何消遣是 遙想歸舟天際綠鬢瓏璁慵理好夢未成鶯喚起粉香猶有嚦

酒泉子無題

流水無情潮到空城頭盡白離歌一曲怨殘陽斷腸人　東風官柳舞雕牆三十六宮花濺淚春聲何處說興亡燕雙雙

霜天曉角旅興

吳頭楚尾一棹人千里休說舊愁新恨長亭今如此宦游吾倦矣玉人留我醉明日落花寒食得且住為佳耳

又

暮山層碧掠岸西風急一葉輕紅深處不是利名客玉人還佇立綠窗生怨泣萬里衡陽歸恨先倩雁寄消息

點絳脣留博山寺聞光風主人微恙而歸時春漲斷橋

隱隱輕雷雨聲不受春回護落梅如許吹盡牆邊去春水無情礙斷溪南路憑誰訴寄聲傳語沒箇人知處

又

身後虛名古來不換生前醉青鞋自喜不踏長安市竹外僧歸路指霜鐘寺孤鴻起丹青手裏剪破松

江水

生查子 山行寄楊民瞻

昨宵醉裏行山吐三更月不見可憐人一夜頭如雪
今宵醉裏歸明月關山笛收拾錦囊詩要寄楊雄
宅

又 民瞻見和再用韻

誰傾滄海珠簸弄千明月喚取酒邊來軟語裁春雪
人間無鳳凰空費穿雲笛醉裏卻歸來松菊陶潛
宅

又 有覓詞者爲賦

去年燕子來繡戶深深處花徑得泥歸都把琴書汙
今年燕子來誰聽呢喃語不見捲簾人一陣黃昏
雨

又 獨遊西巖

溪邊照影行天在清溪底天上有行雲人在行雲裏
高歌誰和余空谷清音起非鬼亦非仙一曲桃花
水

又

青山招不來偃蹇誰憐汝歲晚太寒生喚我溪邊住
山頭明月來本在天高處夜夜入清溪聽讀離騷

去

又

青山非不佳，未解留儂住。赤脚踏層冰，爲愛青溪故。
朝來山鳥啼，勸上山高處。裁意不關渠，自在尋詩去。

又簡吳子似縣尉

高人千丈崖，太古儲冰雪。六月火雲時，一見森毛髮。
俗人如盜泉，照影成昏濁。高處掛吾瓢，不飲吾寧渴。

又和趙晉臣敷文春雪

浸天春雪來，纔抵梅花半。最愛雪邊人，些些裁成亂。
雪兒偏解歌，只要金杯滿。誰道雪天寒，翠袖闌干暖。

又

梅子褪花時，直與黃梅接。煙雨幾曾開，一春江裏活。
富貴使人忙，也有閑時節。莫作路旁花，長教人看殺。

又題京口郡治塵表亭

悠悠萬世功，矻矻當年苦。魚自入深淵，人自居平土。
紅日又西沈，白浪長東去。不是望金山，我自思量

禹

尋芳草　嘲陳莘叟憶內

有得許多淚更閒卻許多鴛被枕頭兒放處都不是舊家時怎生睡　更也沒書來那堪被雁兒調戲道無書卻有書中意排幾箇人人字

阮郎歸　耒陽道中為張處父推官賦

山前燈火欲黃昏山頭來去雲鷓鴣聲裏數家村瀟湘逢故人　揮羽扇整綸巾少年鞍馬塵如今憔悴賦招魂儒冠多誤身

昭君怨　豫章寄張守定叟

長記瀟湘秋晚歌舞橘洲人散走馬月明中折芙蓉今日西山南浦畫棟珠簾雲雨風景不爭多奈愁何

又　送晁楚老遊荊門

夜雨翦殘春韭明日重斟別酒君去問曹瞞好公安試看如今白髮卻為中年離別風雨正崔嵬早歸來

又

人面不如花面花到開時重見獨倚小闌干許多山落花西風時候人共青山都瘦說到夢陽臺幾曾

來

烏夜啼 山行約范先之不至

江頭醉倒山公月明中記得昨宵歸路笑兒童 溪欲轉山已斷兩三松一段可憐風月欠詩翁

又 先之見和復用韻

人言我不如公酒杯中更把平生湖海問兒童 千尺蔓雲葉亂繫長松卻笑一身纏繞似衰翁

又

晚花露葉風條燕燕高行過長廊西畔小紅橋 歌再唱人再舞酒纔消更把一杯重勸摘櫻桃

一絡索 閨思

羞見鑑鸞孤卻倩人梳掠一春長是爲花愁甚夜夜東風惡 行繞翠簾珠箔錦牋誰記玉觴淚滿卻停觴怕酒似郎情薄

又 信守王道夫席上用達夫賦金林檎韻

錦帳如雲處高不知重數夜深銀燭淚成行算都把心期付 莫待燕飛泥汙問花花訴不知花定有情無似卻怕新詞妒

如夢令 賦梁燕

燕子幾曾歸去只在翠巖深處重到畫梁間誰與舊

巢爲主深深許許聞道鳳凰來住

憶王孫 秋江送別集古句

登山臨水送將歸悲莫悲兮生別離不用登臨怨落暉昔人非惟有年年秋雁飛

稼軒詞卷第四

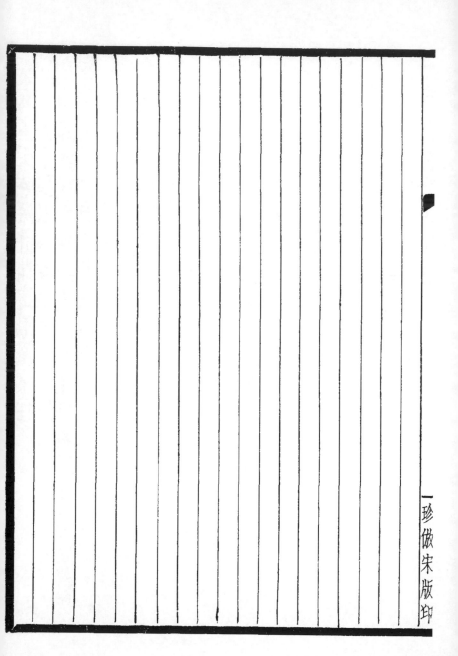

蔡元工於詞靖康中陷虜庭稼軒以詩詞謁見蔡曰子之詩則未也他日當以詞名家故稼軒晚年來卜築奇獅專工長短句累五百首有奇但詞家爭鬭穠纖而稼軒率多撫時感事之作磊落英多絕不作妮子態宋人以東坡爲詞詩稼軒爲詞論善評也古虞毛晉記

題周美成詞

文章政事初非兩塗學之優者發而爲政必有可觀政有其暇則游藝於詠歌者必其才有餘辨者也溧水爲負山之邑官賦浩穰民訟紛沓似不可以絃歌爲政而待制周公元祐癸酉春中爲邑長於斯其政敬簡民到於今稱之者固有餘愛而其尤可稱者於撥煩治劇之中不妨舒嘯一觴一詠句中有眼膾炙人口者又有餘聲聲洋洋乎在耳側其政有不亡者存余慕周公之才名有年於茲不謂於八十餘載之後踵公舊蹤既喜而且媿故自到任以來訪其政事於所治後圃得其遺政有亭曰姑射有堂曰蕭閒皆取神仙中事揭而名之可以想像其襟抱之不凡而又睹新綠之地隔浦之蓮依然在目抑又思公之詞其橅寫物態曲盡其妙方思有以發揚其聲之不可忘者而未能及乎暇日從容式燕嘉賓歌者在上果以公之詞爲首唱夫然後知邑人愛其詞乃所以不忘其政也余欲廣邑人愛之之意故裒公之詞旁搜遠紹僅得百八十有二章釐爲上下卷迺輟俸餘鳩工鋟木以壽其傳非惟慰邑人之思亦蘄傳之有所托俾人聲其歌者足以知其才之優於爲邑如此故

冠之以序而述其意云公諱邦彥字美成錢塘人也
淳熙歲在上章困敦孟陬月圉赤奮若晉陽強煥序

片玉詞目錄

卷上

卷下

片玉詞目錄

片玉詞卷上

宋　周邦彥

瑞龍吟

章臺路還見褪粉梅梢試華桃樹愔愔坊陌人家定巢燕子歸來舊處　黯凝佇因記箇人癡小乍窺門戶侵晨淺約宮黃障風映袖盈盈笑語　前度劉郎重到訪鄰尋里同時歌舞唯有舊家秋娘聲價如故吟牋賦筆猶記燕臺句知誰伴名園露飲東城閒步事與孤鴻去探春盡是傷離意緒官柳低金縷歸騎晚纖纖池塘飛雨斷腸院落一簾風絮按此調自章臺路至歸來舊處是第一段自黯凝佇至盈盈笑語是第二段此謂之雙拽頭屬正平調自前度劉郎以下即犯大石係第三段至歸騎晚以下四句再歸正平坊刻皆于聲價如故分段者非○侵晨淺約宮黃或作宮妝非玫梁簡文詩約黃能效月李賀詩宮人面靨黃○猶記燕臺句或作蘭臺句非攷李義山柳枝詩序云柳枝洛中里娘也年十七不聘余從昆讓山北柳枝居爲近他日春陰讓山下馬柳枝南柳下詠余燕臺詩柳枝驚問誰人爲是讓山曰此吾少年叔耳柳枝手斷長帶結讓山爲贈叔乞詩明日予策

馬出其巷柳枝丫鬟畢妝抱立扇下風障一袖指曰若叔是後三日隣當去濺裙水上以博山香待與郎俱

風流子

楓林凋晚葉關河迥楚客慘將歸望一川暝靄雁聲哀怨半規涼月人影參差酒醒後淚花銷鳳蠟風幕卷金泥砧杵韻高喚回殘夢綺羅香減牽起餘悲亭皐分襟地難堪處偏是掩面牽衣何況怨懷長結重見無期想寄恨書中銀鉤空滿斷腸聲裏玉筯還垂多少暗愁密意唯有天知

又

新綠小池塘風簾動碎影舞斜陽羨金屋去來舊時巢燕土花繚繞前度莓牆繡閣裏鳳幃深幾許聽得理絲簧欲說又休慮乖芳信未歌先噎愁轉清商遙知新妝了開朱戶應自待月西廂最苦夢魂今宵不到伊行問甚時却與佳音密耗寄將秦鏡偷換韓香天便教人霎時厮見何妨 寄將秦鏡偷換韓香一作秦女韓郎非攷賈充女悅韓壽美姿遂通焉竊奇香以與壽樂府云盤龍明鏡餉秦嘉辟惡生香寄韓壽美成全用此作對

華胥引

川原澄映煙月冥濛去舟似葉岸足沙平蒲根水冷留雁唼別有孤角吟秋對曉風鳴軋紅日三竿醉頭扶起還怯　離思相縈漸看看鬢絲堪鑷舞衫歌扇何人輕憐細閱點檢從前恩愛鳳牋盈篋愁翦燈花夜來和淚雙疊舞衫歌扇一作舞靴非魏詩云舞衫飄細縠歌扇掩輕紗

意難忘

衣染鶯黃愛停歌駐拍勸酒持觴低鬟蟬影動私語口脂香簷露滴竹風涼拚劇飲淋浪夜漸深籠燈就月子細端相　知音見說無雙解移宮換羽未怕周郎長顰知有恨貪耍不成妝些箇事惱人腸試說與何妨又恐伊尋消聽息瘦損容光周瑜少精音樂雖三爵之後其有闕誤瑜必知之必顧故時人語云曲有誤周郎顧攷未怕周郎一作江郎非

宴清都

地僻無鐘鼓殘燈滅夜長人倦難度寒吹斷梗風翻暗雪灑窗填戶賓鴻漫說傳書算過盡千儔萬侶始信得庾信愁多江淹恨極須賦　淒涼病損文園徽絃乍拂音韻先苦淮山夜月金城暮草夢魂飛去秋

霜半入清鏡歎帶眼都移舊處更久長不見文君歸時認否

蘭陵王 柳

柳陰直煙縷絲絲弄碧隋隄上曾見幾番拂水飄綿送行色登臨望故國誰識京華倦客長亭路年去歲來應折柔條過千尺 閑尋舊蹤跡又酒趁哀絃燈照離席梨花榆火催寒食愁一箭風快半篙波暖回頭迢遞便數驛望人在天北 悽惻恨堆積漸別浦縈迴津堠岑寂斜陽冉冉春無極念月榭攜手露橋聞笛沈思前事似夢魂裏淚暗滴

鎖窗寒 寒食

暗柳啼鴉單衣竚立小簾朱戶桐陰半畝靜鎖一庭愁雨灑空階夜闌未休故人翦燭西窗語似楚江暝宿風燈零亂少年羇旅 遲暮嬉遊處正店舍無煙禁城百五旗亭喚酒付與高陽儔侶想東園桃李經春小脣秀靨今在否到歸時定有殘英待客攜尊俎

時刻或於遲暮下分段

隔浦蓮近拍 中山縣圃姑射亭避暑作

新篁搖動翠葆曲徑通深窈夏果收新脆金丸落驚飛鳥濃靄迷岸草蛙聲鬧驟雨鳴池沼水亭小 浮

萍破處簾花簷影顛倒綸巾羽扇困臥北窗清曉屏裏吳山夢自到驚覺依前身在江表時刻或於泚沼下分段○金丸落驚飛鳥一作金丸落飛鳥注引李賀詩云間把金丸落飛鳥按譜第四句第五句皆三字宜作金丸落驚飛鳥攷韓嫣好彈以金為丸打飛鳥一日所失十餘人爭拾之時人為之語曰若飢寒逐金丸○簾花簷影一作簷花簾影杜子美詩云燈前細雨簷花落蓋簷前雨映燈光如花爾或改簷前細雨燈花落便無致味周美成用簷花苕溪漁隱病其與本意未合花庵詞選作簾花簷影今從之

蘇幕遮

燎沈香消溽暑鳥雀呼晴侵曉窺簷語葉上初陽乾宿雨水面清圓一一風荷舉　故鄉遙何日去家住吳門久作長安旅五月漁郎相憶否小檝輕舟夢入芙蓉浦

早梅芳近 譜無近字

花竹深房櫳好夜閒無人到隔窗寒雨向壁孤燈弄餘照淚多羅袖重意密鶯聲小正魂驚夢怯門外已知曉　去難留話未了早促登長道風披宿霧露洗初陽射林表亂愁迷遠覽苦語縈懷抱謾回頭更堪

歸路杳

又

繚牆深叢竹繞宴席臨清沼微呈纖履故隱烘簾自嬉笑粉香妝暈薄帶緊腰圍小看鴻驚鳳翥滿座歎輕妙　酒醒時會散了回首城南道河陰高轉露腳斜飛夜將曉異鄉奄歲月醉眼迷登眺路迢迢恨滿千里草

四園竹

浮雲護月未放滿朱扉鼠搖暗壁螢度破窗偷入書幃秋意濃閑竚立庭柯影裏好風襟袖先知　夜何其江南路繞重山心知漫與前期奈向燈前墮淚腸斷蕭娘舊日書辭猶在紙雁信絕清宵夢又稀

驀山溪

湖平春水藻荇縈船尾空翠撲衣襟拊輕桹遊魚驚避晚來潮上迤邐沒沙痕山四倚雲漸起鳥度屏風裏　周郎逸興黃帽侵雲水落日媚滄洲泛一棹夷猶未已玉簫金管不共美人遊因箇甚煙霧底偏愛蓴羹美

側犯

暮霞霽雨小蓮出水紅妝靚風定看步韈江妃照明

鏡飛螢度暗草秉燭遊花徑人靜攜豔質追涼就槐影　金環皓腕雪藕清泉瑩誰念省滿身香猶是舊荀令見說胡姬酒爐寂靜煙鎖漠漠藻池苔井誰念省滿身香猶是舊荀令或作舊時令非攷荀令年十五體能生香擬國婚之選不欲連姻帝室遠遁長沙故李端贈郭駙馬詩云焚香荀令偏憐小○見說胡姬酒爐寂靜或作文姬非攷辛延年詩云昔有霍家奴姓馮名子都依倚將軍勢調笑酒家胡胡姬年十五春日獨當壚長裾連理帶廣袖合歡襦左傳注胡姬乃齊景公妾也

齊天樂

綠蕪彫盡臺城路殊鄉又逢秋晚暮雨生寒鳴蛩勸織深閣時聞裁翦雲窗靜掩嘆重拂羅裀頓疏花簟尚有練囊露螢清夜照書卷　荊江留滯最久故人相望處離思何限渭水西風長安亂葉空憶詩情宛轉凭高眺遠正玉液新篘蟹螯初薦醉倒山翁但愁斜照斂

荔枝香近

照水殘紅零亂風喚去盡日惻惻輕寒簾底吹香霧黃昏客枕無憀細響當窗雨看兩兩相依燕新乳

樓下水漸淥偏行舟浦暮往朝來心逐片帆輕舉何
日迎門小檻朱籠報鸚鵡如今誰念淒楚清真集作
共翦西窗蜜炬

又

夜來寒侵酒席露微泫舄履初會香澤方薰無端暗
雨催人但怪燈偏簾卷回顧始覺驚鴻去遠　大都
世間最苦唯聚散到得春殘看即是開離宴細思別
後柳眼花鬚更誰翦此懷何處消遣

水龍吟　梨花

素肌應怯餘寒艷陽占立青蕪地樊川照日靈關遮
路殘紅斂避傳火樓臺妬花風雨長門深閉亞簾櫳
半溼一枝在手偏勾引黃昏淚　別有風前月底布
繁陰滿園歌吹朱鉛退盡潘妃卻酒昭君乍起雪浪
翻空粉裳縞夜不成春意恨玉容不見瓊英慢好與
何人比

六醜　薔薇謝後作

正單衣試酒恨客裏光陰虛擲願春暫留春歸如過
翼一去無迹爲問花何在夜來風雨葬楚宮傾國釵
鈿墮處遺香澤亂點桃蹊輕翻柳陌多情最誰追惜
但蜂媒蝶使時叩窗隔東園岑寂　漸蒙籠暗碧靜

繞珍叢底成歎息長條故惹行客似牽衣待話別情無極殘英小強簪巾幘終不似一朵釵頭顫裊向人欹側漂流處莫趁潮汐恐斷鴻尚有相思字何由見得或於時叩窗隔分段字句稍異○恐斷鴻尚有相思字或作恐斷紅上有相思字非詩云來春縱有相思字三月天南斷雁飛

塞垣春

暮色分平野傍葦岸征帆卸煙深極浦樹藏孤館秋景如畫漸別離氣味難禁也更物象供瀟灑念多才渾衰減一懷幽恨難寫　追念綺窗人天然自風韻閑雅竟夕起相思慢嗟怨遙夜又還將兩袖珠淚沈吟向寂寥寒燈下玉骨爲多感瘦來無一把

掃花遊 清真集作掃地花

曉陰翳日正霧靄煙橫遠迷平楚暗黃萬縷聽鳴禽按曲小腰欲舞細繞回隄駐馬河橋避雨信流去一葉怨題今到何處　春事能幾許任占地持杯掃花尋路淚珠濺俎嘆將愁度日病傷幽素恨入金徽見說文君更苦黯凝竚掩重關偏城鐘鼓

夜飛鵲 別情

河橋送人處良夜何其斜月遠墮餘輝銅盤燭淚已

流盡霏霏涼露霑衣相將散離會探風前津鼓樹杪參旗花驄會意縱揚鞭亦自行遲 迢遞路回清野人語漸無聞空帶愁歸何意重經前地遺鈿不見斜徑都迷兔葵燕麥向殘陽影與人齊但徘徊班草欷歔酬酒極望天西 兔葵燕麥或作莵葵非劉禹錫自遠州承召過玄都觀後復主客郎中重遊玄都惟兔葵燕麥搖動春風耳○但徘徊班草或作青草非王介甫詩云班草數行衣上淚與班荊同義

滿庭芳 夏日溧水無想山作

風老鶯雛雨肥梅子午陰佳樹清圓地卑山近衣潤費爐煙人靜烏鳶自樂小橋外新綠濺濺憑闌久黃蘆苦竹擬泛九江船 年年如社燕飄流瀚海來寄脩椽且莫思身外長近尊前憔悴江南倦客不堪聽急管繁絃歌筵畔先安簟枕容我醉時眠

花犯 詠梅

粉牆低梅花照眼依然舊風味露痕輕綴疑淨洗鉛華無限佳麗去年勝賞曾孤倚冰盤同燕喜更可惜雪中高樹香篝熏素被 今年對花最匆匆相逢似有恨依依愁悴吟望久青苔上旋看飛墜相將見脆圓薦酒人正在空江煙浪裏但夢想一枝瀟灑黃昏

斜照水

大酺　春雨

對宿煙收春禽靜飛雨時鳴高屋牆頭青玉旆洗鉛霜都盡嫩梢相觸潤逼琴絲寒侵枕障蟲網吹粘簾竹郵亭無人處聽簷聲不斷困眠初熟奈愁極頻驚夢輕難記自憐幽獨　行人歸意速最先念流潦妨車轂怎奈向蘭成憔悴樂廣清羸等閒時易傷心目未怪平陽客雙淚落笛中哀曲況蕭索青蕪國紅糝鋪地門外荊桃如菽夜遊共誰秉燭怎奈向蘭成憔悴蘭成庾信小字一作蘭臺非

霜葉飛

露迷衰草疎星掛涼蟾低下林表素娥青女鬭嬋娟正倍添淒悄漸颯颯丹楓撼曉橫天雲浪魚鱗小見皓月相看又透入清輝半餉特地留照　迢遞望極關山波穿千里度日如歲難到鳳樓今夜聽秋風奈五更愁抱想玉匣哀絃閉了無心重理相思調念故人牽離恨屏掩孤顰淚流多少

法曲獻仙音

蟬咽涼柯燕飛塵幕漏閣籤聲時度倦脫綸巾困便湘竹桐陰半侵庭戶向抱影凝情處時聞打窗雨耿

無語　歎文園近來多病情緒孏尊酒易成閒阻縹緲玉京人想依然京兆眉嫵翠幕深中對徽容空在紈素待花前月下見了不教歸去或於時聞打窗雨下分段○漏閣籤聲時度或作滿閣非雞人掌銅漏傳籤於殿中者令投籤於階上使鏘然有聲漏籤乃籌箭也○對徽容空在紈素或作媺容非崔徽舍歌舞慕敬中畫其形容

渡江雲

晴嵐低楚甸暖迴雁翼陣勢起平沙驟驚春在眼借問何時委曲到山家塗香暈色盛粉飾爭作妍華千萬絲陌頭楊柳漸漸可藏鴉　堪嗟清江東注畫舸西流指長安日下愁宴闌風翻旗尾潮濺烏紗今宵正對初弦月傍水驛深艤蒹葭沈恨處但時時頻剔燈花或作銀花非吳融翦刀賦鶯聲囀曉畫眉而頻剔燈花

應天長寒食

條風布暖霏霧弄晴池臺徧滿春色正是夜堂無月沈沈暗寒食梁間燕社前客似笑我閉門愁寂亂花通隔院芸香滿地狼籍　長記那回時邂逅相逢郊外駐油壁又見漢宮傳燭飛煙五侯宅青青草迷路

陌強載酒細尋前迹市橋遠柳下人家猶自相識坊
刻或遺條風至正是二十字

玉樓春按譜木蘭花令實是一調又如滿庭芳
與鎖陽臺蘇幕遮與鬢雲鬆令之類俱同調
而異名前後錯見姑仍之

當時攜手城東道月墮簷牙人睡了酒邊誰使客愁輕帳底不教春夢到　別來人事如秋草應有吳霜侵翠葆夕陽深鎖綠楊門一任盧郎愁裏老盧郎一作庾郎非攷盧家郎年暮爲校書晚娶崔氏女崔有詞翰結褵之後微有嫌色盧因請詩爲戲崔立成云不怨檀郎年紀大不怨檀郎官職卑自恨妾身生較晚不見盧郎年少時

又或另見別卷或刻秦少游

玉琴虛下傷心淚只有文君知曲意簾烘樓迫月宜人酒暖香融春有味　萋萋芳草迷千里惆悵王孫行未已天涯回首一銷魂二十四橋歌舞地

又

大隄花豔驚郎目秀色穠華看不足休將寶瑟寫幽懷坐上有人能顧曲　平波落照涵赬玉畫舸亭亭浮淡淥臨分何以祝深情只有別愁三萬斛

又

玉奩收起新粧了鬢畔斜枝紅裊裊淺嚬輕笑百般宜試著春衫應更好　裁金簇翠天機巧不稱野人簪破帽滿頭聊作片時狂頓減十年塵土貌

又

桃溪不作從容住秋藕絕來無續處當時相候赤闌橋今日獨尋黃葉路　煙中列岫青無數雁背夕陽紅欲暮人如風後入江雲情似雨餘黏地絮當時相候赤闌橋絕妙詞選作當時無奈鳥聲哀

傷情怨

枝頭風信漸小看暮鴉飛了又是黃昏閉門收返照江南人去路杳信未通愁已先到怕見孤燈霜寒催睡早

品令 梅花

夜闌人靜月痕寄梅梢疎影簾外曲角闌干近舊攜手處花霧寒成陣　應是不禁愁與恨縱相逢難問黛眉曾把春衫印後期無定腸斷香銷盡花霧寒成陣或刻花發霧寒成陣按譜第五句宜五字且沈詩落花紛似霧增一發字便少味

木蘭花令 暮秋餞別

郊原雨過金英秀風掃霜威寒入袖感君一曲斷腸歌送我十分和淚酒　古道塵清榆柳瘦繫馬郵亭人散後今宵燈盡酒醒時可惜朱顏成皓首

秋蕊香

乳鴨池塘水暖風緊柳花迎面午妝粉指印窗眼曲裏長眉翠淺　聞知社日停針線貪新燕寶釵落枕夢魂遠簾影參差滿院

菩薩蠻

銀河宛轉三千曲浴鳧飛鷺澄波淥何處望歸舟夕陽江上樓　天憎梅浪發故下封枝雪深院捲簾看應憐江上寒

玉團兒 清真集不載

鉛華淡竚新妝束好風韻天然異俗彼此知名雖然初見情分先熟　爐煙淡淡雲屏曲睡半醒生香透肉賴得相逢若還虛過生世不足

醜奴兒 詠梅

肌膚綽約真仙子來伴冰霜洗盡鉛黃素面初無一點妝　尋花不用持銀燭暗裏聞香零落池塘分付餘妍與壽陽

又下二闋清真集不載

南枝度臘開全少疎影當軒一種宜寒自共清蟾別有緣　江南風味依然在玉貌韶顏今夜凭闌不似釵頭子細看

又

香梅開後風傳信繡戸先知霧溼羅衣冷豔須攀最遠枝　高歌羌管吹遙夜看卽分披已恨來遲不見娉婷帶雪時

感皇恩

露柳好風標嬌鶯能語獨占春光最多處淺顰輕笑未肯等閒分付爲誰心子裏長長苦　洞房見說雲深無路憑仗青鸞道情素酒空歌斷又被濤江催度怎向言不盡愁無數

又 清真集不載

小閣倚晴空數聲鐘定斗柄垂寒暮天靜朝來殘酒又被春風吹醒眼前猶認得當時景　往事舊懽不堪重省自歎多愁更多病綺窗依舊敲徧闌干誰應斷腸明月下梅搖影

宴桃源

塵暗一枰文繡淚溼領巾紅皺初暖綺羅輕腰勝武昌官柳長晝長晝閒臥午窗中酒塵暗一枰文繡清

眞集作塵滿一絣文繡

又

門外迢迢行路誰送郎邊尺素巷陌雨餘風當面溼花飛去無緒無緒閒處偷垂玉筋

月中行

蜀絲趁日染乾紅微煖口脂融博山細篆靄房櫳靜看打窗蟲　愁多膽怯疑虛幕聲不斷暮景疎鐘團圞四壁小屏風淚盡夢啼中　團圞四壁小屏風一作團圞一面小屏風非孫亮作圓琉璃屏風多布螢其中月下清夜舒之常寵四姬皆比絕色使入四座屏風內望之若無隔惟香氣不通於外

漁家傲

灰暖香融銷永晝蒲萄上架春藤秀曲角闌干羣雀鬬清明後風梳萬縷亭前柳　日照釵梁光欲溜循階竹粉霑衣袖拂拂面紅新著酒沈吟久昨宵正是來時候

又

幾日輕陰寒惻惻東風急處花成積醉踏陽春懷故國歸未得黃鸝久住如相識　賴有蛾眉能暖客長歌屢勸金杯側歌罷月痕來照席貪歡適遶簾前重露

成涓滴

定風波

莫倚能歌斂黛眉此歌能有幾人知他日相逢花月底重理好聲須記得來時　苦恨城頭傳漏永□□無情豈解惜分飛休訴金尊推玉臂從醉明朝有酒遣誰持

蝶戀花 詠柳

愛日輕明新雪後柳眼星星漸欲穿窗牖不待長亭傾別酒一枝已入騷人手　淺淺柔黃輕蠟透過盡冰霜便與春爭秀強對青銅簪白首老來風味難依舊

愛日輕明新雪後清真集作緩日輕煖新霽後

又

桃萼新香梅落後葉暗藏鴉冉冉垂亭牖舞困低迷如著酒亂絲偏近遊人手　雨過蒙朧斜日透客舍青青特地添明秀莫話揚鞭回別首渭城荒遠無交舊

又

小閣陰陰人寂後翠幕褰風燭影搖疎牖夜半霜寒初索酒金刀正在柔荑手　粉薄絲輕光欲透小葉尖新未放雙眉秀記得長條垂鷁首別離情味還依

舊

又 詠柳

蠢蠢黃金初脫後暖日飛綿取次黏窗牖不見長條低拂酒贈行應已輸先手 鶯擲金梭飛不透小樹危樓處處添奇秀何日隋隄縈馬首路長人倦空思舊

又 早行○或作鳳棲梧另入別卷

月皎驚烏棲不定更漏將闌轣轆牽金井喚起兩眸青炯炯淚花落枕紅綿冷 執手霜風吹鬢影去意徘徊別語愁難聽樓上闌干橫斗柄露寒人遠雞相應

又 下五闋青真集不載

魚尾霞生明遠樹翠壁黏天玉葉迎風舉一笑相逢蓬海路人間風月如塵土 翦水雙眸雲鬢吐醉倒天飄笑語生青霧此會未闌須記取桃花幾度吹紅雨

又

美盼低迷情宛轉愛雨憐雲漸覺寬金釧桃李香苞秋不展深心黯黯誰能見 宋玉牆高纔一覘絮亂絲繁苦隔春風面歌板未終風色便夢爲蝴蝶留芳

甸

又

晚步芳塘新霽後春意潛來迤邐通窗牖午睡漸多
濃似酒韶華已入東君手　嫩綠輕黃成染透燭下
工夫洩漏章臺秀擬插芳條須滿首管交風味還勝
舊

又

葉底尋花春欲暮折徧柔枝滿手真珠露不見舊人
空舊處對花惹起愁無數　卻倚闌干吹柳絮粉蝶
多情飛上釵頭住若遣郎身如蝶羽芳時爭肯拋人
去

又

酒熟微紅生眼尾半額龍香冉冉飄衣袂雲壓寶釵
撩不起黃金心字雙垂耳　愁入眉痕添秀美無限
柔情分付西流水忽被驚風吹別淚只應天也知人
意

紅羅襖

畫燭尋懽去嬴馬載愁歸念取酒東壚尊罍雖近採
花南圃蜂蝶須知　自分袂天闊鴻稀空懷乖夢約
心期楚客憶江蘺算宋玉未必爲秋悲

少年遊 感舊

并刀如水吳鹽勝雪纖指破新橙錦幄初溫獸香不斷相對坐吹笙 低聲問向誰行宿城上已三更馬滑霜濃不如休去直是少人行 獸香不斷一作手香不斷非長安巧工作博山香爐爲奇禽怪獸煙自口中出○相對坐吹笙或用王建宮詞沈香火底坐吹笙句清真集又作相對坐調箏

又

簷牙縹緲小倡樓涼月掛銀鉤聒席笙歌透簾燈火風景似揚州 當時面色欺春雪曾伴美人遊今日重來更無人問獨自倚闌愁

又 荆州作

南都石黛掃晴山衣薄奈朝寒一夕東風海棠花謝樓上捲簾看 而今麗日明如洗南陌暖雕鞍舊賞園林喜無風雨春鳥報平安

又 雨後

朝雲漠漠散輕絲樓閣澹春姿柳泣花啼九街泥重門外燕飛遲 而今麗日明金屋春色在桃枝不似當時小樓衝雨幽恨兩人知

還京樂

禁煙近觸處浮香秀色相料理正泥花時候奈何客裏光陰虛費望箭波無際迎風漾日黃雲委任去遠中有萬點相思清淚　到長淮底過當時樓下殷勤爲說春來羈旅況味堪嗟悞約乖期向天涯自看桃李想如今應恨墨盈牋愁妝照水怎得青鸞翼飛歸教見憔悴

解連環 譜名玉連環○怨別

怨懷無託嗟情人斷絕信音遼邈縱妙手能解連環似風散雨收霧輕雲薄燕子樓空暗塵鎖一牀絃索想移根換葉盡是舊時手種紅藥　汀洲漸生杜若料舟依岸曲人在天角記得當日音書把閒語閒言待總燒卻水驛春迴望寄我江南梅蕚拚今生對花對酒爲伊淚落清真集拚今生爲伊對花對酒淚落○縱妙手能解連環一作信妙手能把連環環非攻秦始皇遺齊君王后玉連環曰齊國多智能解此環否以示羣臣羣臣不知解君王后引椎破之謝秦使曰謹以解矣

綺寮怨

上馬人扶殘醉曉風吹未醒映水曲翠瓦朱簷垂楊裏作見津亭當時曾題敗壁蛛絲罩淡墨苔暈青念

去來歲月如流徘徊久嘆息愁思盈　去去倦尋路程江陵舊事何曾再問楊瓊舊曲淒清斂愁黛與誰聽尊前故人如在想念我最關情何須渭城歌聲未盡處先淚零或於徘徊久嘆息下分段

玲瓏四犯

穠李夭桃是舊日潘郎親試春豔自別河陽長負露房煙臉憔悴鬢點吳霜細念想夢魂飛亂嘆畫闌玉砌都換纔始有緣重見　夜深偷展香羅薦暗窗前醉眠蔥蒨浮花浪蕊都相識誰更曾擡眼休問舊色舊香但認取芳心一點奈又片時一陣風雨惡吹分散細念想夢魂飛亂按譜第七句六言無細字

丹鳳吟春恨

迤邐春光無賴翠藻翻池黃蜂遊閣朝來風暴飛絮亂投簾幕生憎暮景倚牆臨岸杏靨夭斜榆錢輕薄晝永惟思傍枕睡起無憀殘照猶在庭角　況是別離氣味坐來但覺心緒惡痛飲澆愁酒奈愁濃如酒無計銷鑠那堪昏暝簌簌半簷花落弄粉調朱柔素手問何時重握此時此意生怕人道著

憶舊遊清真集不載

記愁橫淺黛淚洗紅鉛門掩秋宵墜葉驚離思聽寒

螢夜泣亂雨蕭蕭鳳釵半脫雲鬢窗影燭花搖漸暗竹敲涼疎螢照曉雨地魂消　迢迢問音信道徑底花陰時認鳴鑣也擬臨朱戶歎因郎憔悴羞見郎招舊巢更有新燕楊柳拂河橋但滿眼京塵東風竟日吹露桃

拜星月慢

夜色催更清塵收露小曲幽坊月暗竹檻燈窗識秋娘庭院笑相遇似覺瓊枝玉樹相倚暖日明霞光爛水盼蘭情總平生稀見　畫圖中舊識春風面誰知道自到瑤臺畔眷戀雨潤雲溫苦驚風吹散念荒寒寄宿無人館重門閉敗壁秋蟲嘆怎奈向一縷相思隔溪山不斷 水盼蘭情或作木盼蘭情非韓詩云吳魚嶺雁無消息水盼蘭情別日多

倒犯詠月○清真集作吉了犯

霽景對霜蟾乍昇素煙如掃千林夜縞徘徊處漸移深窈何人正弄孤影蹁躚西窗悄冒露冷貂裘玉斝邀雲表共寒光飲清醥　淮左舊遊記送行人歸來山路窵駐馬望素魄印遙碧金樞小愛秀色初娟好念漂浮緜緜思遠道料異日宵征必定還相照奈何人自老 共寒光飲清醥或作清醪非韻攷蜀都賦置

酒高堂觴以清醥

減字木蘭花　清真集不載

風鬟霧鬢便覺蓬萊三島近水秀山明縹緲仙姿畫不成　廣寒丹桂豈是夭桃塵俗世只恐乘風飛上瓊樓玉宇中

木蘭花令　清真集不載○原本二首攷殘春一闋狂風雨是六一詞刪去

歌時宛轉饒風措鶯語清圓啼玉樹斷腸歸去月三更薄酒醒來愁萬緒　孤燈翳翳昏如霧枕上依稀聞笑語惡嫌春夢不分明忘了與伊相見處

驀山溪　此二闋清真集不載

樓前疎柳柳外無窮路翠色四天垂數峯青高城闊處江湖病眼偏向此山明愁無語空凝竚兩兩昏鴉去　平康巷陌往事如花雨十載卻歸來倦追尋酒旗戲鼓今宵幸有人似月嬋娟霞袖舉杯深注一曲黃金縷

又

江天雪意夜色寒成陣翠袖捧金蕉酒紅潮香凝沁粉簾波不動新月淡籠明香破豆燭頻花減字歌聲穩　恨眉羞斂往事休重問人去小庭空有梅梢一

枝春信檀心未展誰爲探芳叢消瘦盡洗妝勻應更
添風韻

青玉案 清真集不載

良夜燈光簇如豆占好事今宵有酒罷歌闌人散後
琵琶輕放語聲低顫滅燭來相就 玉體偎人情何
厚輕惜輕憐轉唧嚠雨散雲收眉兒皺只愁彰露那
人知後把我來僝僽

一翦梅 清真集不載

一翦梅花萬樣嬌斜插疎枝略點眉梢輕盈微笑舞
低回何事尊前拍手誤招 夜漸寒深酒漸消袖裏
時聞玉釧輕敲城頭誰恁促殘更銀漏何如且慢明
朝

水調歌頭 中秋寄李伯紀大觀文○清真集不
載

今夕月華滿銀漢瀉秋寒風纏霧捲宛轉天陛玉樓
寛應是金華仙子又喜今年藥就收拾山河影都向
鏡中蟠□□□□□ 橫霜竹吹明月到中天要令
四海遙望千古此輪安何處今年無月唯有謫仙著
語高絶莫能攀我故喚公起雲海路漫漫

南柯子 清真集俱不載

寶合分時菓金盤弄賜冰晚來階下按新聲恰有一方明月可中庭　露下天如水風來夜氣清嬌羞不肯傍人行颭下扇兒拍手引流螢

又

膩頸凝酥白輕衫淡粉紅碧油涼氣透簾櫳指點庭花低映雲母屏風　恨逐瑤琴寫書勞玉指封等閒贏得瘦儀容何事不教雲雨略下巫峯

又詠梳兒

桂魄分餘暈檀槽破紫心曉妝初試鬢雲侵每被蘭膏香染色深沈　指印纖纖粉釵橫隱隱金有時雲雨鳳幃深長是枕前不見殢人尋

關河令　清真集不載○時刻清商怨

秋陰時晴漸向瞑變一庭淒冷佇聽寒聲雲深無雁影　更深人去寂靜但照壁孤燈相映酒已都醒如何消夜永

鵲橋仙令　清真集不載

浮花浪蕊人間無數開遍朱朱白白瑤池一朶玉芙蓉秋露洗丹砂真色　晚涼拜月六銖衣動應被姮娥認得翩然欲上廣寒宮橫玉度一聲天碧

花心動　清真集不載

簾捲青樓東風滿楊花亂飄晴晝蘭袂褪香羅帳褰紅繡枕旋移相就海棠花謝春融暖偎人恁嬌波頻溜象牀穩鴛衾漫展浪翻紅縐　一夜情濃似酒香汗漬鮫綃幾番微透鸞困鳳慵婭姹雙眼畫也畫應難就問伊可煞於人厚梅萼露臙脂檀口從此後纖腰爲郎管瘦

雙頭蓮　清真集不載

一抹殘霞幾行新雁天染斷紅雲迷陣影隱約望中點破晚空澄碧助秋色門掩西風橋橫斜照青翼未來濃塵自起咫尺鳳幃合有人相識　歎乖隔知甚時恣與同攜懽適度曲傳觴並韉飛轡綺陌畫堂連夕樓頭千里帳底三更盡堪淚滴怎生向總無聊但只聽消息

長相思　曉行　○清真集俱不載

舉離觴掩洞房箭水泠泠刻漏長愁中看曉光　整羅裳脂粉香見掃門前車上霜相持泣路旁

又　閨怨

馬如飛歸未歸誰在河橋見別離修楊委地垂　掩面啼人怎知桃李成陰鶯哺兒閑行春盡時

又　舟中作

好風浮晚雨收林葉陰陰映鷁舟斜陽明倚樓　黯凝眸憶舊遊艇子扁舟來莫愁石城風浪秋

又

沙棠舟小棹遊池水澄澄人影浮錦鱗遲上鉤　煙雲愁簫鼓休再得來時已變秋欲歸須少留

大有　清真集不載

仙骨清羸沈腰憔悴見旁人驚怪消瘦柳無言雙眉盡日齊鬭都緣薄倖賦情淺許多時不成懽偶幸自也總由他何須負這心口　令人恨行坐呪斷了更思量沒心永守前日相逢又早見伊仍舊卻更被溫存後都忘了當時僝僽便摑撮九百身心依前待有

萬里春　清真集不載

千紅萬翠簇定清明天氣爲憐他種種清香好難爲不醉　我愛深如你我心在個人心裏便相看老卻春風莫無些歡意

鶴沖天　溧水長壽鄉作○清真集俱不載

梅雨霽暑風和高柳亂蟬多小園臺榭遠池波魚戲動新荷　薄紗廚輕羽扇枕冷簟涼深院此時情緒此時天無事小神仙

又

白角簟碧紗廚梅雨乍晴初謝家池畔正清虛香散
嫩芙蕖　日流金風解慍一弄素琴歌舞慢搖紈扇
訴花箋吟待晚涼天

片玉詞卷上

片玉詞卷下

解語花上元

風銷絳蠟露浥紅蓮燈市光相射桂華流瓦纖雲散耿耿素娥欲下衣裳淡雅看楚女纖腰一把簫鼓喧人影參差滿路飄香麝　因念都城放夜望千門如晝嬉笑游冶鈿車羅帕相逢處自有暗塵隨馬年光是也唯只見舊情衰謝清漏移飛蓋歸來從舞休歌罷

鎖陽臺懷錢塘○清真集俱不載○即滿庭芳

山崦籠春江城吹雨暮天煙淡雲昏酒旗漁市冷落杏花村蘇小當年秀骨縈蔓草空想羅裙潮聲起高樓噴笛五兩了無聞　淒涼懷故國朝鐘暮鼓十載紅塵但夢魂迢遞長到吳門聞道花開陌上歌舊曲愁殺王孫何時見名娃喚酒同倒甕頭春

又

花撲鞭鞘風吹衫袖馬蹄初趁輕裝都城漸遠芳樹隱斜陽未慣羈遊況味征鞍上滿目淒涼今宵裏三更皓月愁斷九迴腸　佳人何處去別時無計同引離觴但唯有相思兩處難忘去也十分去也如何向千種思量凝眸處黃昏畫角天遠路岐長

又

白玉樓高廣寒宮闕暮雲如幛褰開銀河一派流出碧天來無數星躔玉李冰輪動光滿樓臺登臨處全勝瀛海弱水浸蓬萊　雲鬟香霧溼月娥韻壓雲凍江梅況飡花飲露莫惜裴徊坐看人間如掌山河影倒入瓊杯歸來晚笛聲吹徹九萬里塵埃

過秦樓 清真集作選官子或作惜餘春慢

水浴清蟾葉喧涼吹巷陌馬聲初斷閒依露井笑撲流螢惹破畫羅輕扇人靜夜久凭闌愁不歸眠立殘更箭嘆年華一瞬人今千里夢沈書遠　空見說鬢怯瓊梳容銷金鏡漸懶趁時勻染梅風地溽紅雨苔滋一架舞紅都變誰信無聊為伊才減江淹情傷荀倩但明河影下還看稀星數點 水浴清蟾俗本作京浴誤○倩傷荀倩一作荀令非荀奉倩妻曹氏有豔色嘗病倩以冷身熨之後卒倩嘆曰佳人難再得人弔之不哭而傷神未幾倩亦卒

解蹀躞 秋思

候館丹楓吹盡面旋隨風舞夜寒霜月飛來伴孤旅還是獨擁秋衾夢餘酒困都醒滿懷離苦　甚情緒深念凌波微步幽房暗相遇淚珠都作秋宵枕前雨

此恨音驛難通待憑征雁歸時帶將愁去

蕙蘭芳引 秋懷

寒瑩晚空點青鏡斷霞孤鶩對客館深扃霜草未衰更綠倦遊厭旅但夢繞阿嬌金屋想故人別後盡日空疑風竹 塞北氍毹江南圖障是處溫燠更花管雲牋猶寫寄情舊曲音塵迢遞但勞遠目今夜長爭奈枕單人獨

六幺令 重陽

快風收雨亭館清殘燠池光靜橫秋影岸柳如新沐聞道宜城酒美昨日新醅熟輕鑣相逐衝泥策馬來折東籬半開菊 華堂花豔對列一一驚郎目歌韻巧共泉聲間雜琮琤玉惆悵周郎已老莫唱當時曲幽歡難卜明年誰健更把茱萸再三囑 間雜琮琤玉清真集作間雜淙哀玉

紅林檎近 詠雪

高柳春纔輭凍梅寒更香暮雪助清峭玉塵散林塘那堪飄風遞冷故遣度幕穿窗似欲料理新妝呵手弄絲簧 冷落詞賦客蕭索水雲鄉援毫授簡風流猶憶東梁望虛簷徐轉迴廊未掃夜長莫惜空酒觴

又 雪晴

風雪驚初霽水鄉增暮寒樹杪墮毛羽簷牙挂琅玕
才喜門堆巷積可惜迤邐銷殘漸看低竹翩翻清池
漲微瀾　步屐晴正好宴席晚方歡梅花耐冷亭亭
來入冰盤對前山橫素愁雲變色放杯同覓高處看

滿路花 詠雪

金花落燼燈銀礫鳴窗雪庭深微漏斷行人絕風扉
不定竹圃琅玕折玉人新間闊著這情懷更當恁地
時節　無言欹枕帳底流清血愁如春後絮來相接
知他那裏爭信人心切除共天公說不成也還似伊
無箇分別

又 冬景

簾烘淚雨乾酒壓愁城破冰壺防飲渴培殘火朱消
粉褪絕勝新梳裏不是寒宵短日上三竿殢人猶要
同臥　如今多病寂寞章臺左黃昏風弄雪門深鎖
蘭房密愛萬種思量過也須知有我著甚情懷但你
忘了人呵

氐州第一 清真集作熙州摘徧字句稍異

波落寒汀村渡向晚遙看數點帆小亂葉翻鴉驚風
破雁天角孤雲縹緲宮柳蕭疎甚尚挂微微殘照景
物關情川途換目頓來催老　漸解狂朋歡意少奈

猶被思牽情繞座上琴心機中錦字覺最縈懷抱也知人懸望久薔薇謝歸來一笑欲夢高唐未成眠霜空已曉

尉遲杯 離別

隋隄路漸日晚密靄生深樹陰陰淡月籠沙還宿河橋深處無情畫舸都不管煙波隔前浦等行人醉擁重衾載將離恨歸去 因思舊客京華長偎傍疎林小檻歡聚冶葉倡條俱相識仍慣見珠歌翠舞如今向漁村水驛夜如歲焚香獨自語有何人念我無聊夢魂凝想鴛侶

塞翁吟 夏景

暗葉啼風雨窗外曉色朧聰散水麝小池東亂一岸芙蓉蘄州簟展雙紋浪輕帳翠縷如空夢遠別淚痕重淡鉛臉斜紅 沖沖嗟憔悴新寬帶結羞豔冶都銷鏡中有蜀紙堪憑寄恨等今夜灑血書詞剪燭親封菖蒲漸老早晚成花教見薰風 等今夜灑血書詞或作灑淚書詞非韓愈云刳肝以爲紙灑血以書詞

繞佛閣 旅況

暗塵四斂樓觀迥出高映孤館清漏將短厭聞夜久籤聲動書幔桂華又滿閑步露草偏愛幽遠花氣清

婉望中迤邐城陰度河岸　倦客最蕭索醉倚斜橋穿柳線還似汴隄虹梁橫水面看浪颭春燈舟下如箭此行重見嘆故友難逢羇思空亂兩眉愁向誰行展

慶春宮悲秋○或刻柳耆卿○偏憐嬌鳳作唯他絕藝

雲接平崗山圍寒野路回漸轉孤城衰柳啼鴉驚風驅雁動人一片秋聲倦途休駕澹煙裏微茫見星塵埃憔悴生怕黃昏離思牽縈　華堂舊日逢迎花豔參差香霧飄零絃管當頭偏憐嬌鳳夜深簧暖笙清眼波傳意恨密約匆匆未成許多煩惱只為當時一餉留情

滿江紅春閨

晝日移陰攬衣起春帷睡足臨寶鑑綠雲撩亂未懽裝束蝶粉蜂黃都褪了枕痕一線紅生玉背畫闌脈脈儘無言尋棋局　重會面猶未卜無限事縈心曲想秦箏依舊尚鳴金屋芳草連天迷遠望寶香薰被成孤宿最苦是蝴蝶滿園飛無心撲

丁香結

蒼蘚沿階冷螢粘屋庭樹望秋先隕漸雨淒風迅澹

暮色倍覺園林清潤漢姬紈扇在重吟玩棄擲未忍
登山臨水此恨自古銷磨不盡　牽引記醉酒歸時
對月同看雁陣寶幄香纓熏爐象尺夜寒燈暈誰念
留滯故國舊事勞方寸唯丹青相伴那更塵昏蠹損

三部樂 梅雪

浮玉飛瓊向邃館靜軒倍增清絶夜窗垂練何用交
光明月聞道宮闈多梅趁暗香未遠凍蕊初發倩誰
折取持贈情人桃葉　回紋近傳錦字道爲君瘦損
是人都說祇知染紅著手膠梳黏髮轉思量鎭長墮
睫都只爲情深意切欲報信息無一句堪喻愁結

西河 金陵懷古

佳麗地南朝盛事誰記山圍故國繞清江髻鬟對起
怒濤寂寞打孤城風檣遥度天際斷崖樹猶倒倚莫
愁艇子曾繫空餘舊迹鬱蒼蒼霧沈半壘夜深月過
女牆來賞心東望淮水　酒旗戲鼓甚處是想依稀
王謝鄰里燕子不知何世向尋常巷陌人家相對如
說興亡斜陽裏 花庵詞選作三疊風檣遥望天際作一截賞心東望淮水又作一截○清真集在空餘舊迹分段

又 清真集不載

長安道蕭灑西風時起塵埃車馬晚游行霸陵煙水亂鴉棲鳥夕陽中參差霜樹相倚到此際愁如葦冷落關河千里追思唐漢昔繁華斷碑殘記未央宮闕已成灰終南依舊濃翠　對此景無限愁思繞天涯秋蟾如水轉使客情如醉想當時萬古雄名盡作往來人淒涼事

一寸金　新定詞

州夾蒼崖下枕江山是城郭望海霞接日紅翻水面晴風吹草青搖山腳波暖鳧鷖作沙痕退夜潮正落疎林外一點炊煙渡口參差正寥廓　自歎勞生經年何事京華信漂泊念渚蒲汀柳空歸閒夢風輪雨檝終辜前約情景牽心眼流連處利名易薄迴頭謝冶葉倡條便入漁釣樂

瑞鶴仙

悄郊原帶郭行路永客去車塵漠漠斜陽映山落斂餘紅猶戀孤城闌角淩波步弱過短亭何用素約有流鶯勸我重解繡鞍緩引春酌　不記歸時早暮上馬誰扶醒眠朱閣驚飈動幕扶殘醉繞紅藥嘆西園已是花深無地東風何事又惡任流光過卻猶喜洞天自樂

又　清真集不載

暖煙籠細柳弄萬縷千絲年年春色晴風蕩無際濃於酒偏醉情人調客闌干倚處度花香微散酒力對重門半掩黃昏淡月院宇深寂　愁極因思前事洞房佳宴正值寒食尋芳偏賞金谷里銅陁陌到而今魚雁沈沈無信息天涯常是淚滴早歸來雲館深處那人正憶

浪淘沙慢　恨別

曉陰重霜凋岸草霧隱城堞南陌脂車待發東門帳飲乍闋正拂面垂楊堪攬結掩紅淚玉手親折念漢浦離鴻去何許經時信音絕　情切望中地遠天闊向露冷風清無人處耿耿寒漏咽嗟萬事難忘唯是輕別翠尊未竭憑斷雲留取西樓殘月羅帶光銷紋衾疊連環解舊香頓歇怨歌永瓊壺敲盡缺恨春去不與人期弄夜色空餘滿地梨花雪　時刻在情切分段

又　清真集不載

萬葉戰秋聲露結雁度砂磧細草和煙尚綠遙山向晚更碧見隱隱雲邊新月白映落照簾幕千家聽數聲何處倚樓笛裝點盡秋色　脈脈旅情暗自消釋

念珠玉臨水猶悲感何況天涯客憶少年歌酒當時蹤跡歲華易老衣帶寬懊惱心腸終窄飛散後風流人阻藍橋約悵恨路隔馬蹄過猶嘶舊巷陌歎往事一一堪傷曠望極凝思又把闌干拍

西平樂元豐初予以布衣西上過天長道中後四十餘年辛丑正月二十六日避賊復遊故地感歎歲月偶成此詞

穉柳蘇晴故溪渴雨川迥未覺春賒駝褐寒侵正憐初日輕陰抵死須遮歎事逐孤鴻去盡身與塘蒲共晚爭知向此征途區區竚立塵沙追念朱顏翠髮曾到處故地使人嗟道連三楚天低四野喬木依前臨路欹斜重慕想東陵晦迹彭澤歸來左右琴書自樂松菊相依何況風流鬢未華多謝故人親馳鄭驛時倒融尊勸此淹留共過芳時翻令倦客思家

玉燭新早梅

溪源新臘後見數朵江梅剪裁初就暈酥砌玉芳英嫩故把春心輕漏前村昨夜想弄月黃昏時候孤岸峭疎影橫斜濃香暗沾襟袖尊前賦與多才問嶺外風光故人知否壽陽漫鬭終不似照水一枝清瘦風嬌雨秀好亂插繁華盈首須信道羌管無情看看

又奏

南鄉子

晨色動妝樓短燭熒熒悄未收自在開簾風不定颼颼池面冰澌趁水流　早起怯梳頭欲綰雲鬟又卻休不會沈吟思底事凝眸兩點春山滿鏡愁

又下四闋清真集不載

秋氣繞城闉暮角寒鴉未掩門記得佳人衝雨別吟分別緒多於雨後雲　小棹碧溪津恰似江南第一春應是採蓮閒伴侶相尋收取蓮心與舊人

又

寒夜夢初醒行盡江南萬里程早是愁來無會處時聽敗葉相傳細雨聲　書信也無憑萬事由他別後情誰信歸來須及早長亭短帽輕衫走馬迎

又詠秋夜

戶外井桐飄淡月疎星共寂寥恐怕霜寒初索被中宵已覺秋聲引雁高　羅帶束纖腰自翦燈花試彩毫收起一封江北信明朝為問江頭早晚潮

又撥燕巢

輕輭舞時腰初學吹笙苦未調誰遣有情知事早相撩暗舉羅巾遠見招　癡騃一團嬌自折長條撥燕

巢不道有人潛看著從教掉下鬟心與鳳翹

望江南

歌席上無賴是橫波寶髻玲瓏欹玉燕繡巾柔膩掩香羅人好自宜多　無箇事因甚斂雙蛾淺淡梳妝疑見畫惺鬆言語勝聞歌何況會婆娑

又春遊

遊妓散獨自繞回隄芳草懷煙迷水曲密雲銜雨暗城西九陌未霑泥　桃李下春晚自成蹊牆外見花尋路轉柳陰行馬過鶯啼無處不悽悽

浣溪紗

不爲蕭娘舊約寒何因容易別長安預愁衣上粉痕乾　幽閤深沈燈焰喜小爐隣近酒杯寬爲君門外脫歸鞍

又

翠葆參差竹徑成新荷跳雨碎珠傾曲闌斜轉小池亭　風約簾衣歸燕急水搖扇影戲魚驚柳梢殘日弄微晴

又

寶扇輕圓淺畫繒象牀平穩細穿藤飛蠅不到避壺冰　翠枕面涼偏益睡玉簫手汗錯成聲日長無力

要人憐

又

薄薄紗幮望似空簟紋如水浸芙蓉起來嬌眼未惺忪強整羅衣擡皓腕更將紈扇掩酥胸羞郎何事面微紅

又

爭挽桐花兩鬢垂小妝弄影照清池珠簾踏襪趁蜂兒跳脫添金雙腕重琵琶破撥四絃悲夜寒誰肯翦春衣

又 或刻歐陽永叔

雨過殘紅溼未飛疎籬一帶透斜暉遊蜂釀蜜竊香歸金屋無人風竹亂夜篝盡日水沈微一春須有憶人時

又

日薄塵飛官路平眼明喜見汴河傾地遙人倦莫兼程下馬先尋題壁字出門閒記榜村名早收燈火夢傾城

又

貪向津亭擁去車不辭泥雨濺羅襦淚多脂粉了無餘酒釅未須令客醉路長終是少人扶早教幽夢

到華胥

又 或刻李易安

樓上晴天碧四垂樓前芳草接天涯勸君莫上最高
梯 新筍看成堂下竹落花都上燕巢泥忍聽林表
杜鵑啼

又

日射欹紅臘蒂香風乾微汗粉襟涼碧綃對捲簟紋
光 自翦柳枝明畫閣戲拋蓮菂種橫塘長亭無事
好思量

浣溪紗慢 清真集不載

水竹舊院落櫻筍新蔬果嫩英翠幄紅杏交榴火心
事暗卜葉底尋雙朶深夜歸青鎖燈盡酒醒時曉窗
明釵橫鬢嚲 怎生那被間阻時多奈愁腸數疊幽
恨萬端好夢還驚破可怪近來傳語也無個莫是嗔
人呵真個若嗔人卻因何逢人問我

點絳脣

孤館迢迢暮天草露霑衣潤夜來秋近月暈通風信
今日源頭黃葉飛成陣知人悶故來相趁共結臨
歧恨

又

遼鶴歸來故鄉多少傷心地寸書不寄魚浪空千里憑仗桃根說與相思意愁無際舊時衣袂猶有東風淚

又

征騎初停酒行莫放離歌舉柳汀蓮浦看盡江南路苦恨斜陽冉冉催人去空回顧淡煙橫素不見揚鞭處 酒行莫放離歌舉清真集作晝筵欲散離歌舉

又

臺上披襟快風一瞬收殘雨柳絲輕舉蛛網黏飛絮極目平蕪應是春歸處愁凝佇楚歌聲苦村落黃昏鼓

夜遊宮

客去車塵未斂古簾暗雨苔千點月皎風清在處見奈今宵照初絃吹一箭 池曲河聲轉念歸計眼迷魂亂明日前村更荒遠且開尊任紅鱗生酒面

又秋暮晚景

葉下斜陽照水捲輕浪沈沈千里橋上酸風射眸子立多時看黃昏燈火市 古屋寒窗底聽幾片井桐飛墜不戀單衾再三起有誰知為蕭娘書一紙

又清真集不載

一陣斜風橫雨薄衣潤新添金縷不謝鉛華更清素倚筠窗弄幺絃嬌欲語　小閣橫香霧正年少小娥愁緒莫是栽花被花妬甚春來病懨懨無會處

訴衷情　殘杏

出林杏子落金盤齒軟怕嘗酸可惜半殘青子猶印小脣丹　南陌上落花閒雨斑斑不言不語一段傷春都在眉間

又

隄前亭午未融霜風緊雁無行重尋舊日歧路茸帽北遊裝　期信杳別離長遠情傷風翻酒幔寒凝茶煙又是何鄉

又　清真集不載

當時選舞萬人長玉帶小排方喧傳京國聲價年少最無量　花閣迥酒筵香想難忘而今何事佯向人前不認周郎　喧傳京國聲價時刻讓與都城聲價

一落索　清真集作洛陽春

眉共春山爭秀可憐長皺莫將清淚溼花枝恐花也如人瘦　清潤玉簫閒久知音稀有欲知日日倚闌愁但問取亭前柳

又

杜宇催歸聲苦和春歸去倚闌一霎酒旗風任撲面桃花雨　目斷隴雲江樹難逢尺素落霞隱隱日平西料想是分攜處

迎春樂

清池小圃開雲屋結春伴往來熟憶年時縱酒杯行速看月上歸禽宿　牆裏修篁森似束記名字曾刊新綠見說別來長冷翠蘚封寒玉

又

桃溪柳曲閒蹤跡俱曾是大隄客解春衣貰酒城南陌頻醉臥胡姬側　鬢點吳霜嗟早白更誰念玉溪消息他日水雲身相望處無南北

又 攜妓

人人豔色明春柳憶筵上偷攜手趁歌停舞歇來相就醒醒箇無此酒　比目香囊新刺繡連隔座一時薰透爲甚月中歸長是他隨車後

虞美人

燈前欲去仍留戀腸斷朱扉遠不須紅雨洗香腮待得薔薇花謝便歸來　舞腰歌板閒時按一任傍人看金爐應見舊殘煤莫遣恩情容易似寒灰

又

簾纖小雨池塘徧細點破萍面一雙燕子守朱門比似尋常時候易黃昏　宜城酒泛浮春絮細作更闌語相看羇思亂如雲又是一窗燈影兩愁人

又

疎籬曲徑田家小雲樹開秋曉天寒山色有無中野外一聲鐘起送孤篷　添衣策馬尋亭堠愁抱惟宜酒菰蒲睡鴨占陂塘縱被行人驚散又成雙

又一本無此首

淡雲籠月松溪路長記分攜處夢魂連夜繞松溪此夜相逢恰似夢中時　海山陸覺風光好莫惜金尊倒柳花吹雪燕飛忙生怕扁舟歸去斷人腸

又

玉觴纔掩朱絃悄彈指壺天曉回頭猶認倚牆花只向小橋南畔便天涯　銀蟾依舊當窗滿顧影魂先斷淒風休颭半殘燈擬倩今宵歸夢到雲屏

又

金閨平帖春雲暖晝漏花前短玉顏酒解豔紅消一向捧心啼困不成嬌　別來新翠迷行徑窗鎖玲瓏影研綾小字夜來封斜倚曲闌凝睇數歸鴻　研綾小字夜來封一作研綾非王介甫詩小研紅綾間詩句

醉桃源 清真集作阮郎歸

冬衣初染遠山青雙絲雲雁綾夜寒袖溼欲成冰都緣珠淚零 情黯黯悶騰騰身如秋後蠅若教隨馬逐郎行不辭多少程

又

菖蒲葉老水平沙臨流蘇小家畫闌曲徑宛秋蛇金英垂露華 燒密炬引蓮娃酒香醺臉霞再來重約日西斜倚門聽暮鴉

鳳來朝 佳人

逗曉看嬌面小窗深弄明未辨愛殘妝宿粉雲鬟亂最好是帳中見 說夢雙蛾微斂錦衾溫獸香未斷待起難捨拚任日炙畫樓暖 待起難捨拚清真集作待起又如何拚

垂絲釣

縷金翠羽妝成纔見眉嫵倦倚玉闌看舞風絮愁幾許寄鳳絲雁柱春將暮向層城苑路鈿車如水 時時花徑相遇舊遊伴侶還到曾來處門掩風和雨梁燕語問那人在否

粉蝶兒慢

宿霧藏春餘寒帶雨占得羣芳開晚豔初弄秀倚東

風嬌嬾隔葉黃鸝傳好音喚入深叢中探數枝新比
昨朝又早紅稀香淺　眷戀重來倚檻當韶華未可
輕辜雙雙眼賞心隨分樂有清尊檀板每歲嬉遊能幾
日莫使一聲歌欠忍因循片花飛又成春減

紅窗迥

幾日來真箇醉不知道窗外亂紅已深半指花影被
風搖碎　擁春醒乍起有箇人人生得濟楚來向耳
畔問道今朝醒未情性兒慢騰騰地惱得人又醉

念奴嬌　清真集不載

醉魂乍醒聽一聲啼鳥幽齋岑寂淡日朦朧初破曉
滿眼嬌情天色最惜香梅凌寒偷綻漏泄春消息池
塘芳草又還淑景催逼　因念舊日芳菲桃花永巷
恰似初相識荏苒時光因慣卻覓雨尋雲蹤跡奈有
離拆瑤臺月下回首頻思憶重重愁疊恨萬般都在胸
臆

黃鸝繞碧樹

雙闕籠佳氣寒威日晚歲華將暮小院閒庭對寒梅
照雪淡煙凝素忍當迅景動無限傷春情緒猶賴是
上苑風光漸好芳容將煦　草莢蘭芽漸吐且尋芳
更休思慮這浮世甚驅馳利祿奔競塵土縱有魏珠

照乘未買得流年住爭如剩引榴花醉偎瓊樹爭如剩引榴花醉偎瓊樹清真集作爭如盛飲流霞醉偎瓊樹

鬢雲鬆令 送傅國華奉使三韓○清真集不載

卽蘇幕遮

鬢雲鬆眉葉聚一闋離歌不爲行人駐檀板停時君看取數尺鮫綃半是梨花雨 鷺飛遙天尺五鳳閣鸞坡看卽飛騰去今夜長亭臨別處斷梗飛雲盡是傷情緒

芳草渡

昨夜裏又再宿桃源醉邀仙侶聽碧窗風快疎簾半捲愁雨多少離恨苦方留連啼訴鳳帳曉又是匆匆獨自歸去 愁顧滿懷淚粉瘦馬衝泥尋去路漫回首煙迷望眼依稀見朱戶似癡似醉暗惱損凭闌情緒澹暮色看盡栖鴉亂舞

歸去難 期約

佳約人未知背地伊先變惡會稱停事看深淺如今信我委的論長遠好彩無可怨自合教伊推些事後分散 密意都休待說先腸斷此恨除非是天相念堅心更守未死終須見多少閑磨難到得其時知他

做甚頭眼

燕歸梁 詠曉 ○ 清真集不載

簾底新霜一夜濃短燭散飛蟲曾經洛浦見驚鴻關山隔夢魂通 明星晃晃津回路轉榆影步花驄欲攀雲駕倩西風吹清血寄玲瓏

南浦 清真集不載

淺帶一帆風向晚來扁舟穩下南浦迢遞阻瀟湘衡皐迥斜艤蕙蘭汀渚危檣影裏斷雲點點遙天暮菡萏裏風偷送清香時時微微度 吾家舊有簪纓甚頓作天涯經歲羈旅羌管怎知情煙波上黃昏萬斛愁緒無言對月皓彩千里人何處恨無鳳翼身只待而今飛將歸去

醉落魄 清真集不載

葺金細弱秋風嫩桂花初著蕊珠宮裏人難學花染嬌黃羞映翠雲幄 清香不與蘭蓀約一枝雲鬢巧梳掠夜涼輕撼薔薇蕚香滿衣襟月在鳳凰閣

留客住 清真集不載

嗟烏兔正茫茫相催無定只恁東生西沒半均寒暑昨見花紅柳綠處處林茂又覩霜前籬畔菊散餘香看看又還秋暮 忍思慮念古往賢愚終歸何處爭

似高堂日夜笙歌齊舉選甚連宵徹晝再三留住待擬沈醉扶上馬怎生向主人未肯交去

長相思慢 清真集不載

夜色澄明天街如水風力微冷簾旌幽期再偶坐久相看纔喜欲歎還驚醉眼重醒映雕闌脩竹共數流螢細語輕輕儘銀臺挂蠟潛聽 自初識伊來便惜妖嬈豔質美盼柔情桃溪換世鸞馭淩空有願須成遊絲蕩絮任輕狂相逐牽縈但連環不解難負深盟

時刻但連環不解下有流水長東四字誤

看花迴 詠眼

秀色芳容明眸就中奇絕細看豔波欲溜最可惜微重紅銷輕帖勻朱傅粉幾爲嚴妝時涴睫因個甚底死嗔人半餉斜盼費貼變 斗帳裏濃懽意愜帶困時似開微合曾倚高樓望遠自笑指頻瞤知他誰說那日分飛淚雨縱橫光映頰揾香羅恐揉損與他衫袖裛

又

蕙風初散輕暖霽景澄潔秀蕊乍開乍斂帶雨態煙痕春思紆結危絃弄響來去驚人鶯語滑無賴處麗日樓臺亂絲岐路總奇絕 何計解黏花繫月歎冷

落頓辜佳節猶有當時氣味挂一縷相思不斷如髮雲飛帝國人在雲邊心暗折語東風共流轉漫作匆匆別或在粘花繫月下分段非

月下笛 清真集不載

小雨收塵涼蟾瑩徹水光浮壁誰知怨抑靜倚官橋吹笛映宮牆風葉亂飛品高調側人未識想開元舊譜柯亭遺韻盡傳胸臆　闌干四繞聽折柳徘徊數聲終拍寒燈陋館最感平陽孤客夜沈沈雁啼正哀片雲盡卷清漏滴黯凝魂但覺龍吟萬壑天籟息

片玉詞卷下

片玉詞補遺

十六字令 咏月 ○見天機餘錦

明月影穿窗白玉錢無人弄移過枕函邊

浣溪沙 春景 ○見草堂詩餘

水漲魚天拍柳橋雲鳩拖雨過江臯一番春信入東郊 閑碾鳳團消短夢靜看燕子壘新巢又移日影上花梢

又 春景 ○或刻歐陽永叔

小院閑窗春色深重簾未捲影沈沈倚樓無語理瑤琴 遠岫出雲催薄暮細風吹雨弄輕陰梨花欲謝恐難禁

憶秦娥 佳人 ○或刻蘇子瞻

香馥馥尊前有箇人如玉人如玉翠翹金鳳內家妝束 嬌羞愛把眉兒蹙逢人只唱相思曲相思曲一聲聲是怨紅愁綠

柳梢青 佳人 ○見草堂詩餘

有箇人人海棠標韻飛燕輕盈酒暈潮紅羞蛾凝綠一笑生春 爲伊無限傷心更說甚巫山楚雲斗帳香消紗窗月冷著意温存

南鄉子 秋懷 ○見詩林萬選

夜闌夢難收宋玉多情我結傳千點漏聲萬點淚悠悠霜月雞聲幾段愁　難展皺眉頭怨句哀吟送客秋蟋蟀牀頭調夜曲啾啾又聽驚人雁過樓

蘇幕遮風情○見草堂詩餘

隴雲沈新月小楊柳梢頭能有春多少試著羅裳寒尚峭簾捲青樓占得東風早　翠屏深香篆裊流水落花不管劉郎到三疊陽關聲漸杳斷雨殘雲只怕巫山曉

晝錦堂閨情○見草堂詩餘

雨洗桃花風飄柳絮日日飛滿雕簷懊惱一春幽恨盡屬眉尖愁聞雙飛新燕語更堪孤枕宿醒歡雲鬟亂獨步畫堂輕風暗觸珠簾　多厭晴晝永瓊戶悄香銷金獸慵添自與蕭郎別後事事俱嫌短歌新曲無心理鳳簫龍管不曾拈空惆悵常是每年三月病酒懨懨

齊天樂端午○或刻無名氏

疎疎幾點黃梅雨佳時又逢重午角黍包金香蒲泛玉風物依然荊楚形裁艾虎更釵裊朱符臂纏紅縷撲粉香綿喚風綾扇小窗午　沈湘人去已遠勸君休對景感時懷古慢囀鶯喉輕敲象板勝讀離騷章

句荷香暗度漸引入醄醄醉鄉深處臥聽江頭畫船

喧韻鼓

女冠子 雲景○或刻柳耆卿

同雲密布撒梨花柳絮飛舞樓臺悄似玉向紅爐暖

閣院宇深沈廣排筵會聽笙歌猶未徹漸覺輕寒透

簾穿戶亂飄僧舍密灑歌樓酒帘如故 想樵人山

徑迷蹤路料漁父收綸罷釣歸南浦路無伴侶見孤

村寂寞招颭酒旗斜處南軒孤雁過嚦嚦聲聲又無

書度見臘梅枝上嫩蕊兩兩三三微吐

片玉詞補遺

珍傚宋版卧

美成於徽宗時提舉大晟樂府故其詞盛傳於世余家藏凡三本一名清真集一名美成長短句皆不滿百闋最後得宋刻片玉集二卷計調百八十有奇晉陽強煥爲敘余見評注龐襍一一削去釐其訛謬間有玆集不載錯見清真諸本者附補遺一卷美成庶無遺憾云若乃諸名家之甲乙久著人間無待予備述也湖南毛晉識

題梅溪詞

關雎而下三百篇當時之歌詞也聖師刪以為經後世播詩章於樂府被之金石管絃屈宋班馬繇是乎出而自變體以來司花傍輦之嘲沈香亭北之詠至與人主相友善則世之文人才士遊戲筆墨於長短句間有能瓌奇警邁清新閒婉不流於訑蕩汙淫者未易以小伎言也余掃軌林扃草長門徑一日聞剝啄聲園丁持謁入視之汴人史生邦卿也迎坐竹陰下郁然而秀整俄起謂余曰某自冠時聞約齋之號今亦既有年矣君身益湮晦達以是來見無他求袖出詞一編余驚笑而不答生云始取讀之大凡如行帝苑仙瀛輝華絢麗欣盼駭接因掩卷而嘆曰有是哉能事之無遺恨也蓋生之作辭情俱到織綃泉底去塵眼中妥帖輕圓特其餘事至於奪苕豔於春景起悲音於商素有瓌奇警邁清新閒婉之長而無訑蕩汙淫之失端可以分鑣清真平睨方回而紛紛三變行輩幾不足比數山谷以行誼文章宗匠一代至序小晏詞激昂婉轉以伸吐其懷抱而楊花謝橋之句伊川猶稱可之生滿襟風月鸞唫鳳歗鏘洋乎口吻之際者皆自漱滌書傳中來況欲大肆其力於五

七言迴鞭温韋之塗掉鞅李杜之域躋攀風雅一歸於正不於是而止雖然余方以耽泥聲律而顛踣擯棄今又區區以勉生非惑耶若覽斯集者不梏於玄黄牝牡哀沈而悼未遇實繫時之所尚余老矣生鬢髮未白數路得人恐不特尋美於漢生姑待之生名達祖邦卿其字云嘉泰歲辛酉五月八日張鎡功甫

序

梅溪詞

目錄

梅溪詞目錄

宋　史達祖

綺羅香 詠春雨○或作沁園春非

做冷欺花將煙困柳千里偷催春暮盡日冥迷愁裏欲飛還住驚粉重蝶宿西園喜泥潤燕歸南浦最妨它佳約風流鈿車不到杜陵路　沈沈江上望極還被春潮急難尋官渡隱約遙峯和淚謝娘眉嫵臨斷岸新綠生時是落紅帶愁流處記當日門掩梨花翦燈深夜語

雙雙燕 詠燕

過春社了度簾幕中間去年塵冷差池欲住試入舊巢相並還相雕梁藻井又軟語商量不定飄然快拂花梢翠尾分開紅影　芳徑芹泥雨潤愛貼地爭飛競誇輕俊紅樓歸晚看足柳昏花暝應自棲香正穩便忘了天涯芳信愁損翠黛雙蛾日日畫闌獨凭

陽春曲

杏花煙梨花月誰與暈開春色坊巷曉愔愔東風斷舊火銷處近寒食少年蹤迹愁暗隔水南山北還是寶絡雕鞍被鶯聲喚來香陌　記飛蓋西園寒猶凝結驚醉耳誰家夜笛燈前重簾不挂殢華裾粉淚曾拭如今故里信息賴海燕年時相識奈芳草正鎖江

南夢春衫怨碧

海棠春令

似紅如白含芳意錦宮外煙輕雨細燕子不知愁驚墮黃昏淚　燭花偏在紅簾底想人怕春寒正睡夢著玉環嬌又被東風醉

夜行船 正月十八日聞賣杏花有感

不翦春衫愁意態過收燈有些寒在小雨空簾無人深巷已早杏花先賣　白髮潘郎寬沈帶怕看山憶它眉黛草色拖裙煙光惹鬢常記故園挑菜

東風第一枝 詠春雪

巧沁蘭心偷黏草甲東風欲障新暖漫凝碧瓦難留信知暮寒輕淺行天入鏡做弄出輕鬆纖軟料故園不捲重簾誤了乍來雙燕　青未了柳回白眼紅欲斷杏開素面舊遊憶著山陰厚盟遂妨上苑寒爐重暖便放慢春衫針線恐鳳靴挑菜歸來萬一灞橋相見

又 壬戌開臘望雨中立癸亥春與高賓王各賦

草腳愁蘇花心夢醒鞭香拂散牛土舊歌空憶珠簾綵筆倦題繡戶黏雞貼燕想立斷東風來處暗惹起

一掬相思亂若翠盤紅縷　今夜覓夢池秀句明日動探花芳緒寄聲沽酒人家預約俊遊伴侶憐它梅柳乍忍俊天街酥雨待過了一月燈期日日醉扶歸去

又 燈夕清坐○或作元夕

酒館歌雲燈街舞繡笑聲喧似簫鼓太平京國多歡大酺綺羅幾處東風不動照花影一天春聚耀翠光金縷相交苒苒細吹香霧　羞醉玉少年丰度懷豔雪舊家伴侶閉門明月關心倚窗小梅索句吟情欲斷念嬌俊知人無據想袖寒珠絡藏香夜久帶愁歸去

玉樓春 社前一日

游人等得春晴也處處旗亭堪繫馬雨前穠杏尚娉婷風後殘梅無顧藉　忌拈針線還逢社鬬草贏多裙欲卸明朝雙燕定歸來叮囑重簾休放下

又 賦梨花

玉容寂寞誰爲主寒食心情愁幾許前身清淡似梅妝遙夜依微留月住　香迷蝴蝶飛時路雪在鞦韆來往處黃昏著了素衣裳深閉重門聽夜雨

喜遷鶯

月波疑滴望玉壺天近了無塵隔翠眼圈花氷絲織練黃道寶光相直自憐詩酒瘦難應接許多春色最無賴是隨香趁燭曾伴狂客 蹤跡漫記憶老了杜郎忍聽東風笛柳院燈疎梅廳雪在誰與細傾春碧舊情拘未定猶自學當年游歷怕萬一誤玉人夜寒簾隙

萬年歡 春思

兩袖梅風謝橋邊岸痕猶帶陰雪過了匆匆燈市草根青發燕子春愁未醒悞幾處芳音遼絕煙谿上采綠人歸定應愁沁花骨 非干厚情易歇奈燕臺句老難道離別小徑吹衣曾記故里風物多少驚心舊事第一是侵階羅襪如今但柳髮晞春夜來和露梳月

阮郎歸

龍香吹袖白藤鞭帽簷衝柳煙一春幾度畫橋邊東風聽筦絃 花活計酒因緣從人嘲少年真須吟就綠楊篇灣頭寄小憐

又 月下感事

舊時明月舊時身舊時梅萼新舊時月底似梅人梅春人不春 香入夢粉成塵情多多斷魂芙蓉孔雀

夜温温愁痕卽淚痕

眼兒媚 寄贈

潘郎心老不成春風味隔花塵簾波浸筍窗紗分柳
還過天津 近時無覓湘雲處不記是行人樓高望
遠應將秦鏡多照施顰

又 代答

兒家七十二鴛鴦珠珮鎖瑤箱期花等月秦臺吹玉
賈袖傳香 十年白玉堂前見直是翦柔腸將愁去
也不成今世終誤王昌

憶瑤姬 騎省之悼也

嬌月籠煙下楚領香分兩朵湘雲花房漸密時弄杏
牋初會歌裏殷勤沈沈夜久西窗屢隔蘭燈幔影昏
自綵鸞飛入芳巢繡屏羅薦粉光新 十年未始輕
分念此飛花可憐柔脆銷春空餘雙淚眼到舊家時
郎漫染愁巾袖止說道淒虛一夜相思玉樣人但起
來梅發窗前哽咽疑是君

南歌子

采綠隨雙槳看山藉一筇闘南桃樹幾番紅昨夜詩
情頻在雨聲中 花徑無雲隔苔垣只夢通舊歡一
餉可過從試覓鴛鴦新杏簡春風

風流子

紅樓橫落日蕭郎去幾度碧雲飛記窗眼遞香玉臺妝罷馬蹄敲目沙路人歸如今但一鶯通信息雙燕說相思入耳舊歌怕聽琴縷斷腸新句羞染烏絲相逢南溪上桃花嫩嬌樣淺澹羅衣恰是怨深腮赤愁重聲遲悵東風巷陌草迷春恨輭塵庭戶花悞幽期多少寄來芳字都待還伊

又

飛瓊神仙客因游戲誤落古桃源藉吟牋賦筆試融春恨舞裙歌扇聊應塵緣遣人怨亂雲天一角弱水路三千還因秀句意流江外便隨輕夢身墮愁邊風流休相悞尋芳蹤來晚尚有它年只爲賦情不淺彈淚風前想霧帳吹香獨憐奇俊露杯分酒誰伴嬋娟好在夜軒涼月空自團圓　月軒其號也

金盞子

獎綠催紅仰一番膏雨始張春色未踏畫橋煙江南岸應是草穠花密尚憶濺裙蘋溪覓詩愁相覓光風外除是倩鶯煩燕漫通消息　梨花夜來白相思夢空闌一林月深深柳枝巷陌難重遇弓彎兩袖雲碧見說倦理秦箏怯春葱無力空遺恨當時留秀句蒼

苔蠹壁

杏花天 清明

軟波拖碧蒲芽短畫橋外花晴柳暖今年自是清明晚便覺芳情較懶 春衫瘦東風翦翦過花塢香吹醉面歸來立馬斜陽岸隔岸歌聲一片

又

古城官道花如霰便恰限花間再見雙眉最現愁深淺隔雨春山兩點 回頭但垂楊帶苑想今夜銅駞夢遠行人去了鶯聲怨此度關心未免

又

細風微月垂楊院記年少春愁一點棲鶯未覺花梢顫踏損殘紅幾片 長安共日邊近遠況老去芳情漸減屏山幾夜春寒淺卻將因而夢見

又

扇香曾靠腮邊粉舊塵埋月輪有暈南風未似愁來近前事臨窗隱隱 涼花畔雲歌露飲夢斷了終難再問鴛鴦帶上三生恨將淚揩磨不盡

三姝媚

煙光搖縹瓦望晴簷多風柳花如灑錦瑟橫牀想淚痕塵影鳳絃常下倦出犀帷頻夢見王孫驕馬諱道

相思偷理綃裙自驚腰衩　惆悵南樓遙夜記翠箔張燈枕肩歌罷又入銅駝徧舊家門巷首詢聲價可惜東風將恨與閒花俱謝記取崔徽模樣歸來暗寫

壽樓春 尋春服感念

裁春衫尋芳記金刀素手同在晴窗幾度因風殘絮照花斜陽誰念我今無腸自少年消磨疎狂但聽雨挑燈欹牀病酒多夢睡時妝　飛花去良宵長有絲闌舊曲金譜新腔最恨湘雲人散楚蘭魂傷身是客愁爲鄉算玉簫猶逢韋郎近寒食人家相思未忘蘋藻香

于飛樂 鴛鴦怨曲

綺翼鶼鶼問誰常借春陂生愁近渚風微紫山深金殿暖日暮同歸白頭相守情雖定事却難期　帶恨飛來煙埋秦草年年枉夢紅衣舊沙間香頸冷合是單栖將終怨魂何年化連理芳枝

南浦

玉樹曉飛香待倩它和愁點破妝鏡輕嫩一天春平白地都護雨昏煙暝幽花露溼定應獨把闌干凭謝屐未蠟安排共文鴛重遊芳徑　年來夢裏揚州怕事隨歌殘情趁雲冷嬌盼隔東風無人會鸞燕暗中

心性深盟縱約盡同晴雨全無定海棠夢在相思過西園鞦韆紅影

探芳信

謝池曉被酒滯春眠詩縈芳草正一階梅粉都未有人掃細禽啼處東風輭嫩約關心早未燒燈怕有殘寒故園稀到　說道試妝了也爲我相思占它懷抱靜數窗櫺最懽聽鵲聲好半年白玉臺邊話屢見鉤小指芳期夜月花陰夢老

祝英臺近或在第九句阻幽會下分段下二闋倣此

柳枝愁桃葉恨前事怕重記紅藥開時新夢又溱洧此情老去須休春風多事便老去越難回避　阻幽會應念偷翦酴醾柔條暗縈繫節物移人春暮更憔悴可堪竹院題詩蘚階聽雨寸心外安愁無地

又　薔薇

綰流蘇垂錦綬煙外紅塵逗莫倚莓牆花氣釅如酒便愁醺醉青虬蜿蜒無力戲穿碎一屏新繡　漫懷舊如今姚魏俱無風標較消瘦露點搖香前度翦花手見郎和笑拖裙匆匆欲去驀忽地罥留芳袖

又

落花深芳草暗春到斷腸處金勒驕風欲過大隄去翠樓葛領西邊恰如曾約畫闌映一枝瓊樹　正凝佇芳意歎月矜春渾欲便偷許多少鶯聲不敢寄愁與謝郎日日西湖如今歸後幾時見倚簾吹絮

釵頭鳳　向刻清商怨誤○寒食飲綠亭

春愁遠春夢亂鳳釵一股輕塵滿江煙白江波碧柳戶清明燕簾寒食憶憶憶　鶯聲曉簫聲短落花不許春拘管新相識休相失翠陌吹衣畫樓橫笛得得得

西江月　閨思

西月澹窺樓角東風暗落簷牙一燈初見影窗紗又是重簾不下　幽思屢隨芳草閒愁多似楊花楊花芳草偏天涯繡被春寒夜夜

又　賦木犀香數珠

三十六宮月冷百單八顆香懸只宜結結贈散花天金粟分身顯現　掐嫩香隨甲影頸寒秋入雲邊未忘靈鷲舊因緣贏得今生圓轉

又

一片秋香世界幾層涼雨闌干青天不惜爛銀盤借與先生爲勸　酒喚詩來酒外人言身在人間如何

得似碧雲閒且共嫦娥相伴

又 舟中趙子楚有詞見調即意和之

裙褶綠羅芳草冠梁白玉芙蓉次公筵上見山公紅綬欲御雙鳳 已向冰奩約月更來玉界乘風凌波襪冷一尊同莫負彩舟涼夢

慶清朝

墜絮孳萍狂鞭孕竹偷移紅紫池亭餘花未落似供殘蝶經營賦得送春詩了夏帷攙斷綠陰成桑麻外乳鳩稺燕別樣芳情 苟令舊香易冷歎俊遊疎懶枉自銷凝塵侵謝屐幽徑斑駁苔生便覺寸心尚老故人前度漫丁寧空相悞袚蘭曲水挑菜東城

桃源憶故人 或刻虞美人影

雙鴛蹙屧月天津近歸後嫩情常剩燈市一年愁凝心共梅花冷 絅塵洞戶春沈靜衰盡冶遊情性羞見素娥嬌影明似愁鸞鏡

又 賦桃花

明霞烘透春機杼春在明霞多處我是有詩漁父一夢秦天古 柳枝巷陌深朱戶牆外風流一樹十五年來凝佇彈盡胭脂雨

花心動

風約簾波錦機寒難遮海棠煙雨夜酒未蘇春枕猶
歌曾是悞成歌舞半褰薇帳雲頭散奈愁味不隨香
去儘沈靜文園更渴有人知否　懶記温柔舊處徧
只怕臨風見他桃樹繡戶鎖塵錦瑟空絃無復畫眉
心緒待拈銀管書春恨被雙燕替人言語意不盡垂
楊幾千萬里

解佩令

人行花塢衣沾香霧有新詞逢春分付屢欲傳情奈
燕子不曾飛去倚珠簾詠郎秀句　相思一度穠愁
一度最難忘遮燈私語澹月梨花借夢來花邊廊廡
指春衫淚曾濺處

菩薩蠻　夜景

梨花不礙東城月月明照見空闌雪雪底夜香微褰
簾拜月歸　錦衾幽夢短明日南堂宴宴罷小樓臺
春風來不來

又　賦玉蕊花

唐昌觀裏東風軟齊王宮外芳名遠桂子典刑邊梅
花伯仲間　籠茸鏤暖雪瑣細雕晴月誰駕七香車
綠雲飛玉沙

又　賦軟香

廣寒夜搗玄霜細玉龍睡重癡涎墜鬭合一團嬌倶人暖欲消 心情雖輭弱也要人摶搦寶扇莫驚秋班姬應更愁

賀新郎

花落臺池靜自春衫閒來老了舊香荀令酒既相違詩亦可此外雲沈夢冷又催喚官河蘭艇軋岸煙霏吹不斷望樓陰欲帶朱橋影和草色入輕暝 裙邊竹葉多應牋怪南溪見後無箇再來芳信蝴蝶一生花裏活難制竊香心性便有段新愁隨定落日年年宮樹綠墮新聲玉笛西風幼誰伴我月中聽

又

綠障南城樹有高樓銜城樓下芰荷無數客自倚闌魚亦避恐是持竿伴侶對別浦扁舟容與楊柳影間風不到倩詩情飛過鴛鴦浦人正在斷腸處 兩山帶著冥冥雨想低簾短額誰見恨時眉嫵別爲清尊眠錦瑟怕被歌留愁住便欲趁採蓮歸去前度劉郎雖老矣奈年來猶道多情句應笑殺舊鷗鷺

又

鵲翅西風淺乍疎雲垂幔近月銀鉤將捲天上應閒支機石前度芳盟誰踐便好織回文錦獻乞得穠歡

今夜裏算盈盈一水曾何遠寧不會暗相見 綵樓吹斷閒針線想幽幽情嫩約別有蘇庭花院青鳥沈沈音塵絕煙鎖蓬萊宮殿漸木杪參旗西轉不怕天孫成間阻怕人間薄倖心腸變又學得易分散

又六月十五日夜西湖月下

同住西山下是天地中間愛酒能詩之社船向少陵佳處放塵世必無知者暑不到雪宮風榭楚竹忽然呼月上被東西幾葉雲縈惹雲散去笑聲罷 清尊莫爲嬋娟瀉爲狂吟醉舞毋失晉人風雅踏碎橋邊楊柳影不聽漁樵閒話更欲舉空杯相謝北斗以南如此幾想吾曹便是神仙也問今夜是何夜

又湖上高賓王趙子埜同賦

西子相思切委蕭蕭風裳水珮照人清越山染蛾眉波曼睩聊可與之娛悅便莫賦湘妃羅襪怕見綠荷相倚恨恨白鷗占了涼波闊揀涼處放船歌 道人不是塵埃物縱狂吟魂魄吹亂一巾涼髮不覺引杯澆肺渴正要清歌駭發更坐上其人冰雪截取斷虹堪作釣待玉匳今夜來時節也勝釣石城月

夜合花 賦笛

冷截龍腰偷挲鸞爪楚山長鎖秋雪梅華未落年年

怨入江城千嶂碧一聲清杜人間兒女簫笙共淒涼
處琵琶溢浦長嘯蘇門　當時低度西鄰天澹闌干
欲暮曾賦高情子期老矣不堪帶酒重聽纖手靜七
星明有新聲應更魂驚夢回人世寥寥夜月空照天
津

又

柳鎖鶯魂花翻蝶夢自知愁染潘郎輕衫未攬猶將
淚點偷藏念前事怯流光早去春窺酥雨池塘向銷
凝裏梅開半面情滿徐妝　風絲一寸柔腸曾在歌
邊惹恨燭底縈香芳機瑞錦如何未織鴛鴦醉扶人
月依牆是當初誰敢疎狂把閒言語花房夜久各自
思量

留春令　金林檎詠

秀肌豐靨韻多香足綠勻紅注翦取東風入金盤斷
不買臨邛賦　宮錦機中春富裕勸玉環休妬等得
明朝酒消時是閒澹雍容處

又詠梅花

故人溪上挂愁無奈煙梢月樹一涓春水點黃昏便
沒頓相思處　曾把芳心深相許故夢勞詩苦聞說
東風亦多情被竹外香留住

瑞鶴仙

杏煙嬌溼鬢過杜若汀洲楚衣香潤回頭翠樓近指鴛鴦沙上暗藏春恨歸鞭隱隱便不念芳盟未穩自簫聲吹落雲東再數故園花信　誰問聽歌窗罅倚月鈎闌舊家輕俊芳心一寸相思後總灰盡奈春風多事吹花搖柳也把幽情喚醒對南溪桃萼翻紅又成瘦損

又賦紅梅

館娃春睡起為發妝酒暖臉霞輕膩冰霜一生裏厭從來冷澹粉腮重洗胭脂暗試便無限芳穠氣味向黃昏竹外寒深醉裏為誰偷倚　嬌媚春風模樣霜月心腸瘦來肌體孤香細細吹夢到杏花底被高樓橫笛一聲驚斷卻對南枝灑淚漫相思桃葉桃根舊家姊妹

點絳唇

花落苔香斷無人肯行鵁鶄晚風翻繡吹醒東窗酒　獨臥氍毹明月知人瘦香消後亂愁依舊開□胡酥手

又六月十四夜與社友泛湖過西陵橋已子夜矣

山月隨人翠蘋分破秋山影約船歸盡橋外詩心迴多少荷花不蓋鴛鴦冷西風定可憐潘鬢偏浸秦臺鏡

青玉案

蕙花老盡離騷句綠染徧江頭樹日午酒消聽驟雨青榆錢小碧苔錢古難買東君住　官河不礙遺鞭路被芳草將愁去多定紅樓簾影暮蘭燈初上夜香初炷猶自聽鸚鵡

浣溪沙

不見東山月露香姚家借得小芬芳亂鶯隨趁過宮牆　香珀碾花嬌有意綠茸繡葉澀無光御封春酒幾時嘗

蝶戀花

二月東風吹客袂蘇小門前楊柳如腰細蝴蝶識人遊冶地舊曾來處花開未　幾夜湖山生夢寐評泊尋芳只怕春寒裏今歲清明逢上巳相思先到濺裙水

臨江仙

草腳青回細膩柳梢綠轉條苗舊遊重到合魂銷棹橫春水渡人凭赤闌橋　歸夢有時曾見新愁未肯

相饒酒香紅被夜迢迢莫交無用月來照可憐宵

又

倦客如今老矣舊時不奈春何幾曾湖上不經過看花南陌醉駐馬翠樓歌　遠眼愁隨芳草湘裙憶著春羅枉教裝得舊時多向來簫鼓地猶見柳婆娑

又　閨思

愁與西風應有約年年同赴清秋舊遊簾幕記揚州一燈人著夢雙雁月當樓　羅帶鴛鴦塵暗澹更須整頓風流天涯萬一見温柔瘦應因此瘦羞亦為郎羞

漢宮春　友人與星娵雅有舊分別去則黃冠矣托予寄情

花隔東垣詠燕臺秀句結帶謀歡匆匆舊盟有限飛夢重關南塘夜月照湘琴別鶴孤鸞天便遣清愁易長春衣常恁香寒　唐昌故宮何許頓翦霞裁霧攏落塵緣一聲步虛婉婉雲駐天壇凄涼故里想香車不到人間羞再見東陽帶眼教人依舊思凡

蘭陵王　南湖同碧蓮見寄走筆次韻

漢江側月弄仙人珮色含情久搖曳楚衣天水空濛染嬌碧文漪簟影織涼骨時將粉飾誰曾見羅襪去

時點點波間冷雲積　相思舊飛鵲漫想像風裳追恨瑤席涉江幾度和愁摘記雪映雙腕刺縈絲縷分開綠蓋素袂溼放新句吹入　寂寂意猶昔念淨社因緣天許相覓飄蕭羽扇搖團白屢側臥尋夢倚闌無力風標公子欲下處似認得

風入松　茉莉花

素馨柎蕚太寒生多翦春冰夜深綠霧侵涼月照晶晶花葉分明人臥碧紗幮淨香吹雪練衣輕　頻伽御得墮南薰不受纖塵若隨荔子華清去定空埋身外芳名借重玉爐沈炷起予石鼎湯聲

隔浦蓮

紅塵飛不到處此地知無暑亂竹分幽徑虛堂中自回互陰壑生暗霧飛泉注氣入閒尊俎快風度　齊宮楚榭如今空鎖煙樹何人伴我夢賦雪車冰柱惟有蟬聲助冷語驚寤飛雲來獻涼雨

又　荷花

洛神一醉未醒俯鑑窺紅影萬綠森相衞西風靜不放冷侵曉鷗夢穩非塵境棹月香千頃錦機靚　亭亭不語多應嗔賦玉井西湖遊子慣識雨愁煙恨只恐吳娃暗折贈耿耿柔絲容易縈損

鳳來朝　五日感事

暈粉就妝鏡掩金閨綵絲未整趁無人學指鴛鴦頸恨誰踏蘚花徑　一夢蒲香葵冷墮銀瓶脆繩挂井扇底弁團圓影只此是沈郎病

玉簟涼

秋是愁鄉自錦瑟斷絃有淚如江平生花裏活奈舊夢難忘藍橋雲樹正綠料抱月幾夜眠香河漢阻但鳳音傳恨闌影敲涼　新妝蓮嬌試曉梅瘦破春因甚卻扇臨窗紅巾銜翠翼早弱水茫茫柔指各自未翦問此去莫負王昌芳信準更敢尋紅杏西廂

鵲橋仙　七夕舟中

河深鵲冷雲高鸞遠水珮風裳縹緲卻推離恨下人間第一個黃昏過了　舟行有限愁來無限去去長安漸杳應將巧思入相思覺淚比銀灣較少

湘江靜

暮草堆青雲浸浦記匆匆倦篙曾駐漁榔四起沙鷗未落怕愁沾詩句碧袖一聲歌石城怨西風隨去滄波蕩晚菰蒲弄秋還重到斷魂處　酒易醒思正苦想空山桂香懸樹三年夢冷孤吟意短屢煙鐘津鼓屐齒厭登臨移橙後幾番涼雨潘郎漸老風流頓減

閒居未賦

玲瓏四犯

雨入愁邊翠樹晚無人風葉如翦竹尾通涼卻怕小簾低捲孤坐便怯詩慳念後賞舊曾題徧更暗塵偷鎖鸞影心事屢羞團扇　賣花門館生秋草悵弓彎幾時重見前歡盡屬風流夢天共朱樓遠聞道秀骨病多難自任從來恩怨料也和前度金籠鸚鵡說人情淺

又　京口寄所思

闊甚吳天頓放得江南離緒多少一雨爲秋涼氣小窗先到輕夢聽徹風蒲又散入楚空清曉問世間愁在何處不離澹煙衰草　簟紋獨浸芙蓉影想淒淒欠郎偎抱卽今臥得雲衣冷山月仍相照方悔翠袖易分難聚有玉香花笑待雁來先寄新詞歸去且教知道

八歸

秋江帶雨寒沙縈水人瞰畫閣愁獨煙蓑散響驚詩思還被亂鷗飛去秀句難續冷眼盡歸圖畫上認隔岸微茫雲屋想半屬漁市樵村欲暮競燃竹　須信風流未老憑持酒慰此淒涼心目一鞭南陌幾篙官

渡賴有歌眉舒綠只匆匆眺遠早覺閒愁挂喬木應
難奈故人天際望徹淮山相思無雁足

過龍門

一帶古苔牆多聽寒螿篋中針線早銷香燕尾寶刀
窗下夢誰翦秋裳　宮漏莫添長空費思量鴛鴦難
得再成雙昨夜楚山花簟裏波影先涼

又春愁

醉月小紅樓錦瑟箜篌夜來風雨曉來收幾點落花
饒柳絮同爲春愁　寄信問晴鷗誰在芳洲綠波寧
處有蘭舟獨對舊時攜手地情思悠悠

玉蝴蝶

晚雨未摧宮樹可憐閒葉猶抱涼蟬短景歸秋吟思
又接愁邊漏初長夢魂難禁人漸老風月俱寒想幽
歡二花庭甃蟲網闌干　無端啼蛄攪夜恨隨團扇
苦近秋蓮一笛當樓謝娘懸淚立風前故園晚強留
詩酒新雁遠不致寒暄隔蒼煙楚香羅袖誰伴嬋娟

齊天樂白髮

秋風早入潘郎鬢斑斑遽驚如許暖雪侵梳晴絲拂
領栽滿愁城深處瑤簪漫妬便羞插宮花自憐衰暮
尚想春情舊吟淒斷茂陵女　人間公道惟此歎朱

顏也恁容易墮去涅子重緇搔來更短方悔風流相悞郎潛幾縷漸疎了銅駝俊遊儔侶縱有點點奈何詩思苦

又 秋興

闌干只在鷗飛處年年怕吟秋興斷浦沈雲空山挂雨中有詩愁千頃波聲未定望舟尾拖涼渡頭籠暝正好登臨有人歌罷翠簾冷　悠然魂墮故里奈閒情未了還被吹醒拜月虛簷聽蛩壞砌誰復能憐嬌俊憂心耿耿寄桐葉芳題冷風新詠莫遣秋聲樹頭喧夜永

又 賦橙

犀紋隱隱鶯黃嫩籬落翠深偷見細雨重移新霜試摘佳處一年秋晚荊江未遠想橘友荒涼木奴嗟怨就說風流草泥來趁蟹螯健　并刀寒映素手醉魂沈夜飲曾倩排遣沆瀣含酸金罌裹玉蔌蔌吳鹽輕點瑤姬齒軟待惜取團圓莫教分散入手溫存帕羅香自滿

又 湖上即席分韻得羽字

鴛鴦拂破蘋花影低低趁涼飛去畫裏移舟詩邊就夢葉葉碧雲分雨芳游自許過柳影閒波水花平渚

見說西風爲人吹恨上瑤樹　闌干斜照未滿杏牆應望斷春翠偷聚淺約接香深盟搗月誰是窗間青羽孤箏幾柱問因甚參差暫成離阻夜色空庭待歸聽俊語

又中秋宿真定驛

西風來勸涼雲去天東放開金鏡照野霜凝入河桂溼一一冰壺相映殊方路永更分破秋光盡成悲境有客躊躇古庭空自弔孤影　江南朋舊在許也能憐天際詩思誰領夢斷刀頭書開蠆尾別有相思隨定憂心耿耿對風鵲殘枝露蛩荒井斟酌姮娥九秋宮殿冷

燕歸梁

楚夢吹成樹外雲乍雁影斜分黃花心事一簾塵但頻憶小腰身　今宵素壁冰絃冷怕彈斷沈郎魂秋衣因甚滿愁痕是午預幾黃昏

又

獨臥秋窗桂未香怕雨點飄涼玉人只在楚雲旁也著淚過昏黃　西風今夜梧桐冷斷無夢到鴛鴦秋鉦二十五聲長請各自奈思量

月當廳

白壁舊帶秦城夢因誰拜下楊柳樓心正是夜分魚鑰不動香深時有露螢自照占風裳可喜影嫠金坐來久都將涼意盡付沈吟

殘雲事緒無人捨恨匆匆藥娥歸去難尋綴取霧窗曾唱幾拍清音猶有老來印愁處冷光應念雪翻簪空獨對西風緊弄一井桐陰

秋霽

江水蒼蒼望倦柳愁荷共感秋色廢閣先涼古簾空暮雁程最嫌風力故園信息愛渠入眼南山碧念上國誰是鱠鱸江漢未歸客

還又歲晚瘦骨臨風夜聞秋聲吹動岑寂露螢悲清燈冷屋翻書愁上鬢毛白年少俊遊渾斷得但可憐處無奈苒苒魂驚採香南浦翦梅煙驛

滿江紅　中秋夜潮

萬水歸陰故潮信盈虛因月偏只到涼秋半破鬭成雙絕有物揩磨金鏡淨何人拏攫銀河決想子胥今夜見嫦娥沈冤雪

光直下蛟龍穴聲直上蟾蜍窟對望中天地洞然如刷激氣已能驅粉黛舉杯便可吞吳越待明朝說似與兒曹心應折

又　書懷

好領青衫全不向詩書中得還也費區區造物許多心力未暇買田清潁尾尚須索米長安陌有當時黃卷滿前頭多慚德　思往事嗟兒劇憐牛後懷雞肋奈稜稜虎豹九重先隔三徑就荒秋自好一錢不直貧相逼對黃花常待不吟詩詩成癖

又九月二十一日出京懷古

緩轡西風歎三宿遲遲行客桑梓外鋤耰漸入柳坊花陌雙闕遠騰龍鳳影九門空鎖鴛鸞翼更無人擫笛傍宮牆苔花碧　天相漢民懷國天厭虜臣離德趁建瓴一舉幷收鼇極老子豈無經世術詩人不預平戎策辦一襟風月看昇平吟春色

戀繡衾

吳梅初試潤谷春夜幽幽江雁叫雲人正在孤窗底被穠愁醺破醉魂　雨窗只剩殘燈影伴羅衣無限淚痕瘦骨怕紅綿冷說年時斗帳夜分

又

黃華驚破九日愁正寒城風雨怨秋愁便是秋心也又隨人來到畫樓　因緣幸自天安頓更題紅不禁御溝待寫與相思話爲怕奴憔悴且休

又席上夢錫漢章同賦

天風入扇吹苧衣小紅樓夜氣正微有人在冰絃外水精簾花影自移　陽臺只是虛無夢便不成涼夜誤伊想閒了瑠璃簟就一身明月伴歸

換巢鸞鳳 梅意○花庵作春情

人若梅嬌正愁橫斷塢夢繞谿橋倚風融漢粉坐月怨秦簫相思因甚到纖腰定知我今無魂可銷佳期晚漫幾度淚痕相照　人悄天眇眇花外語香時透郎懷抱暗握荑苗乍嘗櫻顆猶恨侵階芳草天念王昌忒多情換巢鸞鳳教偕老溫柔鄉醉芙蓉一帳春曉

惜奴嬌

香剝酥痕自昨夜春愁醒高情寄冰橋雪嶺試約黃昏便不悞春昏信人靜倩嬌娥留連秀影　吟鬢簪香已斷了多情病年年待將春管領鏤月描雲不枉了閒心性漫聽誰敢把紅顏比並

龍吟曲 即水龍吟○問梅劉寺

夜寒幽夢飛來小梅影下東風曉蝶魂未冷吾身良是悠然一笑竹杖敲苔布韈踏凍歲常先到傍蒼林卻恨儲風養月須我輩新詩弔　永以南枝為好怕從今逢花漸老愁消秀句寒回斗酒春心多少之子

逃空伊人遯世又還驚覺但歸來對月高情耿耿寄白雲杪

又雪

夢回虛白初生便疑冷月通窗戶不知夜久都無人見玉妃起舞銀界回天瓊田易地晃然非故想兒童健意生愁霽色情頻在窺簾處　一片樵林釣浦是天教王維畫取未如授簡先將高興收歸妙句江路梅愁灞陵人老又騎驢去過章臺記得春風乍見倚簾吹絮

又陪節欲行留別社友

道人越布單衣興高愛學蘇門嘯有時也伴四佳公子五陵年少歌裏眠香酒酣喝月壯懷無撓楚江南每爲神州未復闌干靜慵登眺　今日征夫在道敢辭勞風沙短帽休吟稷穗休尋喬木獨憐遺老同社詩囊小窗針線斷腸秋早看歸來幾許吳霜染鬢驗愁多少

鷓鴣天

睡袖無端幾摺香有人丹臉可占霜半窗月印梅猶瘦一律餅笙夜正長　情豔豔酒狂狂小屏誰與畫鴛鴦解衣恰恨敲金釧驚起春風傍枕囊

又

燈市書事

御路東風拂醉衣賣燈人散燭籠稀不知月底梅花冷只憶橋邊步襪歸　閒夢淡舊游非夜深誰在小簾幃罣罳兒下團爐坐明處將人立地時

又

搭柳闌干倚佇頻杏簾蝴蝶繡牀春十年花骨東風淚幾點螺香素壁塵　簫外月夢中雲秦樓楚殿可憐身新愁換盡風流性偏恨鴛鴦不念人

又

衞縣道中有懷其人

雁足無書古塞幽一程烟草一程愁帽簷塵重風吹野帳角香銷月滿樓　情思亂夢魂浮緗裙多憶弊貂裘官河水靜闌干暖徙倚斜陽怨晚秋

惜黃花　九月七日定興道中

涵秋寒渚染霜丹樹尚依稀是來時夢中行路時節正思家遠道仍懷古更對著滿城風雨　黃花無數碧雲欲暮美人兮美人兮未知何處獨自捲簾櫳誰爲開尊俎恨不得御風歸去

玉燭新

疎雲縈碧岫帶晚日搖光半江寒皺越溪近遠空頻向過雁風邊回首酸心一縷念水北尋芳歸後輕醉

醒隄月籠沙鞍鬆寶輪飛騄　秦樓屢約芳春記扇背題詩帕羅沾酒瘦愁易就因驚斷夢裏桃源難又臨風話舊想日暮梅花孤瘦還靜倚脩竹相思盈盈翠袖

一翦梅

誰寫梅谿字字香沙邊幽夢常恁芬芳不如花解伴昏黃只怕東風吹斷人腸　小閣無燈月浸窗香吹羅袖酒映宮妝如今竹外怕思量谷裏佳人一片冰霜

又　追感

秦客當樓泣鳳簫宮衣香斷不見纖腰隔年心事又今宵折盡冰絃何用鸞膠　些子輕魂幾度銷蘭騷蕙些無計重招東窗一段月華嬌也帶春愁飛上梅梢

醉落魄

鴛鴦意愜空分付有情眉睫齊家蓮子黃金葉爭比秋苔靴鳳幾番躡　牆陰月白花重疊匆匆軟語屢驚怯宮香錦字將盈篋雨長新寒今夜夢魂接

又　浙江送人時子振之官越幕

江痕妥貼日光熨動黃金葉闌干直下愁相接一朶

紅蓮飛上越人檝　鯉魚波上丁寧切詩筒如綫不
曾別明年好箇春風客五鶚交飛身在玉皇闕

醉公子　詠梅寄南湖先生

神仙無皐澤瓊裾珠珮卷下塵陌秀骨依依誤向山
中得與相識溪岸側倚高情自鎖煙翠時點空碧念
香襟沾恨酥手翦愁今後夢魂隔　相思暗驚清吟
客想玉照堂前樹三百雁翅霜輕鳳羽寒深誰護春
色詩鬢白總多因水村攜酒煙墅留屐更時帶明月
同來與花爲表德

步月

翦柳章臺問梅東閣醉中攜手初歸逗香簾下璀璨
鏤金衣正依約冰絲射眼更荏苒蟾玉西飛輕塵外
雙鴛細蹙誰賦洛濱妃　霏霏紅霧繞步搖共鬢影
吹入花圍管絃將散人靜燭籠稀泥私語香櫻乍破
怕夜寒羅襪先知歸來也相偎未肯入重幃

梅溪詞

余幼讀雙雙燕詞便心醉梅溪今讀其全集如醉玉生春柳髮梳月等語則柳昏花暝之句又不足多矣姜白石稱其奇秀清逸有李長吉之韻蓋能融情景於一家會句意於兩得豈易及耶湖南毛晉識

題白石詞

姜夔字堯章自號白石道人中興詩家名流其歲除舟行十絕膾炙人口詞極精妙不減清真樂府其間高處有美成所不能及善吹簫自製曲初則率意爲長短句然後協以音律云居鄱陽進樂書免解不第而卒花庵詞客題

白石詞

目錄

白石詞目錄

白石詞　　宋　姜夔

探春慢 過茗霅別鄭次皐諸君

衰草愁煙亂鴉送日風沙回旋平野拂雪金鞭欺寒茸帽還記章臺走馬誰念漂零久漫贏得幽懷難寫故人清沔相逢小窗閒共情話　長恨離多會少重訪問竹西珠淚盈把雁磧沙平漁汀人散老去不堪遊冶無奈苕溪月又喚我扁舟東下甚日歸來梅花亂零春夜

一萼紅 人日長沙登定王臺

古城陰有官梅幾許紅萼未宜簪池面冰膠牆腰雪老雲意還又沈沈翠藤共閒穿徑竹漸笑語驚起臥沙禽野老林泉故王臺榭呼喚登臨　南去北來何事蕩湘雲楚水目極傷心朱戶黏雞金盤簇燕空嘆時序侵尋記曾共西樓雅集想垂柳還裊萬絲金待得歸鞍到時只怕春深

揚州慢 中呂宮○淳熙丙申至日余過維揚夜雪初霽薺麥彌望入其城則四顧蕭條寒水自碧暮色漸起戍角悲吟予懷愴然感慨今昔因自度此曲千巖老人以爲有黍離之悲

也○此後凡載宮調者並是自製曲
淮左名都竹西佳處解鞍少駐初程過春風十里盡
薺麥青青自胡馬窺江去後廢池喬木猶厭言兵漸
黃昏清角吹寒都在空城　杜郎俊賞算如今重到
須驚縱荳蔻詞工青樓夢好難賦深情二十四橋仍
在波心蕩冷月無聲念橋邊紅藥年年知爲誰生

驀山溪題錢氏溪月

與鷗爲客綠野留吟屐兩行柳垂陰是當年仙翁手
植一亭寂寞煙外帶愁橫荷苒苒展涼雲橫臥虹千
尺　才因老盡秀句君休覓萬綠正迷人更愁入山
陽夜笛百年心事惟有玉闌知吟未了放船回月下
空相憶

點絳脣丁未冬過吳松

燕雁無心太湖西畔隨雲去數峯清苦商略黃昏雨
第四橋邊擬共天隨住今何許憑闌懷古殘柳參
差舞

暗香仙呂宮○辛亥之冬余載雪詣石湖止既
月授簡索句且徵新聲作此兩曲石湖把玩
不已使工妓隸習之音節諧婉乃命之曰暗
香疏影

舊時月色算幾番照我梅邊吹笛喚起玉人不管清寒與攀摘何遜而今漸老都忘卻春風詞筆但怪得竹外疏花香冷入瑤席　江國正寂寂嘆寄與路遙夜雪初積翠尊易泣紅萼無言耿相憶長記曾攜手處千樹壓西湖寒碧又片片吹盡也幾時見得

疏影　仙呂宮

苔枝綴玉有翠禽小小枝上同宿客裏相逢籬角黃昏無言自倚脩竹昭君不慣胡沙遠但暗憶江南江北想珮環月夜歸來化作此花幽獨　猶記深宮舊事那人正睡裏飛近蛾綠莫似春風不管盈盈早與安排金屋還教一片隨波去又卻怨玉龍哀曲等恁時重覓幽香已入小窗橫幅

長亭怨慢中呂宮○桓大司馬云昔年種柳依依漢南今看搖落悽愴江潭樹猶如此人何以堪此語余深愛之

漸吹盡枝頭香絮是處人家綠深門戶遠浦縈迴暮帆零亂向何許閱人多矣誰得似長亭樹樹若有情時不會得青青如此日暮　望高城不見只見亂山無數韋郎去也怎忘得玉環分付第一是早早歸來怕紅萼無人爲主算只有并刀難翦離愁千縷

齊天樂 蟋蟀中都呼爲促織

庾郎先自吟愁賦淒淒更聞私語露溼銅鋪苔侵石井都是曾聽伊處哀音似訴正思婦無眠起尋機杼曲曲屏山夜涼獨自甚情緒　西窗又吹暗雨爲誰頻斷續相和砧杵候館吟秋離宮弔月別有傷心無數豳詩漫與笑籬落呼燈世間兒女寫入琴絲一聲聲更苦 宣政間有士大夫製蟋蟀吟

小重山令 潭州紅梅

人繞湘皋月墜時斜橫花樹小浸愁漪一春幽事有誰知東風冷香遠茜裙歸　鷗去昔遊非遙憐花可可夢依依九疑雲杳斷魂啼相思血都沁綠筠枝

鷓鴣天 元夕不出

憶昨天街預賞時柳慳梅小未教知而今正是歡遊夕卻怕春寒自掩扉　簾寂寂月低低舊情唯有絳都詞芙蓉影暗三更後臥聽鄰娃笑語歸

又 苕溪記所見

京洛風流絕代人因何風絮落溪津籠鞵淺出鴉頭韈知是淩波縹緲身　紅乍笑綠長嚬與誰同度可憐春鴛鴦獨宿何曾慣化作西樓一縷雲

又 十六夜出

輦路珠簾兩桁垂千枝銀燭舞僛僛東風歷歷紅樓下誰識三生杜牧之　歡正好夜何其明朝春過小桃枝鼓聲漸遠遊人散惆悵歸來有月知

憶王孫 番陽彭氏小樓

冷紅葉葉下塘秋長與行雲共一舟零落江南不自由兩綢繆料得吟鸞夜夜愁

湘月 雙調○即念奴嬌之鬲指聲也

五湖舊約問經年底事長負清景暝入西山漸喚我一葉夷猶乘興倦網都收歸禽時度月上汀洲冷中流容與畫橈不點清鏡　誰解喚起湘靈煙鬟霧鬢理哀絃鴻陣玉麈談玄歎坐客多少風流名勝暗柳蕭蕭飛星冉冉夜久知秋信鱸魚應好舊家樂事誰省

念奴嬌 吳興荷花

鬧紅一舸記來時長與鴛鴦爲侶三十六陂人未到水佩風裳無數翠葉吹涼玉容消酒更灑菰蒲雨嫣然搖動冷香飛上詩句　日暮青蓋亭亭情人不見爭忍淩波去只恐舞衣寒易落愁入西風南浦高柳垂陰老魚吹浪留我花間住田田多少幾回沙際歸路

惜紅衣 吳興荷花○無射宮

簟枕邀涼琴書換日睡餘無力細灑冰泉幷刀破甘碧牆頭喚酒誰問訊城南詩客岑寂高樹晚蟬說西風消息　虹梁水陌魚浪吹香紅衣半狼籍維舟試望故國渺天北可惜渚邊沙外不共美人遊歷問甚時同賦三十六陂秋色

琵琶仙 吳興感遇

雙槳來時有人似舊曲桃根桃葉歌扇輕約飛花蛾眉正奇絕春漸遠汀洲自綠更添了幾聲啼鴂十里揚州三生杜牧前事休說　又還是宮燭分煙奈愁裏匆匆換時節都把一襟芳思與空階榆莢千萬縷藏鴉細柳爲玉尊起舞迴雪想見西出陽關故人初別

秋宵吟 越調

古簾空墜月皎坐久西窗人悄蛩吟苦漸漏水丁丁箭壺催曉引涼颸動翠葆露脚斜飛雲表因嗟念似去國情懷暮帆煙草　帶眼銷磨爲近日愁多頓老衞娘何在宋玉歸來兩地暗縈繞搖落江楓早嫩約無憑幽夢又杳但盈盈淚灑單衣今夕何夕恨未了

少年遊戲 張斗甫

雙螺未合雙蛾先斂家在碧雲西別母情懷隨郎滋味桃葉渡江時　扁舟載了匆匆去今夜泊前溪楊柳津頭梨花牆外心事兩人知

鬲溪梅令　仙呂調○無錫歸寓意

好花不與殢香人浪粼粼又恐春風歸去綠成陰玉鈿何處尋　木蘭雙槳夢中雲水橫陳漫向孤山山下覓盈盈翠禽啼一春

淒涼犯　仙呂調犯商調○合肥秋夕

綠楊巷陌西風起邊城一片離索馬嘶漸遠人歸甚處戍樓吹角情懷正惡更衰草寒煙淡薄似當時將軍部曲迤邐度沙漠　追念西湖上小舫攜歌晚花行樂舊遊在否想如今翠凋紅落漫寫羊裙等新雁來時繫著怕匆匆不肯寄與誤後約

翠樓吟　雙調○武昌安遠樓成

月冷龍沙塵清虎落今年漢酺初賜新翻胡部曲聽氈幕元戎歌吹層樓高峙看檻曲縈紅簷牙飛翠人姝麗粉香吹下夜寒風細　此地宜有詞仙擁素雲黃鶴與君遊戲玉梯凝望久歎芳草萋萋千里天涯情味仗酒祓清愁花嬌英氣西山外晚來還捲一簾秋霽

清波引 梅

冷雲迷浦倩誰喚玉妃起舞歲華如許野梅弄眉嫵屐齒印蒼蘚漸爲尋花來去自隨秋雁南來望江國渺何處 新詩漫與好風景長是暗度故人知否抱幽恨難語何時共漁艇莫負滄浪煙雨況有清夜啼猿怨人良苦

法曲獻仙音 張彥功官舍

虛閣籠寒小簾通月暮色偏憐高處樹隔離宮水平馳道湖山盡入尊俎奈楚客淹留久砧聲帶愁去屢回顧 過秋風未成歸計誰念我重見冷楓紅舞喚起淡妝人問逋仙今在何許象筆鸞牋甚而今不道秀句怕平生幽恨化作沙邊煙雨

玲瓏四犯 越中歲暮聞簫鼓感懷

疊鼓夜寒垂燈春淺匆匆時事如許倦遊歡意少俛仰悲今古江淹又吟恨賦記當時送君南浦萬里乾坤百年身世惟有此情苦 揚州柳垂官路有輕盈喚馬端正窺戶酒醒明月下夢逐潮聲去文章信美知何用漫贏得天涯羇旅教說與春來要尋花伴侶

淡黃柳 正平調近○客合肥

空城曉角吹入垂楊陌馬上單衣寒惻惻看盡鵝黃

嫩綠都是江南舊相識正岑寂　明朝又寒食強攜酒小橋宅怕梨花落盡成秋色燕燕飛來問春何在唯有池塘自碧

側犯 詠芍藥

恨春易去甚春卻向揚州住微雨正繭栗稍頭弄詩句紅橋二十四總是行雲處無語漸半脫宮衣笑相顧　金壺細葉千朶圍歌舞誰念我鬢成絲來此共尊俎後日西園綠陰無數寂寞劉郎自修花譜

眉嫵 亦名百宜嬌○戲張仲遠

看垂楊連苑杜若吹沙愁損未歸眼信馬青樓去重簾下娉婷人妙飛燕翠尊共款聽豔歌郎意先感便攜手月地雲階裏愛良夜微暖　無限風流疏散有暗藏弓履偷寄香翰明日聞津鼓湘江上催人還解春纜亂紅萬點悵斷魂煙水遙遠又爭似相攜乘一舸鎮長見

石湖仙 越調○壽石湖居士

松江煙浦是千古三高遊衍佳處須信石湖仙似鴟夷翩然引去浮雲安在我自愛綠香紅舞容與看世間幾度今古　盧溝舊曾駐馬爲黃花閒吟秀句見說胡兒也學綸巾欹雨玉友金蕉玉人金縷緩移箏

杜閒好語明年定在槐府

解連環

玉鞍重倚卻沈吟未上又縈離思爲大喬能撥春風小喬妙移箏雁啼秋水柳怯雲鬆更何必十分梳洗道郎攜羽扇那日隔簾半面曾記　西窗夜涼雨霽歎幽歡未足何事輕棄問後約空指薔薇算如此溪山甚時重至水驛燈昏又見在曲屏近底念惟有夜來皓月照伊自睡

玉梅令 高平調○石湖長寒不出作此戲之

疏疏雪片散入溪南苑春寒鎖舊家亭館有玉梅幾樹背立怨東風高花未吐暗香已遠　公來領客梅花能勸花長好願公更健便揉春爲酒翦雪作新詩拚一日繞花千轉

踏莎行 金陵感夢

燕燕輕盈鶯鶯嬌軟分明又向華胥見夜長爭得薄情知春初早被相思染　別後書詞別時針線離魂暗逐郎行遠淮南皓月冷千山冥冥歸去無人管

八歸 湘中送胡德華

芳蓮墜粉疏桐吹綠庭院暗雨乍歇無端抱影銷魂處還見篠牆螢暗蘚階蛩切送客重尋西去路問水

面琵琶誰撥最可惜一片江山總付與啼鴂　長恨相從未款而今何事又對西風離別渚寒煙淡棹移人遠縹緲行舟如葉想文君望久倚竹愁生步羅襪歸來後翠尊雙飲下了珠簾玲瓏閒看月

白石詞

白石詞盛行於世多逸五湖舊約及燕雀無心諸調
前人云花庵極愛白石選錄無遺旣讀絕妙詞選果
一一具載眞完璧也范石湖評其詩云有裁雲縫月
之妙手敲金戛玉之奇聲予於其詞亦云蕭東夫於
少年客遊中獨賞其詞以其兄之子妻之不第而卒
惜哉湖南毛晉識

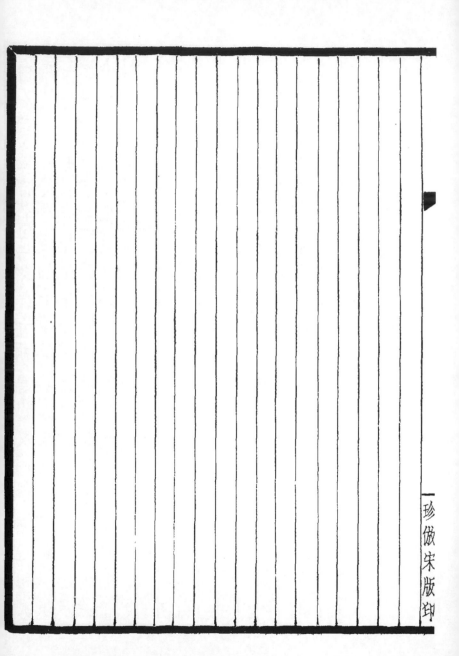

題石林詞

右丞葉公以經術文章爲世宗儒翰墨之餘作爲歌詞亦妙天下元符中予兄聖功爲鎭江掾公爲丹徒尉得其小詞爲多是時妙齡氣豪未能忘懷也味其詞婉麗綽有温李之風晚歲落其華而實之能於簡淡時出雄傑合處不減靖節東坡之妙豈近世樂府之流哉陳德昭始得之喜甚出以示余揮汗而書不知暑氣之去也詩云誰能執熱逝不以濯公詞之能慰人心蓋如此紹興十七年七月九日東廡關注書

石林詞

目錄

石林詞

宋　葉夢得

賀新郎 或刻李玉

睡起流鶯語掩蒼苔房櫳向晚亂紅無數吹盡殘花無人見惟有垂楊自舞漸暖靄初回輕暑寶扇重尋明月影暗塵侵上有乘鸞女驚舊恨遽如許　江南夢斷橫江渚浪黏天葡萄漲綠半空煙雨無限樓前滄波意誰採蘋花寄取但悵望蘭舟容與萬里雲飄何時到送孤鴻目斷千山阻誰爲我唱金縷

水調歌頭 濠州觀魚臺作

渺渺楚天闊秋水去無窮兩崖不辨牛馬輕浪舞回風獨倚高樓一笑圉圉遊魚來往還戲此波中危檻對千里落日照晴空　子非我安知我意真同鵬飛鵾化何有滄海漫沖融堪笑磻溪遺老白首直釣溪畔歲晚忽衰翁功業竟安在徒自兆非熊

又 九月望日與客習射西園余病不能射

霜降碧天靜秋事促西風寒聲隱地初聽中夜入梧桐起瞰高城回望寥落關河千里一醉與君同疊鼓鬧清曉飛騎引雕弓　歲將晚客爭笑問衰翁平生豪氣安在走馬爲誰雄何似當筵虎士揮手絃聲響

處雙雁落遙空老矣眞堪愧回首望雲中

又 送八舅朝請

江海渺千里飄蕩歎流年等閒疋馬相過乘興卻翛然十載悲歡如夢撫掌驚呼相語往事盡飛煙此會眞難偶此醉且留連　酒方半誰輕便動離絃我歌未闋公去明日復山川空有高城危檻縹緲當筵清唱餘響落尊前細雨黃花後飛雁落遙天

又 湖光亭落成

修眉掃遙碧清鏡走回流隄外柳煙深淺碧瓦起朱樓分付平雲千里包卷騷人遺思春色入簾鉤桃李盡無語波影動蘭舟　念謝公平生志在滄洲登臨漫懷風景佳處每難酬卻歎從來賢士如我與公多矣名迹竟誰留惟有尊前醉何必問消憂

又 次韻叔父寺丞林德祖和休官詠懷

今古幾流轉身世兩犇忙那知一丘一壑何處不堪藏須信超然物外容易扁舟相踵分占水雲鄉雅志眞無負來日故應長　問騏驥空矯首爲誰昂冥鴻天際塵事分付一輕芒認取騷人生此但有輕篷短楫多製芰荷裳一笑陶彭澤千載賀知章

又 癸丑中秋

河漢只平野香霧捲西風倚空千嶂橫起銀闕正當中常恨年年此夜醉倒歌呼誰和何事與君同莫恨歲華晚容易感梧桐　攬清影君試與問天公遙知玉斧初斲重到廣寒宮付與孤光千里不遣微雲點綴爲我洗長空老去狂猶在應未笑衰翁

又

秋色漸將晚霜信報黃花小窗低戶深映微路繞欹斜爲問山公何事坐看流年輕度拚卻鬢雙華徙倚望滄海天淨水明霞　念平昔空飄蕩偏天涯歸來三徑重掃松竹本吾家卻恨悲風時起冉冉雲間新雁邊馬怨胡笳誰似東山老談笑淨胡沙

八聲甘州　壽陽樓八公山作

故都迷岸草望長淮依然繞孤城想烏衣年少芝蘭秀發戈戟雲橫坐看驕兵南渡沸浪駭犇鯨轉盼東流水一顧功成　千載八公山下尚斷崖草木遙擁崢嶸漫雲濤吞吐無處問豪英信勞生空成今古笑我來何事愴遺情東山老可堪歲晚獨聽桓箏

又　正月二日作是歲閏正月十四日纔立春

又新正過了問東風消息幾時來笑春工多思留連底事猶未輕回應爲瑤刀裁翦容易惜花開試向湖

邊望幾處寒梅　好是綠莎新徑剩安排芳意特地
重栽便從今追賞莫遣暫停盃有千株深紅淺白倩
緩歌急管特相催憑看取暖煙細靄先到高臺

又

問浮家泛宅自玄真去後有誰來漫煙波千頃雲峯
倒影空翠成堆可是溪山無主佳處且徘徊暮雨捲
晴野落照天開　老去餘生江海伴遠公香火猶有
宗雷便何妨元亮攜酒問相陪寄清談芒鞵筇杖更
盡驅風月入尊罍江村路我歌君和莫棹船回

又甲辰承詔知止亭初畢工劉無言相過

寄知還倦鳥對飛雲無心兩難齊漫飄然欲去悠然
且止依舊山西十畝荒園未徧趁雨卻鋤犂敢忘鄰
翁約有酒同攜　況是巖前新建帶小軒橫絕松桂
成蹊試憑高東望雲海與天低送滄波浮空千里照
斷霞明滅卷晴霓君休笑此生心事老更沈迷

念奴嬌南歸渡楊子作雜用淵明語

故山漸近念淵明歸意翛然誰論歸去來兮秋已老
松菊三徑猶存稚子歡迎飄飄風袂依約舊衡門琴
書蕭散更欣有酒盈尊　惆悵萍梗無根天涯行已
偏空負田園去矣何之窗戶小容膝聊倚南軒倦鳥

知還晚雲遙映山氣欲黃昏此還真意故應欲辨忘
言

又 中秋燕客有懷壬午歲吳江長橋

洞庭波冷望冰輪初轉滄海沈沈萬頃孤光雲陣卷長笛吹破層陰洶湧三江銀濤無際遙帶五湖深酒闌歌罷至今鼉怒龍吟 回首江海平生漂流容易散佳會難尋縹緲高城風露爽獨倚危闌重臨醉倒清尊姮娥應笑猶有向來心廣寒宮殿爲予聊借瓊林 或刻百字令字句迥異

又

雲峯橫起障吳關三面真成尤物倒卷回潮目盡處秋水黏天無壁綠鬢人歸如今雖在空有千莖雪追尋如夢謾餘詩句猶傑 聞道尊酒登臨孫郎終古恨長歌時發萬里雲屯瓜步晚落日旌旗明滅鼓吹風高畫船遙想一笑吞窮髮當時曾照更誰重問山月

滿庭芳 雨後極目亭寄示張敏仲程致道

麥隴如雲清風吹破夜來疏雨纔晴滿川煙草殘照落微明縹緲危闌曲檻遙天盡日腳初平青林外參差瞑靄縈帶遠山橫 孤城春雨過綠陰是處時有

鷺聲問落絮遊絲畢竟何成信步蒼苔繞徧真堪付閒客閒行微吟罷重回皓首江海渺送情

又 張敏叔程致道和示復用韻寄酬

楓落吳江扁舟搖蕩暮山斜照催晴此心長在秋水共澄明底事經年易拚驚遺恨悄悄難平臨風處佳人萬里霜笛與誰橫　長城誰敢犯知君五字元有詩聲笑茅舍何時歸此真成絲鬢朱顏老盡柴居在行即終行聊相待狂唱醉舞雖老未忘情

又次韻答蔡州王道濟大夫見寄

一曲離歌煙林人去馬頭微雪新晴隔年光景回首近清明斷送殘花又老春波靜湖水初平誰重到雕闌盡日遙想畫橋橫　高城凝望久何人爲我重唱餘聲問桃李更有幾處陰成老去從遊似夢尊前事空有經行猶能記慇懃寄語多謝故人情

滿江紅 重陽賞菊時余已除代

一朶黃花先催報秋歸消息滿芳枝凝露爲誰裝飾便向尊前拚醉倒古今同是東籬側問何須特地賦歸來抛彭澤　回首去年時節開口笑真難得使君今那更自成行客霜鬢不辭重插滿他年此會何人憶記多情曾伴小闌干親攀摘

又

雪後郊原煙林外梅花初拆春欲半猶自探春消息一眼平蕪看不盡夜來小雨催新碧笑去年攜酒折花人花應識　蘭舟漾城南陌雲影淡天容窄繞風漪十頃瞑浮晴色恰是槎頭收釣處坐中仍有江南客問如何雨槳下苕溪吞雲澤

應天長 自潁上縣欲還具作

松陵秋已老正柳岸田家酒醅初熟鱸膾蓴羹萬里水天相續扁舟波浩渺寄一葉暮濤吞沃青篛笠西塞山前自翻新曲　來往未應足便細雨斜風有誰拘束陶寫中年何待更須絲竹鴟夷千古意算入手比來尤速最好是千點雲峯半篙澄淥

定風波 與幹譽才卿步西園始見青梅

破萼初驚一點紅又看青子映簾櫳冰雪肌膚誰復見清淺尚餘疏影照晴空　惆悵年年桃李伴腸斷衹應芳信負東風待得微黃春亦暮煙雨半和飛絮作濛濛

又

渺渺空波下夕陽睡痕初破水風涼過雨歸雲留不住何處遠村煙樹半微茫　莫笑經年人老矣歸計

得遲留處也何妨老子興來殊不淺簾捲更邀明月
坐胡牀

又

千步長虹跨碧流兩山浮影轉嶠頭付與詩人都總
領風景更逢仙客下瀛洲　嫋嫋涼風吹汗漫平岸
遙空新卷絳河收卻怪姮娥真好事須記探支明月
作中秋

又

斜漢初看素月流坐驚金餅出雲頭華髮蕭然吹素
領光景何妨分付屬滄洲　莫待霜花飄爛熳蘋岸
更憑佳句盡拘收解與破除消萬事猶記一尊同得
二年秋此魯鄉見和復答之

江城子原刻六闋玫銀濤無際卷蓬瀛是東坡
詞刪去

碧潭浮影蘸紅旗日初遲漾晴漪我欲尋芳先遣報
春知盡放百花連夜發休更待曉風吹　滿攜尊酒
弄繁枝與佳期伴羣嬉猶有邦人爭唱醉翁詞應笑
今年狂太守能痛飲似當時

又大雪與客登極目亭

跰躚飛舞半空來曉風催巧縈迴野曠天遙回望與

悠哉欲問玉京知遠近試攜手上高臺　雲濤無際
卷崔嵬斂浮埃照瓊瑰點綴林花真個是多才說與
化工留妙手休盡放一時開

又　再送盧倅

芙蓉開過雨初晴曲池平畫橋橫耿耿銀河遙下蘸
空明一舸吳松歸未得聊共住小蓬瀛　問君何事
引前旌趣歸程背高城魚鳥三年誰道總無情試遣
他年歌此曲應尚記別時聲

又　登小吳臺小飲

生涯何有但青山小溪灣轉潺湲投老歸來終寄此
山間茅舍半欹風雨橫荒徑晚亂榛菅　強扶衰病
上巉顛水雲間伴躋攀湖海蒼茫千里在吳關漫有
一杯聊自醉休更問鬢手斑

又　次韻葛魯卿上元

甘泉祠殿漢離宮五雲中渺難窮永漏通宵壺矢轉
金銅曾從鈞天知帝所孤鶴老寄遼東　強扶衰病
步龍鍾雪花濛打窗風一點青燈惆悵伴南宮唯有
使君同此恨丹鳳□水雲重

竹馬兒

與君記平山堂前細柳幾回同挽又征帆夜落危檻

依舊遙臨雲巘自笑來往匆匆朱顏漸改故人俱遠橫笛想遺聲但寒松千丈傾崖蒼蘚　世事終何已田陰縱在歲陰仍晚嵇康老來尤懶只要蓴羹菰飯卻欲便買茅廬短篷輕檝尊酒猶能辦君能過我水雲聊爲伴

浣溪沙 重陽一日極目亭

小雨初回昨夜涼繞籬新菊已催黃碧空無際卷蒼茫　千里斷鴻供遠目十年芳草掛愁腸緩歌聊與送瑤觴

又

睡粉輕消露臉新醉紅初破玉肌勻尊前留得兩州春　剩挽雕盤敧醉帽重催飛騎走紅塵十年蘭莛笑騷人

又 送盧倅

荷葉荷花水底天玉壺冰酒釀新泉一歡聊復記他年　我亦故山歸去客與君分手暫流連佳人休唱好因緣

又 意在亭

休笑山翁不住山二年偷向此中閒歸來贏得鬢毛斑　甕底新醅供酩酊城頭曲檻俯淙潺山翁元在

此山間

又 許公堂席上次韻王幼安

絳蠟燒殘夜未分寶箏聲暎拍初勻斗樞光照坐生春便恐賜還歸衮繡莫辭揮翰落煙雲鳳城西去斷離魂

又 用前韻再會幼安

綠野歌歡喜見分驟驚和氣曉來勻妙歌誰敢和陽春梅蕊舊年迎臘雪月華今夜破寒雲獨醒爭笑楚人魂

又 次韻王幼安曹存之園亭席上

物外光陰不屬春斷留風景伴佳辰醉歸誰管斷腸人柳絮尚飄庭下雪梨花空作夢中雲竹間籬落水邊門

又 與魯卿酌別席上次韻

千古風流詠白蘋二年歌笑擁朱輪翩翩卻憶上林春劍履便應陪北闕袴襦那更假西人玉堂金殿要詞臣

永遇樂 寄懷張敏叔程致道

蘋芷芳洲故人回首雲海何處五畝荒田殷勤問我歸此真成否洞庭波冷秋風嫋嫋木葉亂隨風舞記

扁舟橫斜載月目極暮濤煙渚　傳聲試問垂虹千頃蘭棹有誰重駐雪濺雷翻潮頭過後颿影斂前浦此中高興何人解道天也未應輕付且留取千鍾痛飲與君共賦

又蔡州移守潁昌與客會別臨芳觀席上○或刻蘇子瞻

天末山橫半空簫鼓樓觀高起指點裁成東風滿院總是新桃李綸巾羽扇一尊飲罷目送斷鴻千里攬清歌餘音不斷縹緲尚縈流水　年來自笑無情何事猶有多情遺思綠鬢朱顏匆匆拚了卻記花前醉明年春到重尋幽夢應在亂鶯聲裏拍闌干斜陽轉處有誰共倚

臨江仙

聞道今年春信早梅花不怕餘寒憑君先近向南看香苞開徧未莫待北枝殘　腸斷隴頭他日恨江南幾驛征鞍一盃聊與盡餘歡風情何似我老去未應闌

又雪後寄周十

夢裏江南渾不記祇今幽戶難忘夜來急雪繞東堂竹窗松徑裏何處問歸艎　瓮底新醅應已熟一尊

知與誰嘗會須雄筆卷蒼茫雲濤聲隱戶瓊玉照頹牆

又 與客湖上飲歸

不見跳魚翻曲港湖邊特地經過蕭蕭疏雨亂風荷微雲吹盡散明月墮平波 白酒一盃還徑醉歸來散髮婆娑無人能唱採菱歌小軒欹枕簟檐影挂星河

又 送章長卿還姑蘇兼寄程致道

碧瓦新霜侵曉夢黃花已過清秋風颿何處挂扁舟故人歸欲盡斜日更回頭 樂圃橋邊煩借問有人高臥江樓寄聲聊爲訴離憂桂叢應已老何事久淹留

又 席上次韻韓文若

聞道安車來過我百花未敢飄零疾催絃管送盃行五朝瞻舊老揮麈聽風生 鳳詔遠從天上落高堂燕喜初醒莫言白髮減風情此時誰得似歆罷卻精神

又 晁以道見和答韓文若之句復答之二首

三月鶯花都過了曉來雪片猶零嵩陽居士記行行西湖初水滿遙想縠紋生 欲爲海棠傳信息如今

底事長醒不應高臥頓忘情留春春不住老眼若爲
明
又
唱徹陽關分別袂佳人粉淚空零請君重作醉歌行
一歡須痛飲回首念平生 卻怪老來風味減半酣
易逐愁醒因花那更賦閑情鬢毛今爾耳空笑老淵
明
又次韻洪思成湖上
瀲灩湖光供一笑未須醉日論千將軍曾記舊臨邊
野塘新水漫煙岸酒如船 卻怪情多春又老回腸
易逐愁煎何如旌旆鬱相連凱歌歸玉帳錦帽碧油
前
又同王幼安洪思成過曾存之園亭
學士園林人不到傳聲欲問江梅曲闌清淺小池臺
已知春意近爲我著詩催 急管行觴圍舞袖故人
坐上三台幼安與存之少相從此歡此宴固難陪不
辭同二老倒載習池回
又次韻曾幼安思成存之席上梅花
不與羣芳爭豔豔化工自許寒梅一枝臨晚照歌臺
眼明渾未見絃管莫驚催 記取劉郎歸去路千年

應話天台酒闌不惜更重陪夜寒衣袂薄猶有暗香回

又 晚之湖上

三日疾風吹浩蕩綠蕪未徧平沙約回殘影射明霞水光遙泛坐煙柳互欹斜 霜鬢不堪春點檢留連又見芳華一枝重插去年花此身江海夢何處定吾家

又 熙春臺與王取道賀方回曾公袞會別

自笑天涯無定準飄然到處遲留與闌卻上五湖舟鱸蓴新有味碧樹已驚秋 臺上微涼初過雨一尊聊記同遊寄聲時為到滄洲遙知欹枕處萬壑看交流

又 次葛魯卿法華山曲水勸酒

山半飛泉鳴玉珮回波倒卷粼粼解巾聊濯十年塵青山應卻怪此段久無人 行樂應須賀太守風光過眼逡巡不辭常作坐中賓只愁花解笑衰鬢不宜春

又 西園右春亭新成

手種千株桃李樹參差半已成陰主人何事馬駸駸二年江海路空負種花心 試向中間安小檻此還

長要追尋卻驚搖落動悲吟春歸知早晚爲我變層林

又南山絶頂作臺新成與客賞月

絶頂參差千嶂外不知空水相浮下臨湖海見三州落霞横暮景爲客小遲留　卷盡微雲天更闊此行不負清秋忽驚河漢近人流青霄元有路一笑倚瓊樓

又明日與客復登臺再用前韻

一醉三年那易得應須大白同浮已知絶景是吾州嫦娥仍有意更肯爲人留　萬籟無聲遙夜永人間未識高秋從來我客盡風流故知憐老子尤勝在南樓

又明日小雨已而風大作復晚晴遂見月與客再登

卷地驚風吹雨過卻堪香霧輕浮遙知清影徧南州萬峯横玉立誰爲此山留　邂逅一歡須共惜年年長記今秋平生江海恨飄流元龍真老矣無意臥高樓

又詔芳亭贈坐客

一醉年年今夜月酒船聊更同浮恨無羯鼓打梁州

遺聲猶好在風景一時留　老去狂歌君勿笑已拚雙鬢成秋會須擊節泝中流一聲雲外笛驚看水明樓　世傳梁州西梁府初進此曲會明皇遊月宮還記霓裳之曲適相近因作霓裳羽衣曲以梁州名之是夕約諸君明夜泛舟故有梁州中流之句

又

草草一年真過夢此生不恨萍浮且令從事到青州已能從辟轂那更話封留　好月尚尋當日約故人何啻三秋援琴欲寫竹間流此聲誰解聽吟上仲宣樓

虞美人　雨後同幹譽才卿置酒來禽花下作（一）

或刻蘇子瞻或刻周美成

落花已作風前舞又送黃昏雨曉來庭院半殘紅惟有游絲千丈罥晴空　殷勤花下同攜手更盡盃中酒美人不用斂蛾眉我亦多情無奈酒闌時

又　極目亭望西山

翻翻翠葉梧桐老雨後涼生早葛巾藜杖正關情莫遣繁蟬容易作秋聲　遙空不盡青天去一抹殘霞算病餘無力厭躋攀爲寄曲闌幽意到西山

又　上巳席上

一聲鷓鴣催春晚芳草連空遠年年餘恨怨殘紅可是無情容易愛隨風　茂林脩竹山陰道千載誰重到半湖流水夕陽前猶有一觴一詠似當年

又同蔡寬夫置酒王仲弓出歌人聲甚妙

東風一夜催春到楊柳朝來好莫辭尊酒重攜持老去情懷能有幾人知　鳳臺園裏新詩伴不用相追喚一聲清唱落瓊卮千頃西風煙浪晚雲遲

又

數聲微雨風驚曉燭影欹殘照客愁不奈五更寒明日梨花開盡有誰看　追尋猶記清明近爲向花前問東風正使解欺儂不道花應有恨也匆匆

又寒食泛舟

平波漲綠春隄滿渡口人歸晚短篷輕楫費追尋始信十年歸夢是如今　故人回望高陽里遙想車連騎尊前點檢舊年春應有海棠猶記插花人

又逋堂睡起同吹洞簫

綠陰初過黃梅雨隔葉聞鸎語睡餘誰遣夕陽斜時有微涼風動入窗紗　天涯走徧終何有白髮空搔首未須錦瑟怨年華爲寄一聲長笛怨梅花

又贈蔡子因

梅花落盡桃花小春事餘多少新亭風景尚依然白髮故人相遇且留連　家山應在層林外悵望花前醉半天煙霧尚連空笑取扁舟歸去與君同

減字木蘭花

黃花暫老秋色欲歸還艸艸花下前期花老空歌鵲踏枝　狂酲易醒不似舊時長酩酊玉簟新涼數盡更籌夜更長

又雪中賞牡丹

前村夜半每爲江梅腸欲斷淺紫深紅誰信漫天雪裏逢　醉頭扶起宿酒闌干猶困倚便莫催殘明日東風爲埽看

又王幼安見和前韵復用韵畣之

粉消妝半一曲陽春歌始斷便覺香紅十倍光華昝未逢　楊花吹起猶自風前相枕倚莫恨春殘留取新詩仔細看

木蘭花二月二十六日晚雨集客湖上

花殘卻似春留戀幾日餘香吹酒面濕煙不隔柳條青小雨池塘初有燕　波光縱使明如練可奈落紅紛似霰解將心事訴東風只有啼鶯千種囀

點絳脣晚出山樹春初植蘭樹側近復生紫芝

高柳蕭蕭睡餘已覺西風勁小窗人靜淅瀝生秋聽庭事多情欲與流年競殘雲暝墜巾慵整獨立芝蘭徑

又 紹興乙卯登絕頂水亭

縹緲危亭笑談獨在千峯上與誰同賞萬里橫煙浪老去情懷猶作天涯想空惆悵少年豪放莫學衰翁樣

又 丙辰八月二十七日雨中與何彥亨小飲

山上飛泉漫流水下知何處亂雲無數留得幽人住深閉柴門聽盡空簷雨秋還暮小窗低戶唯有寒蛩語

鷓鴣天 與幹譽賞梅

不怕微霜點玉肌恨無流水照冰姿與君著意從頭看初見今年第一枝 人醉後雪消時江南春色寄來遲使君盡是花前客莫怪慇勤爲賦詩

又 元夕次韻幹譽

夾路行歌盡落梅篆煙香細裊寒灰雲移碧海三山近月破中天九陌開 追樂事惜多才車聲遙聽走隨雷十年夢斷鈞天奏猶記流霞醉後盃

又雨後湖上看落花

小雨初收報夕陽歸雲欲渡轉橫塘空回雨蓋翻新影不見瓊肌洗暗香　追落景弄微涼尚餘殘淚浥空牀祇應自有東風恨長遺啼痕破晚妝

又續採蓮曲

曉日初開露未晞夕陽輕散雨還微暗搖綿霧游儵戲斜映紅雲屬玉飛　情脈脈恨依依沙邊空見棹船歸何人解舞新聲曲一試纖腰六尺圍

又次韻魯卿大錢觀大湖

蘭薤空悲楚客秋旌旗誰見使君遊淩雲不隔三山路破浪聊憑萬里舟　公欲去尚能留盃行到手未宜休新詩無物堪倫比願探珊瑚出珤鉤

又與魯卿晚雨泛舟出西郭用煙波定韻

天末殘霞卷暮紅波間時見沒鳧翁斜風細雨家何在老矣生涯盡個中　惟此意與公同未須持酒祝牛宮旁人不解青蓑意猶說黃金寶帶重

又

一曲青山映小池綠荷陰盡雨離披何人解識秋堪美莫爲悲秋浪賦詩　攜濁酒繞東籬菊殘猶有傲霜枝一年好景君須記正是橙黃橘綠時　梁范堅常

謂欣戚惜敗者物之情秋爲萬物成功之時宋玉作
悲秋非是乃作美秋賦云

水龍吟　西樵燕客作

對花常欲流春恨春故遣花飛早晚來雨過綠陰新處幾番芳草一片飄時已知消減滿庭誰掃料多情也似愁人易感先催趁朱顏老　猶有清明未過但狂風匆匆難保酒醒夢斷年年此恨不禁煙草只恐春□應留芳信與花爭好有姚黃一朵慇勤付與送金盃倒

又八月十三日與張少逸游道場山放舟中流命工吹笛舟尾迎月歸作

桅樓橫笛孤吹暮雲散盡天如水人間底事忽驚飛墮冰壺千里玉樹風清漫波搖卷與空無際謝嫦娥此夜慇勤偏照知人在千山裏　常恨孤光易轉仗多情使君料理□□□□□□□□□□□□一盃起舞曲終須記但尊前有酒常追舊事拚年年醉

千秋歲　次韻兵曹席孟惠廨中千葉黃梅

曉煙溪畔曾記東風面化工更與重裁翦額黃明豔粉不共妖紅軟凝露臉多情正是當時見　誰向滄

波岸特地移閒館情一縷愁千點煩君搜妙語爲我催清燕須細看紛紛亂蕊空凡豔

又小雨達旦東齋獨宿不能寐有懷松江舊游

雨聲蕭瑟初到梧桐響人不寐秋聲爽低簷燈暗淡畫幕風來往誰共賞依稀記得船篷上　拍岸浮輕浪水闊菰蒲長向別浦收橫網綠蓑衝暝色艇子搖雙槳君莫忘此情猶是當時唱

驀山溪百花洲席上次韻司錄董庠

一年春事常恨風和雨趁取未殘時醉花前春應相許山翁倒載日莫習池回問東風春知否莫道空歸去　滿城歌吹也似春和豫爭笑使君狂占風光不教飛絮明朝酒醒滿地落殘紅唱新詞追好景猶有君收聚

清平樂

水空相映淡碧涵千頃素練不收寒玉鏡影落階無影　纖纖與捧金盃暗香逐舞徘徊雪盡玉容開徧東風不管寒梅

雨中花慢寒食前一日小雨牡丹已將開與客置酒座中戲作

痛飲狂歌百計強留風光無奈春去也應知相賞未

忍相違卷地風驚爭催春暮雨頓回寒威對黃昏蕭瑟冰膚洗盡猶覆霞衣　多情斷了爲花狂惱故飄萬點霏微低粉面妝臺酒散淚顆頻揮可是盈盈有意秖應眞惜分飛拚令吹盡明朝酒醒忍對紅稀

南鄉子　池亭新成晚步

淺碧蘸鱗鱗照眼全無一點塵百草千花都過了初新翠竹高槐不占春　歌嘯墮綸巾午醉醒來尚欠伸待得月明歸去也青蘋更有涼風解送人

又　自後圃晚步湖上

小院雨新晴初聽黃鸝第一聲滿地綠陰人不到盈盈一點孤花尚有情　卻傍水邊行葉底跳魚浪自驚日莫小舟何處去斜橫衝破浪痕久未平

又　癸卯種梅於西巖地瘦難立石間無花今歲十一月輒先開數枝喜而爲賦

山畔小池臺曾記幽人著意栽亂石參差春至晚徘徊素景衝寒卻自開　絕絕照瓊瑰孤負芳心巧翦裁應恐練裙驚縞夜殘盃且放疏枝待我來

卜算子　鳳皇亭納涼

新月挂林梢暗水鳴枯沼時見疏星落畫簷幾點流螢小　歸意已無多故作連環繞欲寄新聲問採蓮

水調歌頭 又並澗頭種木芙蓉九月旦盛開

曉雨洗新妝豔豔驚衰眼不趁東風取次開待得清霜晚 曲港照回流影亂微波淺作態低昂好自持

水調歌頭遠

菩薩蠻湖光亭晚集○草堂集作重疊金○秋思

平波不盡蒹葭遠清霜半落沙痕淺煙樹晚微茫孤鴻下夕陽 梅花消息近試向南枝問記得水邊春江南別後人

蝶戀花

薄雪消時春已半踏徧蒼苔手挽花枝看一縷游絲牽不斷多情更覺蜂兒亂 盡日平波回遠岸倒影浮光卻記冰初泮酒力無多吹易散餘寒向晚風驚幔

醉蓬萊楚州上巳懷許下西湖寄曾在之王仲弓韓文表

問東風何事斷送殘紅便拚歸去牢落征途笑行人羇旅一曲陽關斷雲殘靄做渭城朝雨欲寄離愁綠陰千轉黃鸝空語 遙想湖邊浪搖空翠絃管風高

亂花飛絮曲水流觴有山公行處翠袖朱闌故人應也弄畫船煙浦會寫相思尊前爲我重翻新句

南歌子 是日微雨過午而霽晚遂月出交劉無言韻

雨惜山容斂雲矜棹影開忽看霽色射林隈爲問明亭清影爲誰來　盡洗歸時路重傾醉後盃未應霜雪遽相催留得佳期猶在共徘徊

採桑子 冬至日與許幹譽章幾道飯績會晚歸雪作因留小飲

山蹊小路歸來晚暮雪繽紛尊酒慇懃邂逅相從只有君　全家住處無人到元在重雲此景誰分萬玉參差更作羣

少蘊自號石林居士晚年居卞山下奇石森列藏書數萬卷嘯詠自娛所撰詩文甚富有建康集審是集燕語後人合編石林總集百卷行世外石林詞一卷與蘇柳並傳綽有林下風不作柔語殢人眞詞家逸品也其爵里始末具載年譜及本傳湖南毛晉識

題酒邊詞

詞曲者古樂府之末造也古樂府者詩之旁流也詩出于離騷楚詞而離騷者變風變雅之怨而迫哀而傷者也其發乎情則同而止乎禮義則異名曰曲以其曲盡人情耳方之曲藝猶不逮焉其去曲禮則益遠矣然文章豪放之士鮮不寄意於此者隨亦自掃其跡曰謔浪遊戲而已也唐人爲之最工者柳耆卿後出掩衆製而盡其妙好之者以爲不可復加及眉山蘇氏一洗綺羅香澤之態擺脫綢繆宛轉之度使人登高望遠舉首高歌而逸懷浩氣超然乎塵垢之外於是花間爲皂隸而柳氏爲輿臺矣薌林居士步趨蘇堂而嚌其胾者也觀其退江北所作於後而進江南所作於前以枯木之心幻出葩華酌元酒之尊棄置醇味非染而不色安能及此余得其全集於公之外孫汝上劉苟子卿反復厭飫復以歸之因題其後公宏才偉績精忠大節在人耳目固史載之矣後之人昧其平生而聽其餘韻亦猶讀梅花賦而未知宋廣平歟武夷胡寅題

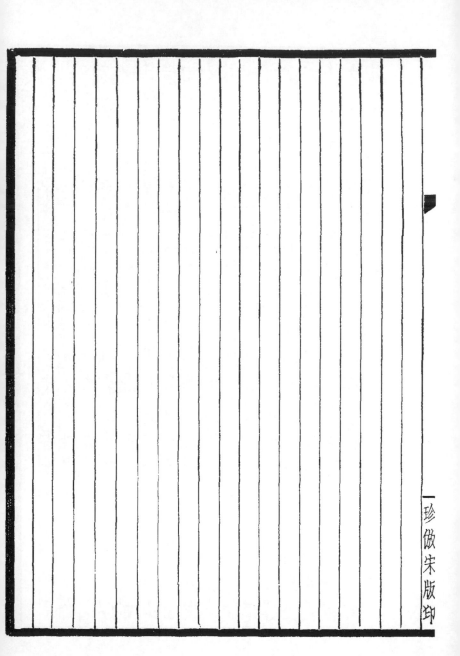

酒邊詞目錄

江南新詞

江北舊詞

酒邊詞卷上

宋　向子諲

江南新詞

滿庭芳

巖桂風韻高古平生心醉其間昔轉漕淮南嘗手植堂下薌林此花爲多戲作是詞當邀徐師川諸公同賦

月窟蟠根靈巖分種絕知不是塵凡瑠璃翦葉金粟綴花繁黃菊周旋避舍友蘭蕙羞殺山樊清香遠秋風十里鼻觀已先參　酒闌聽我語平生半是江北江南經行處無窮綠水青山常被此花相惱思共老結屋中間不因著薌林底事游戲到人寰

又

叢桂薌林改張元功所作

瑟瑟金風團團玉露巖花秀發秋光水邊一笑十里得清香疑是蕊宮仙子新妝就嬌額塗黃霜天曉妖紅麗紫回首總堪傷　中央孕正色更留明月偏照何妨便高如蘭菊也讓芬芳輸與薌林居士微吟罷閑據胡牀須知道天教尤物相伴老江鄉

驀山溪

紹興乙卯大雪行鄱陽道中

瑤田銀海皓色難爲對瓊樹照人間曉然是華嚴境界萬年松徑一帶舊峯巒深掩覆密遮藏三昧光無

礙　金毛獅子打就休驚怪片片上紅爐且不可將
情作解有無不道低絕去來今明即暗暗還明只個
長不昧

又王明之曲鄭林易置十數字歌之

挂冠神武來作煙波主千里好江山都盡是君恩賜
與風勾月引催上泛宅時泛宅即公所賜舟也上批
云泛宅可永充子諲乘坐因名其舟曰泛宅酒傾玉
鱠堆雪總道神仙侶　蓑衣篛笠更著些兒雨橫笛
兩三聲晚雲中驚鷗來去欲傾妙手寫入散人圖蝸
角名蠅頭利著甚來由顧

又老妻生日作十一月初七日

一陽才動萬物生春意試說與宮梅到東閣花枝第
幾疏疏淡淡冷豔雪中明無俗調有真香正與人相
倚　怕煙怕霧瑞色門闌喜再拜引杯長看兩頰紅
潮欲起天教難老風鬢綠如雲對玉筍與薌林歲歲
花前醉

水龍吟紹興甲子上元有懷京師

華燈明月光中綺羅絃管春風路龍如駿馬車如流
水輭紅成霧太乙池邊葆真宮裏玉樓珠樹見飛瓊
伴侶霓裳縹緲星回眼蓮微步　笑入綵雲深處更

冥冥一簾花雨金鈿半落寶釵斜墜乘鸞歸去醉失桃源夢回蓬島滿身風露到而今江上愁山萬疊鬢絲千縷

又甲子季冬丁亥冒雪與晁叔異劉子駒兄弟皆北客同上雪臺登連輝觀梁使君遺酒仍與北梨俱醉薌林堂上相與聯句云西北通無路東南偶共期穿林行鳥路踏雪噍鵝梨吳大年方病起不能同此樂得大年水龍吟詞過之夜歸月色如畫亦賦一首

夢回寒入衾裯曉驚忽墮瑤林裏穿帷透隙落花飛絮難窮巧思著帽披裘挈壺呼友倚空臨水望瓊田不盡銀濤無際浮皓色來天地 遙想吳郎病起政冷窗微吟擁鼻持牋贈我新詞絕唱珠零玉碎餘與追遊清芬坐對高談傾耳晚歸來風掃停雲萬里月華如洗

八聲甘州中秋前數夕久雨方晴

恨中秋多雨及晴景追賞且探先縱玉鈎初上冰輪未正無素嬋娟飲客不來自酌對影亦清妍任笑薌林老雪鬢霜髯 好在章江西畔有淩雲玉筍空翠相連懶崎嶇林麓則窈窕溪邊自斷此生休問願願

甕中長有酒如泉人世間是誰得似月下尊前

又丙寅中秋對月

掃長空萬里淨無雲飛鏡上天東欲騎鯨與問一株丹桂幾度秋風取水珠宮貝闕聊爲洗塵容莫放素娥去清影方中　玄魄猶餘半璧便笙簧萬籟尊俎千峯況十分端正更鼓舞衰翁恨人生時乎不再未轉頭歡事已沈空多酌我歲華好處浩意無窮

水調歌頭大觀庚寅閏八月秋薌林老顧子美汪彥章蒲庭鑑時在諸公幕府間從游者洪駒父徐師川蘇仰固及李商老兄弟是夕登臨賦詠樂甚俯仰三十九年所存者余與彥章耳紹興戊辰再閏感時撫事爲之太息因取舊詩中師川一二語作是詞

閏餘有何好一年兩中秋補天修月人去千古想風流少日南昌幕下更得洪徐蘇李快意作清遊送日眺西嶺得月上東樓　四十載兩人在總白頭誰知滄海成陸萍跡落南州忍問神京何在幸有薌林秋露芳氣襲衣裘斷送餘生事唯酒可忘憂

又靈隱寄云與洛濱老人及筠翁過最樂堂醉中秋月用鄙韻有妙唱得賦一首庶異時不

爲堂上生客耳

我生六十四四度閏中秋碧天千里如水明月更如流照我洛濱詩伯攜手仙卿塵隱閬苑與同遊人醉玉相倚不肯下瓊樓　薌林老章江上幾回頭賸欲控鶴瀛海聊下越王州直入白雲深處細酌仙人九醞香霧儘侵裘共看一笑粲以寫我心憂

又　再用前韻答任令尹

飄飄任公子爽氣欲橫秋向日攜詩過我知不是凡流築室清江西畔巧占一川佳處勝士日追遊邀我出門去拉月上新樓　爛銀盤從樹杪出雲頭好是風流從事同醉入青州須信人生如幻七十古來稀有銷得幾狐裘誰似薌林老無喜亦無憂

洞仙歌　中秋

碧天如水一洗秋容淨何處飛來大明鏡誰道斫卻桂應更光輝無遺照寫出山河倒影　人猶苦餘熱肺腑生塵移我超然到三境問姮娥緣底事有盈虧煩玉斧運風重整教夜夜人世十分圓待拚卻長年醉了還醒

滿江紅　奉酬曾端伯使君兼簡趙若虛監郡

雁陣橫空江楓戰幾番風雨天有意作新秋令欲鑿

殘暑籬菊巖花俱秀發清芬不斷來窗戸共驩然一醉得黃昏仍叔度　尊前事塵壁中去拈花問無人語薌林顧靈照笑撫庭樹試舉似虎頭城太守想應會得玄玄處老我來懶更作淵明閒情賦

虞美人　與趙正之宛邱執别俯仰十有餘年忽漫相逢又爾語别作是詞以送

淮陽堂上曾相對笑把姚黃醉十年離亂有深憂白髮蕭蕭同見渚江秋　履聲細聽知何處欲上星辰去清寒初溢暮雲收更看碧天如水月如流

又　明年過彭蠡遇大風行巨浪中用前韻寄趙正之及洪州李相公兼示開元栖隱二老

銀山堆裏廬山對舟子愁如醉笑看五老了無憂大覺胸中雲夢氣橫秋　若人到得歸元處定一齊銷去直須聞見泯然收始知大江東注不曾流

又　中秋與二三禪子方誦十玄談趙正之復以長短句見寄乃用其韻語答之

澄江霽月秋無對竈酒何須醉人憐貧病不堪憂誰識此心如月正含秋　再三澇漉方知處試向波心去迢迢空劫勿能收漫道從來天地與同流

又　梅花盛開走筆戲呈韓叔夏司諫

江頭苦被梅花惱一夜霜須老誰將冰玉比精神除是淩波卻月見天真 情尚意遠仍多思只有人相似滿城桃李不能春獨向雪花深處露花身

蝶戀花 和曾端伯使君用李久善韻

洲上百花如錦繡水滿池塘更作濺濺溜斷送風光惟有酒苦吟不怕因詩瘦 尋壑經邱長是久晚晚歸來稚子柴門候萬事付之醒夢後眉頭不爲閑愁皺

又 百花洲老桂盛開張師明程德遠攜酒來醉花下有唱酬蝶戀花亦次其韻

巖桂秋風南埭路牆外行人十里香隨步此是鄰林遊戲處誰知不向根塵住 今日對花非浪語憶昨明光早荷君王顧生怕青蠅輕點汙思鱸何似思花去

鷓鴣天 壽太夫人

戲綵堂深翠幕張南飈特地作微涼葵花向日枝枝似萱草忘憂日日長 門有慶福無疆老人星共酒生光殷勤更假天吳手傾瀉西江入壽觴

又 番禺齊安郡王席上贈故人

台埭初逢兩妙年瑤林玉樹倚風前疏梅影裏春同

醉紅茇香中月一船　長悵恨短姻緣空餘蝴蝶夢相連誰知瘴雨蠻煙地重上襄王玳瑁筵

又　豫章郡王席上

兩個鴛鴦波上來一綰楊柳掌中迴已愁共雪因風去更著繁絃急管催　含淺笑勸深杯桃花氣暖眼邊開司空常見風流慣輸與山翁醉玉摧

又　紹興己未歸休後賦

露下風前處處幽宮黃如染翠如流誰將天上蟾宮樹散作人間水國秋　香郁郁思悠悠幾年魂夢繞江頭今朝得到薌林醉白髮相看萬事休

又　舊史載白樂天歸洛陽得楊常侍舊第有林泉之致占一都之勝薌林居士卜築清江乃楊遵道光祿故居也昔文安先生之所可而竹木池館亦甚似之其子孫與西蘇山茲從遊所謂百花洲者因東坡而得名嘗爲絕句以紀其事復戲廣其聲爲是詞云

莫問清陽與洛陽山林總是一般香兩家地占西南勝可是前人例姓楊　石作枕醉爲鄉藕花菱角滿池塘雖無中島霓裳奏獨鶴隨人意自長

又　有懷京師上元與韓叔夏司諫王夏卿侍郎

曹仲聲少卿同賦

紫禁煙花一萬重鰲山宮闕隱晴空玉皇端拱彤雲上人物嬉遊陸海中　星轉斗駕回龍五侯池館醉春風而今白髮三千丈愁對寒燈數點紅

又戲韓叔夏

只有梅花似玉容雲窗月戶幾尊同見來照眼明如水欲去愁眉淡遠峯　山萬疊水千重一雙蝴蝶夢能通都將淚作梅黃雨盡把情爲柳絮風

又老妻生日

玉篆題名在九天而今且作地行仙挂冠神武歸休後同醉薌林是幾年　龜游泳鶴蹁躚疎梅修竹雨清妍欲知福壽都多少阜閣清江可比肩

又詠紅梅

江北江南雪未消此花獨步百花饒青枝可愛難爲杏綠葉初無不是桃　多態度足風標蕊珠仙子醉紅潮絶憐野外橫斜處似與薌林慰寂寥

又紹興壬戌中秋前數夕與楊謹仲魯子明劉曼客及子駒兄弟待月新橋

駕月新成碧玉梁青天萬里瀉銀潢廣寒宮裏無雙樹無熱池邊不盡香　承露液釀秋光直須一舉累

千觴不知世路風波惡何似薌林氣味長

又紹興戊辰歲閏中秋

明月光中與客期一年秋半兩圓時姮娥得意爲長計織女歡盟可恨遲　瞻玉兎倒瓊彝追懷往事記新詞浩歌且入滄浪去醉裏歸來凝不知

又曾端伯使君自虔守移帥荊南作是詞戲之

贛上人人說故侯從來文采更風流題詩漫道三千號別酒須拚一百籌　乘畫鷁衣輕裘又將春色過荊州合江繞岸垂楊柳總學歌眉葉葉愁

減字木蘭花紹興辛未冬溫臘前梅花已謝去明日立春今夕大雪程德遠弟來自龍舒張琦言寄聲相問有懷其人

青松翠篠一夜歆傾如醉倒殘臘能佳落盡梅花見雪花　詩涯酒島何日登臨同笑傲未老還家飽歷年華有鬢華

又紹興壬申春薌林瑞香盛開賦此詞是年三月十有六日辛亥公下世此詞公之絶筆也

斜紅疊翠何許花神來獻瑞粲粲裳衣割得天孫錦一機　真香妙質不耐世間風與日著意遮圍莫放春光造次歸

阮郎歸 紹興乙卯大雪行鄱陽道中

江南江北雪漫漫遙知易水寒同雲深處望三關斷腸山又山 天可老海能翻消除此恨難頻聞遣使問平安幾時鑾輅還

秦樓月

芳菲歇故園目斷傷心切傷心切無邊煙水無窮山色 可堪更近乾龍節眼中淚盡空啼血空啼血子規聲外曉風殘月

少年遊 別韓叔夏

去年同醉酴醾下儘筆賦新詞今年君去酴醾欲破誰與醉爲期 舊曲重歌傾別酒風露泣花枝章水能長湘水遠流不盡兩相思

西江月 番禺趙立之郡王席上

風響蕉林似雨燭生粉豔如花客星乘興泛仙槎誤到支機石下 歡喜地中取醉溫柔鄉裏爲家暖紅香霧鬧春華不道風波可怕

又 吳穆仲與法喜以禪悅爲樂寄倡酬醉蓬萊示鄰林居士有見處即已無心即了之句戲作是詞答之

見處莫教甚著無心慎勿沈空本無背面與〻初終說

了還同說夢　欲識薌林居士眞成漁父家風收絲乘釣月明中總是神通妙用

又紹興丁巳秋偏走湖東諸郡遂作天台鴈宕之遊政黃柑江鰩時足慰平生時拜詔書薌林之賜因成長短句寄朱子發范元長陳去非翰林三學士以資玉堂中一笑

得意穿雲度水及時斫玉分金茲游了卻未來心怪我歸遲一任　居士何如學士翰林休笑薌林個中眞味少知音不是淸狂太甚

又政和年閒卜築宛邱手植衆薌自號薌林居士建炎初解六路漕事中原俶擾故廬不得返卜居淸江之五柳坊紹興癸丑罷帥南海卽棄官不仕乙卯起以九江郡得轉漕江東入爲戶部侍郎辭榮避謗出守姑蘇到郡少日請又力焉詔可且賜舟曰泛宅送之以歸己未暮春復遂舊隱時仲舅李公休亦辭春陵郡守致仕喜賦是詞

五柳坊中煙綠百花洲上雲紅蕭蕭白髮兩衰翁不與時人同夢　拋擲麟符虎節徜徉月下林風世間萬事轉頭空個裏如如不動

又山谷作酴醾詩極工所謂露濕何郎試湯餅日烘荀令炷爐香取古人語以況此花稱爲著題余三十年前與晁之道狄端叔諸公醉皇逮院東武裏家酴醾甚盛各賦長短句獨記余浣溪沙一首云翠羽衣裳白玉人不將朱粉汙天真清風爲伴月爲隣　枕上解隨良夜夢壺中別是一家春同心小綰更尖新眞成夢事此坨此花不殊而心情老嬾無復當時矣勉强作是詞云

紅褪小園桃杏綠生芳草池塘誰教芍藥殿春光兀似酴醾官樣　翠蓋更蒙珠幰熏爐騰馥沈香娟娟風露滿衣裳獨步瑤臺月上

又老妻生日因取薌林中所產異物作是詞以侑觴

幾見芙蓉並蒂忽生三秀靈芝千年老樹出孫枝巖桂秋來滿地　白鶴雲閒翔舞綠龜葉上遊戲齊眉偕老更何疑個裏自非塵世

南鄉子大雪韓叔夏坐中

梅與雪爭姝試問春風管得無除卻個人多樣態誰如細把冰姿比玉膚　一面倒金壺旣醉仍煩翠袖

扶同向淩風臺上看何如且與藝林作畫圖

浣溪沙　寶林山聞建蘭

綠玉叢中紫玉條幽花疏淡更香饒不將朱粉汙高標　空谷佳人宜結伴貴游公子不能招小窗相對誦離騷

又漁父詞張志和之兄松齡所作也有招玄真子歸隱之意居士為姑蘇郡守浩然有歸志因廣其聲為浣溪沙示姑蘇諸友

樂在煙波釣是閒草堂松桂已勝攀梢梢新月幾回彎　一碧太湖三萬頃屹然相對洞庭山狂風浪起且須還

又戲呈牧庵舅

進步須於百尺竿二邊休立莫中安要知玄露沒多般　花影鏡中拈不起蟾光空裏撮應難道人無事更參看

又荊公除日詩云爆竹聲中一歲除東風送暖入屠蘇千門萬戶曈曈日爭把新桃換舊符東坡詩云老去怕看新曆日退歸擬學舊桃符古今絕唱也呂居仁詩有畫角聲中一歲除平明更飲屠蘇酒之句政用以為故事耳

薌林退居之十年歲集兩公詩輒以鄙意足
成浣溪沙自書以遺靈照

爆竹聲中一歲除東風送暖入屠蘇曈曈曉色上林
廬老去怕看新曆日退歸擬學舊桃符青春不染
白髭鬚

又巖桂花開不數日謝去每恨不能挽留近得
爐熏頗耐久

醉裏驚從月窟來睡餘如夢蕊宮回碧雲時度小崔
嵬疑是海山憐我老不論時節遣花開從今休數
返魂梅

又曾端伯和

別樣清芬撲鼻來秋香過後卻追回博山輕霧鎖崔
嵬珍重香林一抹手不教一日不花開暗中錯認
是江梅首二句或刻聽罷霓裳夢覺來天香留得袖
中回

又老妻生日

星斗昭回自一天疎梅池畔蘭清妍蟠桃正熟藕如
船葉上靈龜來瑞世林間白鶴舞胎仙春秋不記
幾千年

又堂前巖桂犯雪開數枝色如杏黃適當老妻

生朝作以此侑觴

瑞氣氤氳拂水來金幢玉節下瑤臺江梅巖桂一時開　不盡秋香凝燕寢無邊春色上尊罍臨風嗅蕊共徘徊

又和曾吉甫韻呈宋景晉待制宋有二小姬小桃小蘭

綠繞紅圍宋玉牆幽蘭林下正芬芳桃花氣暖玉生香　誰道廣平心似鐵豔妝高韻兩難忘蘇州老矣不能狂

又再用韻寄曾吉甫運使

靄靄停雲覆短牆夭夭臨水自然芳猗猗無處著清香　珍重蓊山溪句好尊前頻舉不相忘濠梁夢蝶儘春狂

又簡王景源元渤伯仲

南國風煙深更深清江相接是廬陵甘棠兩地綠成陰　九日黃花兄弟會中秋明月故人心悲歡離合古猶今

又紹興辛未中秋王景源使君乘流下篇灘捨舟從陸鄰林老人以長短句贈行

尊俎風流意氣傾一杯相屬忍催行離歌更作斷腸

聲　滾滾大江前後浪娟娟明月短長亭水程山驛
總關情

生查子　紹興戊午姑蘇郡齋懷歸賦

天上得靈根不是凡花數清似水沈香色染薔薇露　薌林月冷時玉筍雲深處歸夢托秋風夜夜江頭
路

又　與客醉巖桂下落蕊忽墮酒杯中

月姊倚秋風香度青林杪吹墮酒杯中笑靨撩人小　薌林萬事休獨此情未了醉裏又題詩不覺花前
老

臨江仙　紹興庚申老妻生日幼女靈照生於是
歲女子亦有弄璋之喜

新月低垂簾額小梅半出檐牙高堂開燕靜無譁麟
孫鳳女學語正咿啞　寶鼎騰熏沈水瓊彝爛醉流
霞薌林同老此生涯一川風露總道是仙家

七娘子

山圍水繞高堂路恨密雲不下陽臺雨霧閣雲窗風
亭月戶分明攜手同行處　而今不見生塵步但長
江無語東流去滿地落花漫天飛絮誰知總是離愁
做

減字木蘭花

維摩住處竟日繽紛花似雨更有難忘十里清芳撲鼻香　當年疏傅借問賜金那用許何似歸艎寶墨光芒萬丈長

又

年年巖桂恰恰中秋供我醉今日重陽百樹猶無一樹香　且傾白酒賴有茱萸枝在手可是清甘繞徧東籬摘未堪

清平樂 薌林之居巖桂爲最比得公是先生清平樂詞云小山叢桂最有留人意拂葉攀花無限思露濕濃香滿袂　別來過了秋光翠簾昨夜新霜多少月宮閒地姮娥與措餘芳因賦一首

幽花無外心與薌林會綠髮相看今老矣不作淺俗氣味　露葉薿薿生光風梢泛泛飄香稱意中秋開了餘情猶及重陽

又 韓叔夏

秋光如水釀作鵝黃蟻散入千巖桂樹裏惟許脩門人醉　輕鈿重上風鬟不禁月冷霜寒步障深沈歸去依然愁滿空山

又巖桂盛開戲呈韓叔夏司諫

吳頭楚尾，踏破芒鞵底。萬壑千巖秋色裏。不耐惱人風味　而今老我薌林。世間百不關心。獨喜愛香韓壽，能來同醉花陰。

又奉酬韓叔夜

薄情風雨。斷送花何許。一夜清香無覓處。卻返雲窗月戶　醉鄉麴米爲春。荊州富貴中人。肯入薌林淨社，玉山屬倒芳茵。

又贈韓叔夏

銀鉤蠆尾。一似鍾繇字。吏部文章麟角起。自是瑞人驚世　西垣准擬揮毫。不須苦續離騷。政看翻階紅藥，無忘叢桂香醪。

又答桂趙彥正使君

人間塵外。一種寒香蕊。疑是月娥天上醉。戲把黃雲挼碎　使君坐嘯清江。騰芳飛譽無雙。興寄小山叢桂，詩成棐几明窗。

又鄭長卿資政惠以龍焙絕品予方釀薌林春色恨不得持去戲有此贈

薌林春色。杯面雲腴白。醉裏不知天地窄。真是人間歡伯　風流玉友爭妍。酪奴可與忘年。空誦少陵佳

句飲中誰是俱仙

更漏子　雪中韓叔夏席上

小窗前疎影下鸞鏡弄妝初罷梅似雪雪如人都無一點塵　暮江寒人響絕更著朦朧微月山似玉玉如君相看一笑溫

點絳脣　鄭林老人紹興甲寅中秋與二三禪子對月寶林山中戲作長短句俗呼點絳脣

綠水青山一輪明月林梢過有誰同坐妙德毗盧我石女高歌古調無人和還知麼更沒別箇且莫分疎破

又　代淨允老

此夜中秋不向光影門前過披衣得坐無佛允生我□鼓打皮借問今幾和還知麼就中兩箇鼻孔誰穿破

又　代香嚴榮老

不昧本來太虛明月流輝過同行獨坐高下多由我玉軫無絃誰對秋風和還知麼老龐一個識得機關破

又　代栖隱曇老

折脚鐺中二時粥飯隨緣過東行西坐不識而今我

壞盡田園終日且婆和還知麼錐也無個時露衣衫破

又 後自和

不挂一裘世間萬事如風過忘緣兀坐皮袋非真我隨色摩尼朱碧如何和還知麼從來只個千古樸不破

又 別代淨允

荊棘林中浪夸好手曾穿過不起千坐逼塞虛空我問路臺山婆子隨聲和還知麼石橋老個些子平窺破

又 別代香嚴

春浪桃花禹門三尺平跳過死生不坐變化須歸我山起南雲北雨聲相和還知麼點點真個塊土何曾破

又 別代棲隱

脫落皮膚故人南岳峯前過只知閒坐千聖難窺我明月澄潭誰唱復誰和還知麼錦鱗沒個莫觸清光破

又 別自和

綠水池塘笑看野鴨雙飛過正當呆坐紐鼻須還我

畫日張弓許久無人和還知麽難得全個不免須明破

又世傳水月觀音詞徐鄧川惡其鄙俗戲作一首

冰雪肌膚靚妝喜作梅花面寄情高遠不與凡情染玉立峯前閒把經珠轉秋風便霧收雲捲水月光中見

又重九戲用東坡先生韻

無熱池南歲寒亭上開新宴青山芳甸盡入真如觀舉首高歌人在秋天半晴空遠寒江影亂何處飛來雁

又

病卧秋風懶尋杯中追歡宴夢遊都甸不改當年觀故舊彫零天下今無半煙塵遠淚珠零亂怕問隨陽雁

又

今日重陽強挼青蕊聊開宴我家畿甸試上連輝觀憶著醽池古塔煙霄半愁心遠情隨雲亂腸斷江城雁

又重陽後數日菊墩始有花與諸友再登賦第

四首

莫問重陽黃花滿地須遊宴休論夷甸且作江山觀

百歲光陰屈指今過半霜天晚眼昏花亂不見書

空雁

又王景源使君寵示嚴桂長短句擬和一首

春蕙秋蘭斷崖空谷終難近何如逸韻十里香成陣

傾蓋論交白首情無盡因君問新聲玉振更覺花

清潤

又再賦示王景源使君

璧月光輝萬山不隔蟾宮樹金風玉露水國秋無數

老子情鍾欲向香中住君王訴龍鸞飛舞送到歸

休處

又再次王景源使君韻賦第三首

明月山頭古香吹墮青林底世情無味伴我千巖裏

詩老風流也向花留意歌新擬調高難比半坐分

君醉

採桑子 鄭林爲牧庵舅作

霜鬢七十期同老雲水之鄉總挂冠裳閒裏光陰一

倍長 況逢□靨籬邊笑風露中香報冷秋光自有

仙人九醞觴

一落索

春風吹斷前山雨行雲歸去朝來須信本無心回首了無尋處　欲問個中去路阿誰能語澄江霽月卻深知把此意都分付

如夢令予以叢桂爲爐熏雜以龍麝或謂未盡其妙有一道人授取桂花真水之法乃神仙術也其香著人不滅名曰薌林秋露李長吉詩亦云山頭老桂吹古香戲作二闋以貽好事者

欲問薌林秋露來自廣寒深處海上說薔薇何似桂花風度高古高古不著世間塵汙

又

誰識薌林秋露勝卻諸天花雨休更覓曹溪自有個中去路參取參取滴滴要知落處

卜算子

臨鏡笑春風生怕梅花妬疑是西湖處士家疎影橫斜處　江靜竹娟娟綠繞青無數獨許幽人仔細看全勝牆東路

又中秋欲雨還晴惠力寺江月亭用東坡先生韻示諸禪老寄徐師川樞密

雨意挾風回月色兼天靜心與秋空一樣清萬象森如影何處一聲鐘令我發深省獨立滄浪忘卻歸不覺霜華冷

又重陽後數日辟亂行雙源山間見菊花復用前韻時以九江郡懇辭未報

時菊碎榛薪地僻柴門靜誰道村中好客稀明月和清影天地一蘧廬夢事慵思省若箇知余懶是真心已如灰冷

又督戰淝水再用前韻第三首示青草堂

轇轇擾擾中本體元來靜一段澄明絕點埃世事如泡影歇即是菩提此語須三省古道無人著脚行禾黍秋風冷

又復自和賦第四首

千古一靈根本妙無明淨道個如如已是差莫認風旛影枯木夜堂深默坐時觀省月落烏雞出戶飛萬里關河冷

三字令

春盡日雨餘時紅簌簌綠漪漪花滿地水平池煙光裏雲影上畫船移文鴛並白鷗飛歌韻響酒行遲將我意入新詩春欲去留且住莫教歸

長相思 紹興戊辰閏中秋

年重月月重光萬瓦千林白似霜扁舟入醉鄉　山蒼蒼水茫茫嚴瀨當時不是狂高風引興長

南歌子

柳眼風前動梅心雪後寒年光渾似霧中看報答風光無處可爲歡　一曲聊收淚三杯强自寬新愁不耐上眉端怕見長安歸路懶凭闌

減字木蘭花

無窮白水無限芰荷紅翠裏幾點青山半在雲煙晻靄間　移舟横截臥看碧天流素月此意虛徐好把薌林入畫圖

南歌子

江左稱巖桂吳中説木犀水沈爲骨鬱金衣卻恨踈梅惱我得青遲　葉借山光潤花蒙水色奇年年勾引賦新詩應笑薌林冷淡獨心知

又 紹興辛酉病起

病著連三月誰能慰老夫蕭蕭短髮不勝梳風裏支離欲倒要人扶　秋月明如水巖花忽起予旋翦白酒入盤盂報答風光不醉更何如

又 韓公圭近有提舉廣東市舶之命假道清江

執別年餘忽爾相逢喜甚因賦是詞云

我入三摩地人疑小有天君王送老白雲邊不用丹青圖畫上淩煙　喜攬澄清轡能同載酒船相逢忽漫別經年好是兩身強健在尊前

桂殿秋

秋色裏月明中紅旌翠節下蓬宮蟠桃已結瑤池露桂子初開玉殿風

朝中措王景源使君生日坐上偶作

滿城臘雪淨無埃觸處是花開天上瓊林珠樹誰知夜半移來　黄堂薦壽請君著意和氣潛回化作一江春酒都將注入尊罍

菩薩蠻

天仙醉把真珠擲荷翻瀉入玻璃碧雨過酒尊涼紅蕖冉冉香　飛來雙白鷺屢作傲傲舞山鳥起清歌晚來情更多

好事近紹興辛未病起見梅

多病臥江干過盡春花秋葉又見橫斜疏影弄階前明月　呼兒取酒據胡牀尚喜知時節宜與老夫情厚有鬢邊殘雪　又云折得一枝清瘦入鬢邊殘雪

又用前韻答鄧端友使君

風勁入平林掃盡一川黃葉唯有長松千丈挂娟娟
霜月　使君和氣動江城疑是芳菲節忽到小園游
戲見南枝如雪

減字木蘭花 登望韶亭

兩峯對起象闕端門雲霧裏千嶂排空虎節龍旂指
顧中　簫韶妙曲我試與聽音韻足借問誰傳松上
清風石上泉

又

翠鬟雙小綠綺朱絃心未了畫戟森閑玉子紋楸手
共談　不妨扶老未說他年無限笑且要忘憂莫問
今朝勝幾籌

又 梅花盛開走筆戲呈韓叔夏

臘前雪裏幾處梅梢初破蕊年晚江邊是處花開晚
更妍　絕知春意不耐愁何心與醉更有難忘宋玉
牆頭婉婉香

又 韓叔夏席上戲作

誰知瑩徹惟有碧天雲外月一見風流洗盡胸中萬
斛愁　賸燒蚤炬只恐夜深花睡去想得橫陳全是
巫山一段雲

又

千山萬水望極不知何處是小院迴廊夢去相尋未覺長　絶憐清瘦雪裏梅梢春未透常記分攜雨後梨花曉尚啼

又

去年端午共結綵絲長命縷今日重陽同泛黃花九醞觴　經時離缺不爲萊菔髭似雪一笑逢迎休覓空青眼自明

酒邊詞卷上

酒邊詞卷下

江北舊詞

滿庭芳 政和癸巳滁陽作其年京師大雪

天宇長閑飛仙狂醉挼雲碎玉沈空謝家庭院爭道絮因風不怕寒生寶粟深洞護犀幕重重瑤林裏疎梅獻笑小萼露輕紅 瑞龍香繞處雲間絃管塵壁外簾櫳須爛醉煙霞莫許千鍾聞道蟠桃正好蓬瀛路消息潛通飛瓊伴偷將春色分付入芳容

水調歌頭 趙伯山席上見梅

天公深藏巧雪裏放春回不到閑花凡草都付與疎梅獨立水邊林下蕭蕭冰容孤豔清瘦玉腰肢觸撥暗香動風味欲愁誰 姮娥攜青女過夜闌時瑤冠瓊佩粲然一笑亦何奇勝欲舉觴對飲不怕月明霜重寒氣著人衣只恐鄰笛起化作玉塵飛

梅花引 戲代李師明作

花如頰梅如葉小時笑弄階前月最盈盈最惺惺閑愁未識無計定深情 十年空省春風面花落花開不相見要相逢得相逢須信靈犀中自有心通

又 向與前闋合作一闋非

同杯勺同斟酌千愁一醉都推却花陰邊柳陰邊幾

回擬待偷憐不成憐　傷春玉瘦慵梳掠抛擲琵琶
閑處著莫猜疑莫嫌遲鴛鴦翡翠終是一雙飛

殢人嬌　錢卿席上贈侍人輕輕

自似雪花柔於柳絮蝴蝶兒鎮長一處春風駘蕩
然吹去□得遊絲半空惹住　波上精神掌中態度
分明是彩雲團做當年飛燕從今不數只恐是高唐
夢中神女

玉樓春　宛邱行□之園見梅對雪

記得江城春意動雨行疎梅龍腦凍佳人不用辟寒
犀踏雪穿花雲鬢重　真珠旋滴留人共更爇沈香
暖金鳳只今梅雪可憐時都似綠窗前日夢

又　與何文縝倪巨濟王元東蘇叔黨宴張子實
家侍人賀全真妙絕一時

雲窗霧閣春風透蝶繞蜂圍花氣漏惱人風味恰如
梅倚醉腰肢全是柳　細傳一曲情偏厚淡掃兩山
緣底皺歸時好月已沈空只有真香猶滿袖

鷓鴣天　與鄧川同過葉夢授家

小院深明別有天花能笑語柳能眠雪肌得酒於中
暖蓮步凌波分外妍　釵燕重髻荷偏兩山斜疊翠
聯娟朝雲無限飄春態暮雨情知更可憐

又 宣和乙亥代人贈別

斗帳歡盟不計年誰知驀地遠如天何曾一霎離心上怎得而今在眼前　魚不斷雁相連可無小字寄芳牋薄情已是拋人去更與新愁到酒邊

又 同前

說著分飛百種猜泥人細數幾時回風流可慣曾孤冷懷抱如何得好開　垂玉筯下香階並肩小語更兜鞵再三莫遣歸期誤第一頻教入夢來

又

淺淺妝成淡淡梅見梅憶著傍妝臺書無鴻雁如何寄腸斷催歸作麼回　千種恨百般猜爲伊懷抱幾時開可堪江上風頭惡不放朝雲入夢來

又

幾處鞦韆懶未收花梢柳外出纖柔霞衣輕舉疑奔月寶髻欹傾若墜樓　爭縹緲鬬風流蜂兒蛺蝶共嬉遊朝朝暮暮春風裏落盡梨花未肯休

踏莎行 政和丙申九江道中

靄靄朝雲飄春態度楚中夢斷尋無路欲將尊酒遣新愁誰知引到愁深處　不盡江山無邊細雨只疑都把愁來做西山總不解遮闌隨春直過東湖去

鵲橋仙

合巹風流擘釵情態壓倒癡牛騃女今年雲外果深期想卻笑人間離苦　縈愁壘恨青山綠水杳杳重重無數尋常猶有夢能來到此夜無尋夢處

虞美人　政和丁酉下琵琶溝作

濛濛煙樹無重數不礙相思路晚雲分外欲增愁更那堪疏疏雨送歸舟　雨來還被風吹去隕淚多如雨擬題雙葉問離憂怎得水隨人意肯西流

又　春恨

去年不到瓊花底蝶夢空相倚今年特地趁花來因甚不教同醉過花開　花知此恨年年有閒伴人春瘦一枝和淚寄春風應把舊愁新怨入眉峯

又　宣和辛丑

去年雪滿長安樹望斷揚州路今年看雪在揚州人在蓬萊深處若爲愁　而今不恨伊相誤自恨來何暮平山堂下舊嬉遊只有舞春楊柳似風流

又

綺窗人似鶯藏柳巧語春心透聲聲清切入人深一夜不知雨鬢雪霜侵　何時月下歌金縷醉看行雲住懶將幽恨寄瑤琴卻倩金籠鸚鵡遞芳音

更漏子題趙伯山青白軒時王豐父劉長因同賦

竹孤青梅醲白更著使君淸絕梅似竹竹如君須知德有隣　月同高風同調月底風前一笑翻碎影度浮香與人風味長

又

鵲橋邊牛渚上翠節紅旌相向承玉露御金風年年歲歲同　懶飛梭停弄杼遙想綵雲深處人咫尺似關山無聊獨倚闌

鵲橋仙七夕

澄江如練遠山橫翠一段風煙如畫層樓傑閣倚晴空疑便是支機石下　寶奩瓊鑑淡勻輕掃纖手弄妝初罷擬將心事問天公與牛女平分今夜

南歌子代張仲宗賦

碧落飛明鏡晴煙冪遠山扁舟夜下廣陵灘照我白蘋紅蓼一杯殘　初望同盟飲如何兩處看遙知香霧溼雲鬟凭暖瓊樓十二玉闌干

鵲橋仙

飛雲多態涼颸微度都到酒邊歌處氷肌玉骨照人寒更做弄一簾風雨　同槃風味合歡情思不管星

娥猜妬桃花溪水接銀河與占斷鵲橋歸路

南歌子　郭小娘道裝

縹緲雲間質輕盈波上身瑤林玉樹出風塵不是野花凡草等閒春　翠羽雙垂珥烏紗巧製巾經珠不動兩眉顰須信鉛華銷盡見天真

又

深苑千花亂隨隄一水長眼前風物總悲涼何況眉頭心上不相忘　因夢聊攜手憑書續斷腸已驚蝴蝶過東牆更被風吹鴻雁不成行

卜算子　東坡先生嘗作卜算子山谷老人見之云類不食煙火人語薌林往歲見梅追和一首終恨有兒女子態耳

竹裏一枝梅雨洗娟娟靜疑是佳人日暮來綽約風前影　新恨有誰知往事何堪省夢繞陽臺寂寞回沾袖餘香冷

菩薩蠻

鴛鴦翡翠同心侶驚風不動雙飛去春水綠西池重期相見時　長憐心共語夢裏池邊路相見不如新花應解笑人

又　政和雨中

娟娟明月如霜白鼇山可是蓬山隔恨不及春風行雲處處同　暖香紅霧裏一笑誰新喜知得遠愁無春衫有淚珠

又

襪兒窄翦鞵兒小紋鴛並影雙雙好微步巧藏人輕飛洛浦塵　前回深處見欲近還相遠心事不能知教人直是疑

南歌子

雨過林巒靜風迴池閣涼窺人雙燕語雕梁笑看小荷翻處戲鴛鴦　共飲菖蒲細同分綵線長今朝眞不負風光絕勝幾年飛夢繞高唐

減字木蘭花

幾年不見蝴蝶枕中魂夢遠一日相逢鸚鵡杯深笑靨濃　歡心未已流水落花愁又起離恨如何細雨斜風晚更多

秦樓月

蟲聲切柔腸欲斷傷離別傷離別幾行清淚界殘紅頰　玉階白露侵羅襪下簾卻望玲瓏月玲瓏月寒光零亂照人愁絕

生查子 與王豐父鄭曼卿兄弟嵩山道中

月在兩山間人在空明裏山色碧於天月色光於水心閑物物幽心動塵塵起莫向動中來長願閑如此

又

春心如杜鵑日夜思歸切啼盡一川花愁落千山月遙憐白玉人翠被餘香歇可慣獨眠寒減動豐肌雪

又

近似月當懷遠似花藏霧好是月明時同醉花深處看花不自持對月空相顧願學月頻圓莫化花飛去

又

春山和恨長秋水無言度脈脈復盈盈幾點梨花雨深深一段愁寂寂無行路推去又還來沒個遮闌處

又贈陳宋鄰

娟娟月入眉整整雲歸鬢鏡裏弄妝遲簾外花移影斜窺秋水長輭語春鶯近無計奈情何只有相思分

又

相思懶下牀春夢迷蝴蝶入柳又穿花去去輕如葉
可堪歧路長不道關山隔無賴是黃鸝喚起空愁
絕

望江南八月十四日爲壽近有弄璋之慶

微雨過庭院靜無塵天上秋期明日是人間月影十
分清真不負佳辰　稱壽處香霧繞花身玉兎已成
千歲藥桂花更與一枝新喜氣滿重闉

浣溪沙

冰雪肌膚不受塵臉桃眉柳巳生春手搓梅子笑迎
人　欲語又休無限思暫來還去不勝顰夢隨蝴蝶
過東隣

西江月

微步淩波塵起弄妝滿鏡花開春心擲處眼頻來秀
色著人無耐　舊事如風無迹新愁似水難裁相思
日夜夢陽臺減盡沈郎衣帶

點絳脣南昌送范帥

丹鳳飛來細傳日下絲綸語使君歸去巳近沙隄路
風葉露花秋意濃如許江天暮離歌輕舉愁滿西
山雨

醜奴兒宣和辛丑

無雙亭下瓊花樹玉骨雲腴傾國稱姝除卻揚州是處無　天教紅藥來驂乘桃李先驅總作花奴翠擁紅遮到玉都

如夢令

午夜涼生翠幔簾外行雲撩亂可恨白蘋風欲雨又還吹散腸斷腸斷楚夢驚殘一半

好事近 中秋前一日爲壽

小雨度微雲快樂一天新碧恰到中秋佳處是芳年華日　冰輪莫做九分看天意在今夕先占廣寒風露怕姮娥偏得

又 懷安郡王席上

初上舞裀時爭看襪羅弓窄恰似晚霞零亂襯一鉤新月　折旋多態小腰身分明是回雪生怕因風飛去放真珠簾隔

採桑子

人如濯濯春楊柳徹骨風流脫體温柔牽繫多情儘未休　最憐恰恰新眠起雲雨初收斜倚瓊樓葉葉眉心一樣愁

清平樂 寄邵子非諸友

雲無天淨明月端如鏡烏鵲繞枝棲未穩零露垂垂

珠隕　扁舟共絕湖河秋風別去如梭今夜淒然對影與誰斟酌姮娥

浣溪沙

花想儀容柳想腰融融曳曳一團嬌綺羅叢裏最妖嬈　歌罷碧天雲影亂舞時紅袖雪花飄幾回相見爲魂消

又趙總憐以扇頭來乞詞戲有此贈趙能棋分茶寫字彈琴

豔趙傾燕花裏仙烏絲闌寫永和年有時閑弄醒心絃　茗盌分雲微醉後紋楸斜倚髻鬟偏風流模樣總堪憐

又王稱心效顰亦有是請

曾是襄王夢裏仙嬌癡恰恰破瓜年芳心已解品朱絃　淺淺笑時雙靨媚盈盈立處綠雲偏稱人心事儘人憐

又

一夜涼飈動碧幮曉庭飛雨濺真珠玉人睡起倚金鋪　雲髻作堆初未整柳腰如醉不勝扶天仙風調世間無

又政和壬辰正月豫章龜潭作時徐師川洪駒

父汪彥章攜酒來作別

壁月光中玉漏清小梅疎影水邊明似梅人醉月西傾　梅欲黄時朝暮雨月重圓處短長亭舊愁新恨若爲情

又連年二月二日出都門

人意天公則甚知故教小雨作深悲桃花渾似淚胭脂　理棹又從今日去斷腸還似去年時經行處處是相思

又政和癸巳儀真東園作

花樣風流柳樣嬌雪中微步過溪橋心期春色到梅梢　折得一枝歸綠鬢冰容玉豔不相饒索人同去醉金蕉

又

守得梅開著意看春風幾醉玉闌干去時猶自惜餘歡　雨後重來花掃地葉間青子已團團憑誰寄與蹙眉山

又酴醾和狄端叔韻贈陳宋鄰

翡翠衣裳白玉人不將朱粉汙天真清風爲伴月爲鄰　枕上解隨良夜夢壺中別是一家春同心小綰更尖新

又

兩點春山入翠眉。一綰楊柳作腰肢。語音嬌輭帶兒癡　猶省當來求識面。隔溪清唱倒瓊彝。真成相見說當時

又

姑射肌膚雪一團。摻摻玉手弄冰紈。著人情思幾多般　水上月如天樣遠。眼前花似鏡中看。見時容易近時難

又

雲外遙山似翠眉。風前楊柳入腰肢。淩波微步襪塵飛　倚醉傳歌留客處。佯嗔不語殢人時。風流態度百般宜

又　許南叔席上

百斛明珠得翠娥。風流徹骨更能歌。碧雲留住勸金荷　取醉歸來因一笑。惱人深處是橫波。酒醒情味卻知麼

相見歡

亭亭秋水芙蓉翠團中。又是一年風露笑相逢　天機畔雲錦亂思無窮。路隔銀河猶解嫁西風

又

桃源深閉春風信難通流水落花餘恨幾時窮　水無定花有盡會相逢可是人生長在別離中

又

腰肢一縷纖長是垂楊泥泥風中衣袖冷沈香　花如頰眉如葉語如簧微笑微顰相惱過迴廊

酒邊詞卷下

伯恭相家子欽聖憲肅皇后從姪也性極孝友置義莊贍宗族貧者其立朝忠節胡安國張九成輩極嘉與之晚忤秦檜意乃致仕卜築清江楊遵道故第竹木池館占一都之勝又繞屋手植巖桂顏其堂曰薌林自詠云須知道天教尤物相伴老江鄉又絕筆云真香妙質不耐世間風與日豈米顛所謂衆香國中來衆香國中去薌林亦庶幾耶湖南毛晉識

題溪堂詞

謝無逸臨川進士自號溪堂學古高傑文辭煅煉篇篇有古意而尤工於詩詞黃山谷嘗讀其詩云晁張流也恨未識面耳其詩曰山寒石髮瘦水落溪毛彫又曰老鳳垂頭噤不語枯木槎牙噪春鳥其詞曰黛淺眉痕沁紅添酒面潮又曰魚躍冰池飛玉尺雲横石嶺拂鮫綃皆百鍊乃出冶者晁張又將避三舍矣

漫叟題

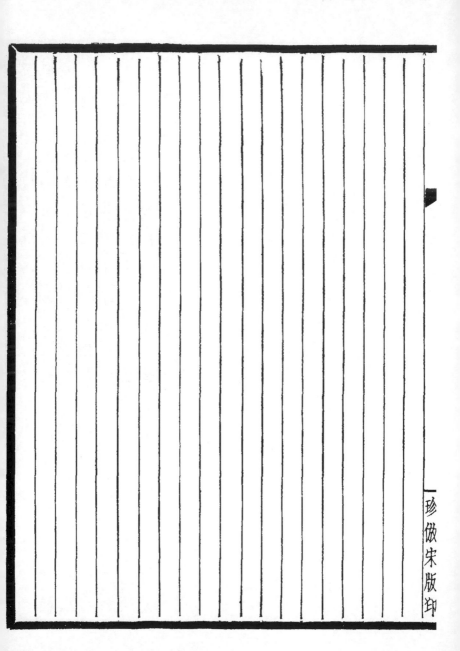

溪堂詞

目錄

溪堂詞目錄

溪堂詞

宋 謝逸

如夢令 或刻周美成

花落鶯啼春暮陌上綠楊飛絮金鴨晚香寒人在洞房深處無語無語葉上數聲疎雨

又

門外落花流水日暖杜鵑聲碎蕃馬小屏風一枕畫堂春睡如醉如醉正是困人天氣

點絳脣 或刻張子野○碧影涵雲巘作玉立峨峯遠

九日登高倚樓人在秋空半汝江如練碧影涵雲巘醉看茱萸定是明年健清尊滿菊花黃淺偏入陶潛眼

又

金氣秋分風清露冷秋期半涼蟾光滿桂子飄香遠素練寬衣仙仗明飛觀霓裳亂銀橋人散吹徹昭華管

浣溪沙

樓閣簾垂乳燕飛圓荷細細點清溪薰風破悶晚涼時　玉軫琴邊蘭思遠霜紈扇裏翠眉低柔藍衫子

鬧峯兒

又

暖日温風破淺寒短青無數簇幽蘭三年春在病中看　中酒心情長似夢探花時候不曾閑故園芳信隔秦關

採桑子

楚山削玉雲中碧影落沙汀秋水澄凝一抹江天雁字横　金錢滿地西風急紅蓼煙輕簾外砧聲驚起青樓夢不成

又

冰霜林裏爭先發獨壓羣花風送清笳更引輕相淡淡遮　抱牆溪水彎環碧月色清華疎影横斜恰似林逋處士家

又

冷猿寒雁淮山遠風梟青帘飛雪廉纖莫道空中是撒鹽　到時乳鵲喧梧影曉捲疎簾彩服巡簷索共梅花笑語添

菩薩蠻

暄風遲日春光鬧蒲萄水綠搖輕棹兩岸草煙低青山啼子規　歸來愁未寢黛淺眉痕沁花影轉廊腰

紅添酒面潮

又

縠紋波面浮鸂鶒蒲芽出水參差碧滿院落梅香柳梢初弄黃　衣輕紅袖皺春困花枝瘦睡起玉釵橫隔簾聞曉鶯

減字木蘭花　七夕

荷花風細乞巧樓中涼似水天幕低垂新月彎環淺暈眉　橋橫烏鵲不負年年雲外約殘漏疎鐘腸斷朝霞一縷紅

又

疎疎密密簷蔔林中飛六出妬舞欺梅悠颺隨風去卻回　遙岑玉列不見雲中浮寸碧夜色清妍庭下交光月午天

卜算子

煙雨冪橫塘紺色涵清淺誰把幷州快翦刀翦取吳江半　隱几岸烏巾細葛含風輭不見柴桑避俗翁心共孤雲遠

謁金門

簾外雨洗盡楚鄉殘暑自露影邊霞一縷紺碧江天暮　沈水煙橫香霧茗椀淺浮瓊乳臥聽鷓鴣啼竹

塢竹風清院宇

好事近

疎雨洗煙波雨過滿江秋色風起白鷗零亂破嵐光深碧　荻花楓葉只供愁清吟寫岑寂吟罷倚闌無語聽一聲羌笛

清平樂

曉風殘角月裏梅花落宿雨醒時滋味惡翠被輕寒漠漠　夢回一點相思遠山暗蹙雙眉不覺肌膚瘦玉但知帶減腰圍

又　春情

花邊柳際已漸知春意歸信不知何日是舊恨欲拚無計　故人零落西東題詩待倩歸鴻惟有多情芳草年年處處相逢

醉桃源

花枝破蕾柳梢青春寒拂面輕一眉新月影三星銅荷燭燼零　低鳳扇裊霓旌珊珊環珮聲坐間誰識許飛瓊對郎仙骨清

又

風飄萬點落花飛殘紅枝上稀平蕪葉上淡煙迷那堪春鳥啼　風細細日遲遲輕紗疊雪衣多情多病

懶追隨玉人應恨伊

又 雪

晨光曉色掃簷晶寒□蝶夢驚亂飄鴛瓦細無聲遊颺柳絲輕 書幌冷竹窗明柴門只獨扃一尊濁酒爲誰傾梅花相對清

武陵春 茶

畫燭籠紗紅影亂門外紫騮嘶分破雲團月影虧雪浪皺清漪 捧盌纖纖春筍瘦乳霧泛冰甆兩袖清風拂袖飛歸去酒醒時

又 送任民望歸豐城

拍岸蒲萄江水碧柳帶挽歸艎破悶琴風繞袖涼薇薇棟花香 淡煙踈雨隨宜好何處不瀟湘願作雙飛老鳳凰莫學野鴛鴦

柳梢青 離別○時刻不載

香肩輕拍尊前忍聽一聲將息昨夜濃歡今朝別酒明日行客 後回來則須來便去也如何去得無限離情無窮江水無邊山色

西江月

落寞寒香滿院扶踈清影侵門雪消平野晚煙昏睡起懶勻檀粉 皎皎風前玉樹盈盈月下冰魂南枝

春信夜來温便覺肌膚瘦損

又

花額上𨀁翠葆遠山横處星眸絳宮深鎖暮雲浮月破黃昏時候　誰謂霞衣玉簡便孤彩鳳秦樓桃源不禁昔人遊曾是劉郎邂逅

又 陳倅席上

窄袖淺籠温玉修眉淡掃遥岑行時雲霧繞衣襟步步蓮生宮錦　菊與秋煙共晚酒隨人意俱深尊前有客動琴心醉後清狂不禁

又 箏

寶柱横雲雁影朱絃隔葉鶯聲風生玉指曉寒清官樣輕黃袖冷　飲罷尚留餘意曲終自有深情歸來江上數峯青梅小横斜夜永

又 代人上許守生日

滴滴金盤露冷蕭蕭玉宇風清長庚入夢曉窗明淡月微雲耿耿　松竹五峯秋色笙歌三市歡聲華堂開宴擁娉婷天上人間共慶

又 送朱泮英

青錦纏枝佩劍紫絲絡轡飛驄入關意氣喜生風年少胸吞雲夢　金闕日高露泣東華塵軟香紅爭看

荀氏第三龍春暖桃花浪湧

又木芙蓉

曉豔最便清露晚紅偏怯斜陽移根栽近菊花旁蜀錦翻成新樣　坐客聯揮玉麈歌詞細琢瓊章從今故事記溪堂歲歲攜壺共賞

又

木末誰攀新蕚雪消自種前庭莫嫌開過尚盈盈似待詩人醉咏　霜後最添妍麗風中更覺娉婷影搖溪水一灣清妝罷曉臨鸞鏡

又

密雪未知膚白夜寒已覺香清振芳堂下月盈庭踏碎横斜疏影　且醉杯中綠蟻休辭笛裏清聲東君催促子青青滋味要調金鼎

燕歸梁

六曲闌干翠幕垂香燼冷金猊日高花外囀黃鸝春睡覺酒醒時　草青南浦雲横西塞錦字杳無期東風只送柳綿飛全不管寄相思

南歌子春夜

雨洗溪光淨風掀柳帶斜畫樓朱戶玉人家簾外一眉新月浸梨花　金鴨香凝袖銅荷燭映紗鳳盤宮

錦小屏遮夜靜寒生春筍理琵琶

望江南

臨川好柳岸轉平沙門外澄江丞相宅壇前喬木列仙家春到滿城花 行樂處舞袖捲輕紗漫摘青梅嘗煮酒旋煎白雪試新茶明月上簷牙

又

臨川好山影碧波搖魚躍冰池飛玉尺雲橫石嶺拂鮫綃高樹竹蕭蕭 寒食近湖水綠平橋繫杏梢頭張錦旆垂楊陰裏繫蘭橈遊客解金貂

浪淘沙上元

料峭小桃風凝淡春容寶燈山列半天中麗服靚妝攜手處笑語匆匆 酒滴小槽紅一飲千鍾銅荷擎燭絳紗籠歸去笙歌喧院落月照簾櫳

鷓鴣天

桐葉成陰拂畫簷清風涼處捲疎簾紅綃舞袖縈腰柳碧玉眉峯媚臉蓮 愁滿眼水連天香箋小字倩誰傳梅黃楚岸垂垂雨草碧吳江淡淡煙

又

金節平分院落涼黃昏簾幕捲西廂冰輪碾破粼粼碧玉斧修成練練光 低照戶巧侵牀錦袍起舞謫

仙狂鵲飛影裏䑛籌亂桂子風前笑語香

又

紅暈香腮粉未勻梳妝閒淡穩精神誰知碧嶂清溪畔也有姚家一朵春　眉黛淺爲誰顰莫將心事付朝雲坐中有客腸應斷忘了酴醾架下人

又

水闊天低雁字横小春時節晚寒清梅梢月上紛紛白竹塢風來冉冉輕　人似玉酒如澠入關意氣喜風生坐中有客聯鑣去誰唱陽關第四聲

玉樓春寒食

弄晴數點梨梢雨門外畫橋寒食路杜鵑飛破草間煙蛺蝶惹殘花底霧　東君著意憐樊素一段韶華天付與妝成不管露桃嗔舞罷從教風柳妬

又王守生日

横塘暈淺琉璃瑩綠葉陰濃庭院靜櫻桃熟後麥秋涼芍藥開時槐夏永　蓬萊閣下紅塵境青羽扇底搖鳳影庭前玉樹一枝春香霧和煙新月冷

又

個中懷抱誰排遣惻惻輕寒風翦翦細香梅蕊晚香濃爭似柳梢春色淺　嬌吒道字歌聲輭醉後微渦

回笑靨更無卓氏白頭吟只有盧郎年少恨

又王守生日

青錢點水圓荷綠解籜新篁森嫩玉輕風冉冉楝花香小雨絲絲梅子熟　華堂燭燼零金粟人在洞天三十六昭華吹徹笙聲寒聲入壽觴紅浪蹙

鵲橋仙

蝶飛煙草鶯啼雲樹滿院垂楊陰綠輕風飄散杏梢紅更吹皺池波如縠　珠簾日晚銀屏人散樓上醉横霜竹一春若道不相思緣底事紅綃褪玉

虞美人

碧梧翠竹交加影角簟紗㡡冷疎雲淡月媚横塘一陣荷花風起隔簾香　雁横天末無消息水闊吳山碧刺桐花上蝶翩翩唯有夜深清夢到郎邊

又

角聲吹散梅梢雪疎影黃昏月落英點點拂闌干風送清香滿院作輕寒　花甆羯鼓催行酒紅袖掺掺手曲聲未徹寶杯空飲罷香熏翠被錦屏中

又

風前玉樹瑲金韻碧落佳期近疎雲影裏鵲橋低簷外一彎新月印修眉　星河漸曉銅壺咽又是經年

別此情莫與玉人知引起舊家離恨淚珠垂

南鄉子 美人

淺色染春衣衣上雙雙小雁飛袖捲藕絲寒玉瘦彈棋贏得尊前酒一巵　冰雪拂臙脂絳蠟香融落日西唱徹陽關人欲去依依醉眼橫波翠黛低

醉落魄

霜砌聲急蕭蕭疏雨梧桐溼無言獨倚闌干立簾捲黃昏一陣西風入　年時畫閣佳賓集玉人檀板當筵執銀瓶已斷絲繩汲莫話前歡忍對屏山泣

踏莎行 春思

柳絮風輕梨花雨細春陰院落簾垂地碧溪影裏小橋橫青帘市上孤煙起　鏡約關情琴心破睡輕寒漠漠侵鴛被酒醒霞散臉邊紅夢回山蹙眉間翠

蝶戀花 春景 ○ 草堂作鳳棲梧

豆蔻梢頭春色淺新試紗衣拂袖東風軟紅日三竿簾幕捲畫樓影裏雙飛燕　攏鬢步搖青玉碾缺樣花枝葉葉蜂兒顫獨倚闌干凝望遠一川煙草平如翦

臨江仙 重九

木落江寒秋色晚颼颼吹帽風清丹楓樓外擣衣聲

登高懷遠山影雁邊橫　露染宮黃庭菊淺茱萸煙拂紅輕尊前誰整醉冠傾酒香熏臉落日斷霞明

又

玉樹臨風賓欲散黃昏約馬嘶庭幽歡未盡有餘清瓊糜方一啜銀燭已雙擎　坐久香津生齒頰何須五斗消酲豔歌聲裏醉魂醒明年思此會旌旆想登瀛

七娘子

風翦冰花飛零亂映梅梢素影搖清淺繡幄寒輕蘭熏煙暖豔歌催得金荷捲　游梁已覺相如倦憶去年舟渡淮南岸別後銷魂冷猿寒雁角聲只送黃昏怨

漁家傲 漁父

秋水無痕清見底蓼花汀上西風起一葉小舟煙霧裏蘭棹纖纖柳條帶雨穿雙鯉　自嘆直鉤無處使笛聲吹徹雲山翠鱠落霜刀紅縷細新酒美醉來獨枕莎衣睡

青玉案

蘆花飄雪迷洲渚送秋水連天去一葉小舟橫別浦數聲鴻雁兩行鷗鷺天淡瀟湘暮　蓬窗醉夢驚蕭

鼓回首青樓在何處柳岸風輕吹殘暑菊開青蕊葉
飛紅樹江上蕭蕭雨

江神子 別情

一江秋水碧灣灣繞青山玉連環簾幕低垂人在畫圖閒閑抱琵琶尋舊曲彈未了意闌珊 飛鴻數點拂雲端倚闌看楚天寒擬倩東風吹夢到長安恰似梨花春帶雨愁滿眼淚闌干

又 春思

杏花村館酒旗風水溶溶颺殘紅野渡舟橫楊柳綠陰濃望斷江南山色遠人不見草連空 夕陽樓外晚煙籠粉香融淡眉峯記得年時相見畫屏中只有關山今夜月千里外素光同

千秋歲 夏景

楝花飄砌蔌蔌清香細梅雨過蘋風起情隨湘水遠夢繞吳峯翠琴書倦鷓鴣喚起南窗睡 密意無人寄幽恨憑誰洗修竹畔疎簾裏歌餘塵拂扇舞罷風掀袂人散後一鉤淡月天如水

驀山溪 月夜

霜清木落深院簾櫳靜池面捲煙波瑩香水一奩明鏡修筠拂檻疎翠挽嬋娟山霧斂水雲收野闊江天

迴　紅消醉玉酒面風前醒羅幕護輕寒錦屏空金
爐燼冷星橫參昴梅徑月黃昏清夢覺淺眉顰窗外
橫斜影

溪堂詞

時本溪堂詞卷首蝶戀花以迄禪尾望江南共六十有三闋皆小令輕倩可人中間字句舛繆無從攷索既獲溪堂全集末載樂府一卷今依其章次就梓近來吳門抄本多花心動一闋其詞云風裏楊花輕薄性銀燭高燒心熱香餌懸鉤魚不輕吞辜負釣兒虛設桑蠶到老絲長絆針刺眼淚流成血思量起拈枝花朵果兒難結海棠情深忍撇似夢裏相逢不勝歡悅出水雙蓮摘取一枝可惜並頭分拆猛期月滿會姮娥誰知是初生新月折翼鳥甚是於飛時節疑是贋筆不敢溷入附記以俟識者湖南毛晉識

題樵隱詞

樵隱詩餘一卷信安毛平仲所作也平仲爲人傲世自高與時多忤獨與錫山尤遂初厚善臨終以書別之囑以志墓遂初旣爲墓誌銘又序其集或病其詩文視樂府頗不逮其然豈其然乎乾道柔兆閹茂陽月永嘉王木叔題

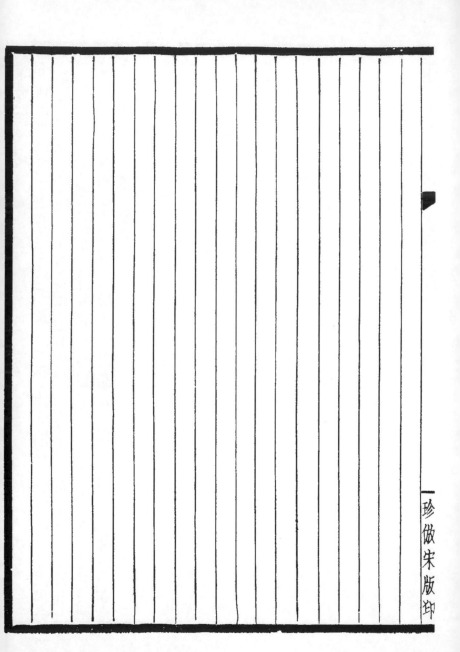

樵隱詞

目錄

樵隱詞目錄

樵隱詞

宋　毛幵

賀新郎

風雨連朝夕最驚心春光晼晚又過寒食落盡一番新桃李芳草南園似積但燕子歸來幽寂況是單棲饒惆悵儘無聊有夢寒猶力春意遠恨虛擲　東君自是人間客暫時來匆匆卻去爲誰留得走馬插花當年事池晼空餘舊跡奈老去流光堪惜杳隔天涯人千里念無憑寄長相憶回首處暮雲碧

風流子

新禽初弄舌東郊外催爾踏青期漸晴灩翠漪惠風駘蕩暖蒸紅霧淑景輝遲粉牆外杏花無限笑楊柳不勝垂閒裏歲華但驚蕭索老來心賞尤惜芳菲　平生歌酒地空回首惆悵觸緒沾衣誰見素琴翻恨青鏡留悲念千里雲遙暮天長短十年人杳流水東西惟有寄情芳草依舊萋萋

薄倖

柳橋南畔駐驄馬尋春幾徧自見了生塵羅襪爾許嬌波流盼爲感郎松柏深心西陵已約平生願記別袖頻招斜門相送小立斂橫鬟亂　恨暗寫如蠶紙

空目斷高城人遠奈當時消息黃姑織女又成王謝
堂前燕託琴心怨怕嬌雲弱雨東風驀地輕吹散傷
春病也狠籍飛花滿院

水龍吟 登吳江橋作

渺然震澤東來太湖望極平無際三吳風月一江煙
浪古今絕致羽化蓬萊胸吞雲夢不妨如此看垂虹
千丈斜陽萬頃盡倒影青奩裏　追想扁舟去後對
汀洲白蘋風起只今誰會水光山色依然西子安得
超然相從物外此生終矣念素心空在徂年易失淚
如鉛水

瑞仙鶴

柳風清晝溽山櫻晚一樹高紅爭熟輕紗睡初足悄
無人欹枕虛檐鳴玉南園秉燭歎流光容易過目送
春歸去有無數弄禽滿徑新竹　閒記追歡尋勝杏
棟西廂粉牆南曲別長會促成何計奈幽獨縱湘絃
難寄韓香終在屏山蝶夢斷續對沿階細草萋萋爲
誰自綠

念奴嬌 陪張子公登覽輝亭

層闌飛棟壓孤城臨瞰弁吞空闊千古吳京佳麗地
一覽江山奇絕天際歸舟雲中行樹鷺點汀洲雪三

山無際渺然相望溟渤　鳳幺遺響悲涼故臺今不見蒼煙蕪沒千騎重來初起廢緬想六朝人物峴首他年羊公終在笑幾人磨滅一時尊俎且須同臏風月

又

少年奇志笑功名畫虎文章刻鵠永夜漫漫悲晝短難挽蒼龍銜燭飛藿飄零浮雲遷變過眼郵傳速昔人真意渺然千載誰屬　猶喜二子當年諸公籍甚賞雲和孤竹翰墨流傳知幾許遺響宮商相續夢裏京華不須驚嘆春草年年綠赤霄歸去更看奔電歎玉

又暮秋登石橋追和視子權韻

十年湖海歎潘郎憔悴無心雲閣強起登臨驚暮序目極清霜搖落散髮層阿振衣千仞浩蕩窮林壑沉寥無際鏡天收盡雲腳　長嘯聲落悲風想滄洲萬里當年歸約回首區中無限事此意誰同商略欲駕飛鴻翩然獨往汗漫期相諾滯留何事坐令雙鬢如鵠

又次韻施德初席上

麗譙春晚望東南千里湖山佳色畫戟門前清似水

時節初過燈夕封井年登京華日近每報平安驛滿城花柳正須千騎尋覓　憶我年少追遊叨免園客右多嘶英識今日懷人無限意老淚尊前重滴賦詠空傳雄豪誰在鬢點吳霜白招呼一醉幸公時慰愁寂

又追和張巨山牡丹詞

倚風含露似輕顰微笑盈盈脈脈染素勻紅知費畫多少東君心力國豔酣晴天香融暖畫手爭傳得綠窗朱戶曉妝誰見凝寂　獨占三月芳菲千花百卉算難爭春色欲寄朝雲無限意回首京塵猶隔舞破霓裳一枝渾似醉倚香亭北舊懽如夢老懷那更追惜

又題曾氏溪堂

王孫老去算無地傾倒胸中豪逸小築三間便席卷多少江山風月萬壑回流千峯輸秀人境成三絕登臨佳處鳥飛不盡空闊　追念輞水斜川有風流千載淵明摩詰何必斯人聊一笑俯仰今猶前日只恐東州催成棠蔭又作三年別賞心難繼莫教辜負華髮

又記夢

阿環家住閬風頂絳闕瑤臺相接翳鳳乘鸞人不見隱隱霓裳雲衩秀骨貞風長眉翠淺映白咽紅頰非煙深處渺然雲浪千疊　一笑徐福扁舟春風空老盡當時童妾骨冷魂清驚夢到同看碧桃千葉寄語青童何時冉冉就爲我留瓊笈天雞催曉卻愁吹墮塵劫

又 中秋夕

素秋新霽風露洗寥廓珠宮瓊闕簾幕生寒人未定鵲羽驚飛林樾河漢無聲微雲收盡相映寒光發三千銀界一時無此奇絕　正是老子南樓多情辜負了十分佳節起舞徘徊誰爲我傾倒杯中明月欲攬嫦娥扁舟滄海戲濯凌波襪漏殘鐘斷坐愁人世超忽

燕山亭 勸侄求睡紅亭爲賦

暖靄輝遲雨過夜來簾外春風徐轉霞散錦舒密映窺亭亭萬枝開徧一笑嫣然猶記有畫圖曾見無伴初睡起昭陽弄妝日晚　長是相趁佳期有尋舊流鶯貪新雙燕惆悵共誰細繞花陰空懷紫簫淒怨銀燭光中且更待夜深重看留戀愁酒醒緋千片

水調歌頭 次韻陸務觀陪太守方務德登多景

樓

襟帶大江左平望見三州鑿空遺跡千古奇勝米公
樓太守中朝耆舊别乘當今豪逸人物眇應劉此地
一尊酒歌吹擁貔貅　楚山曉淮月夜海門秋登臨
無盡須信詩眼不供愁恨我相望千里空想一時高
唱零落幾人收妙賞頻回首誰復繼風流

又上元羣集

春意滿南國花動雪明樓千坊萬井此時燈火隘追
遊十里寒星相照一輪明月斜掛縹緲映紅毬共嬉
不禁夜光彩徧飛浮　豔神仙轟鼓吹引鰲頭文章
太守此時賓從敵應劉回首昇平舊事未減當年風
月一醉爲君酬明日朝天去空復想風流

又和人新堂

小築百年計雅志幾人成亂山深處煙雨面面對縈
青巾屨方安吾土花木仍供真賞隣有阮嵇生歲月
拋身外塵事更無縈　鳥知歸雲出岫兩忘情從渠
華屋回首煙草弔頹傾何似生涯纔足欹枕南窗北
牖醉夢落樵聲更喜濯纓處門外一江清

又送周元特

漢代李元禮江左管夷吾英姿雅望凜凜玉立冠中

都礧磈胸中千丈不肯低回青禁引去臥江湖更學鴟夷子一舸下東吳　送公別杯酒盡少躊躇舊棠陰下幾人臨路擁行車歸近雲天尺五夢想經綸賢業談笑取單于爲問苕溪水留得此翁無

又　次劉若訥韻

十載劉夫子名過庾蘭成人人爭看角犀今喜試豐盈傾耳新詩千首妙處端須擊節金石破蟲聲此士難復得黃口鬧如羹　憶年少游俠窟戲荊卿結交投分馳心千里劇搖旌我老公方豪健儻許相從晚歲忼慨激中情洗眼功名會一箭取遼城

滿庭芳　自宛陵易倅東易留別諸同寮

世事難窮人生無定偶然蓬轉萍浮爲誰教我從宦到東州還似翩翩海燕乘春至歸及涼秋回頭笑渾家數口又泛五湖舟　悠悠當此去黃童白叟莫漫相留但谿山好處深負重游珍重諸公送我臨岐淚欲語先流應須記從今風月相憶在南樓

又

五十年來追思疇昔佳時去若雲浮依然重見感涕話西州幸喜靈光不改空自笑蒲柳先秋成何事風波末路險畏有沈舟　別愁都幾許相從未數我去

公留況狂直平生誰念遨遊月夕風天正好還驚悵失此詩流江南岸明朝更遠回首仲宣樓

又 行次四安用前韻寄章叔通沈無悶

濩落難容崎嶇堪笑一年陸走川浮又攜妻子兩度過神州紫蟹鱸魚正美涼天氣恰傍中秋今宵意無人伴我快瀉玉雙舟 功名聊爾耳千金聘楚萬戸封留又爭如物外閒曠優游好在東阡北陌相從有諸老風流家山近歸休去也不上望京樓

滿江紅 送施德初

東馬嚴徐名籍甚西京人物誰不羨伏蒲忠鯁演綸詞筆雅意中朝今小試二年東郡弦風跡數中興循吏兩三人公居一 温詔趣還丹闕傾睿相方前席看雲臺登踐論思密勿超覽堂中遺愛在幾人同戀津亭別顧倦游雲路儻登仙心如失

又 懷家山作

回首吾廬思歸去石谿樵谷臨翫有門前流水亂松疏竹幽草春餘荒井徑鳴禽日在窺牆屋但等閒凭几看南山雲相逐 家釀美招鄰曲朝飯飽隨耕牧況東皐二頃歲時都足麟閣功名身外事牆陰不駐流光促更休論一枕夢中驚黃粱熟

又

潑火初收鞦韆外輕煙漠漠春漸遠綠楊芳草燕飛池閣已著單衣寒食後夜來還是東風惡對空山寂寂杜鵑啼梨花落　傷別恨閑情作十載事驚如昨向花前月下共誰行樂飛蓋低迷南苑路湔裙悵望東城約但老來憔悴惜春心年年覺

江城子 和德初燈夕詞次葉石林韻

神仙樓觀梵王宮月當中望難窮坐聽三通譙鼓報籠銅還憶當年京輦舊車馬會五門東　華堂歌舞間笙鐘夕香濛度花風翠袖傳杯爭勸紫髯翁歸去不堪春夢斷煙雨曉亂山重

又

倚牆高樹落驚禽小窗深夜沈沈酒醒燈昏人靜更愁霖惆悵行雲留不住攜手處卻分襟　悠悠風月兩關心擁孤衾恨難禁何況一春憔悴到如今最苦清宵無寐極想見夢也難尋

漁家傲

極目丹楓迎霽曉山明水淨新霜早燕去鴻歸無事了天渺渺風吹平野低寒草　漸過初冬時節好尋梅踏雪城南道追憶舊遊人已老懽更少孤懷擬共

誰傾倒

又　在丹陽憶故人

楊子津頭風色暮孤舟渺渺江南去憶得佳人臨別處愁返顧青山幾點斜陽樹　可忍歸期無定據天涯已聽邊鴻度昨夜鄉心留不住無驛數夢中行了來時路

蝶戀花

羅襪匆匆曾一過烏鵲歸來怨感流年度別袖空看啼粉汙相思待倩誰分付　殘雪江村迴馬路娟娟春寒簾晚空凝佇人在梅花深處住梅花落盡愁無數

醉落魄　梅

暮寒淒冽春風探繞南枝發更無人處增清絕冷蕊孤香竹外朦朧月　西洲昨夢憑誰說攀翻剩憶經年別新愁悵望催華髮雀啅江頭一樹垂垂雪

玉樓春

日長澹澹光風轉小尾黃蜂隨早燕行尋香徑不逢人惟有落紅千萬片　酒成憔悴花成怨閑殺羽觴難會面可堪春事已無多新筍遮牆苔滿院

又　來如春夢幾多時去似朝雲無覓處是歐陽

承叔現成對子平仲向薌詞家能品亦肯襲人耶

曲房小院匆匆過急鼓疏鐘催又去來如春夢幾多時去似朝雲無覓處　金瓶落井翻相誤可惜馨香隨手故錦囊空有斷腸書彩筆不傳長恨句

浪淘沙

簾幕燕雙飛春共人歸東風惻惻雨霏霏水滿西池花滿地追惜芳菲　回首昔遊非別夢依稀一成春瘦不勝衣無限樓前傷遠意芳草斜暉

眼兒媚

小溪微月淡無痕殘雪擁孤村攀條弄蕊春愁相值寂默無言　忍寒宜立何人見應怯過黃昏朝陽夢斷熏殘沈水誰爲招魂

秋蕊香

蕩暖花風滿路織翠柳陰和霧曲池鬭草舊遊處憶試春衫白苧　暗驚節意朱絃柱送春去曉來一陣掃花雨惆悵薔薇在否

畫堂春

華燈收盡雪初殘踏青還爾遊盤落梅強半已飛翻剗地春寒　多病故人日遠幾時雙燕來還可憐樓

上一凭闌不見長安

應天長令

曲闌十二閉亭沼履迹雙沈人悄悄被池寒香燼小
夢短女牆鶯喚曉　柳枝風輕嫋嫋門外落花多少
日日離愁縈繞不知春過了

好事近　次韻葉夢楊陳天子南園作

飛蓋滿南園想見八仙遙集幾樹海棠開徧正新晴
天色　休辭一醉任無還衣上酒痕溼便恐歲華催
去聽秋蟲相泣

謁金門

春已半芳草池塘綠徧山北山南花爛熳日長蜂蝶
亂　閒掩屏山六扇夢好強教驚斷愁對畫梁雙語
燕故心人不見

又

傷離索猶記並肩池閣病起綠窗閑倚薄一秋天氣
惡　玉臂都寬金約歌舞新來志卻回首故人天一
角半江楓又落

點絳脣

夜色侵霜蕭蕭絡緯啼金井夢寒初警一倍銅壺永
無限思量展轉愁重省熏爐冷起來人靜窗外梧

桐影

樵隱詞

平仲三衢人仕止州倅禮部尚書友之子負才玩世
頗有毛伯成之風撰樵隱集十五卷尤延之爲序惜
乎不傳楊用修云毛幵小詞一卷惟余家有之極賞
其撥火初收一闋今亦不多見余近得楊夢羽先生
祕藏宋元名家詞抄本二十七種內有樵隱詩餘一
卷共四十二首調名二十有三亟梓而行之庶不與
集俱湮耳 湖南毛晉識

題竹山詞

竹山先生出義興鉅族宋南渡後有名璨字宣卿者善書仕亦通顯子孫俊秀所居擅溪山之勝故先生貌不揚長於樂府此稿得之於唐士牧家藏本雖無詮次庶幾無遺逸云至正乙巳歲次秋七月十有七日湖濱散人題

竹山詞

目錄

竹山詞目錄

宋 蔣 捷

賀新郎 秋曉

渺渺啼鴉了亘魚天寒生峭嶼五湖秋曉竹几一鐙人做夢嘶馬誰行古道起搔首窺星多少月有微黃籬無影挂牽牛數朶青花小秋太淡添紅棗 愁痕倚賴西風掃被西風翻催鬢鬢與秋俱老舊院隔霜簾不捲金粉屏邊醉倒計無此中年懷抱萬里江南吹簫恨恨參差白雁橫天杪煙未歛楚山杳

又 約友三月旦飲

雁嶼晴嵐薄倚層屏千樹高低粉纖紅弱雲隘東風藏不盡吹豔生香萬壑又散入汀蘅洲藥擾擾匆匆塵土面看歌鶯舞燕逢春樂人共物知誰錯 寶釵樓上圍簾幕小嬋娟雙調彈箏半霄鸞鵠我輩中人無此分琴思詩情當卻也勝似愁橫眉角芳景三分才過二便綠陰門巷楊花落沽斗酒且同酌

又 吳江

浪湧孤亭起是當年蓬萊頂上海風飄墜帝遣江神長守護八柱蛟龍纏尾鬭吐出寒煙寒雨昨夜鯨翻神軸動卷雕翬擲向虛空裏但留得絳虹住 五湖

有客扁舟艤怕羣仙重游到此翠旌難駐手拍闌干呼白鷺爲我殷勤寄語奈鷺也驚飛沙渚星月一天雲萬壑覽茫茫宇宙知何處鼓雙楫浩歌去

又懷舊

夢冷黃金屋嘆秦箏斜鴻陣裏素絃塵撲化作嬌鶯飛歸去猶認紗窗舊綠正過雨荊桃如菽此恨難平君知否似瓊臺湧起彈棋局消瘦影嫌明燭鴛樓碎瀉東西玉問芳蹤何時再展翠釵難卜待把宮眉橫雲樣描上生綃畫幅怕不是新來妝束綵扇紅牙今都在恨無人解聽開元曲空掩袖倚寒竹

又兵後寓吴

深閣簾垂繡記家人軟語燈邊笑渦紅透萬壘城頭哀怨角吹落霜花滿袖影厮伴東奔西走望斷鄉關知何處羨寒鴉到著黃昏後一點點歸楊柳　相看只有山如舊歎浮雲本是無心也成蒼狗明日枯荷包冷飯又過前頭小阜趁未發且嘗村酒醉探枵囊毛錐在問鄰翁要寫牛經否翁不應但搖手

沁園春爲老人書南堂壁

老子平生辛勤幾年始有此廬也學那陶潛籬栽些菊依他杜甫園種些蔬除了雕梁肯容紫燕誰管門

前長者車怪近日把一庭明月卻借伊渠　鬢邊白髮紛如又何苦招賓納客與但夏榻宵眠面風欹枕冬簷晝短背日觀書若有人尋只教僮道這屋主人今日居休羨彼有搖金寶轡織翠華裾

又　次強雲卿韻

結算平生風流債負請一筆勾蓋攻性之兵花圍錦陣毒身之鴆笑齒歌喉豈識吾儒道中樂地絕勝珠簾十里迷樓因底嘆晴乾不去待雨淋頭　休休著甚來由硬鐵漢從來氣食牛但只有千篇好詩好曲都無半點閑悶閑愁自古嬌波溺人多矣試問還能溺我否高擡眼看牽絲傀儡誰弄誰收

女冠子　元夕

蕙花香也雪晴池館如畫春風飛到寶釵樓上一片笙簫琉璃光射而今燈漫掛不是暗塵明月那時元夜況年來心懶意怯羞與蛾兒爭耍　江城人悄初更打問繁華誰解再向天公借剔殘紅灺但夢裏隱隱鈿車羅帕吳牋銀粉砑待把舊家風景寫成閑話笑綠鬟鄰女綺窗猶唱夕陽西下

又　競渡

電旂飛舞雙雙還又爭渡湘纍雲外獨醒何在翠藥

紅蘅芳菲如故深衷全未語不似素車白馬卷潮起怒但悄然千載舊跡時有閒人弔古　生平慣受椒蘭苦甚魄沈寒浪更被饞蛟妬結瓊紉璐料貝闕隱隱騎鯨煙霧楚妃花倚暮玉簫吹了沂陂同步待月明洲渚小留旌節朗吟騷賦

大聖樂　陶成之生日

笙月涼邊翠翹雙舞壽仙曲破更聽得豔拍流星慢唱壽詞初了羣唱蓮歌主翁樓中披鶴氅展一笑微微紅透渦襟懷好縱炎官駐繖長是春和　千年鼻祖事業記曾趁雷聲飛快梭但也曾三徑撫松採菊隨分吟哦富貴浮雲榮華風過淡處還他滋味多休辭飲有碧荷貯酒深似金荷

解連環　岳園牡丹

妬花風惡吹青陰漲卻亂紅池閣駐媚景別有仙葩徧瓊甃小臺翠油疏箔舊日天香記曾繞玉奴絃索自長安路遠膩紫肥黃但譜東洛　天津霽虹似昨聽鵑聲度月春又寥寞散豔魄飛入江南轉湖渺山茫夢境難托萬疊花愁正困倚鉤闌斜角待攜尊醉歌醉舞勸花自落

永遇樂　綠陰

清逼池亭潤浸山閣雲氣凝聚未有蟬前已無蝶後花事隨逝水西園支徑今朝重到半碍醉節吟袂除非是鶯身瘦小暗中引雛穿去　梅簷溜滴風來吹斷放得斜照一縷玉子敲枰香綃落翦聲度深幾許層層離恨淒迷如此點破漫煩輕絮應難認爭春舊館倚紅杏處

花心動　南塘元夕

春入南塘粉梅花盈盈倚風微笑虹暈貫簾星毬攢巷徧地寶光交照湧金門外樓臺影參差浸西湖波渺暮天遠芙蓉萬朵是誰移到　鬒鬢雙仙未老陪玳席佳賓暖香雲繞翠簨叩冰銀管噓霜瑞露滿鍾頻釂醉歸深院重歌舞珊盤轉珍珠紅小鳳洲柳絲絲淡煙弄曉

金盞子　秋思

練月縈窗夢乍醒黃花翠竹庭館心字夜香消人孤另雙鶼被他羞看擬待告訴天公減秋聲一半無情雁正用恁時飛來叫雲尋伴　猶記杏櫳暖銀燭下纖影卸佩鸞春渦暈紅豆小鶯衣嫩珠痕淡印芳汗自從信誤青驪想籠鶯停喚風刀快翦畫簷梧桐怎翦愁斷

喜遷鶯 暮春

游絲纖弱漫著意絆春春難憑託水暖成紋雲晴生影芳草漸侵裠幄露添牡丹新豔風擺鞦韆閑索對此景動高歌一曲何妨行樂　行樂君聽取鶯囀綠窗也似來相約粉壁題詩香街走馬爭奈鬢絲輸卻夢回晝長無事聊倚闌干斜角翠深處看悠悠幾點楊花飛落

又 改前詞

游絲纖弱漫著意絆春春難憑託水暖成紋雲晴生影雙燕又窺簾幕露添牡丹新豔風擺鞦韆閑索對此景動高歌一曲何妨行樂　行樂春正好無奈綠窗孤負敲棋約錦幄調笙銀瓶索酒爭奈也曾迷著自從髮凋心倦常倚釣闌斜角翠深處看悠悠幾點楊花飛落

晝錦堂 荷花

染柳煙消敲菰雨斷歷歷猶寄斜陽掩冉玉妃芳袂擁出靈場倩他鴛鴦來寄語駐君舴艋亦何妨漁榔靜獨奏櫂歌邀妃試酌清觴　湖上雲漸暝秋浩蕩鮮風支盡蟬糧贈我非環非佩萬斛生香半蝸茅屋歸吹影數螺苔石壓波光鴛鴦笑何似且留雙檝翠

隱紅藏

水龍吟 倣稼軒體招洛梅魂

醉兮瓊瀣浮觴些招兮遣巫陽些君毋去此颶風將起天微黃些野馬塵埃汙君楚楚白霓裳些駕空兮雲浪茫洋東下流君往他方些 月滿兮西廂些叫雲兮笛凄涼些歸來兮爲我重倚蛟背寒鱗蒼些俯視春紅浩然一笑吐出香些翠禽兮弄曉招君未至我心傷些

瑞鶴仙 紅葉

縞霜霏霽雪漸翠設涼痕猩浮寒血山窗夢淒切短吟節猶倚鶯邊新樾花魂未歇似追惜芳消豔滅挽西風再入柔柯誤染紺雲成纈 休說深題錦翰淺泛瓊漪暗春曾泄情條萬結依然是未愁絕最憐他南苑空階堆徧人隔仙蓬怨別鎖芙蓉小殿秋深碎蛩訴月

又 鄉城見月

紺煙迷雁迹漸□鼓零鐘街喧初息風檠背寒壁放冰蜍飛到絲絲簾隙瓊瑰暗泣念鄉關霜蕪似織漫將身化鶴來忘卻舊遊端的 懽極蓬壺渠浸花院梨溶醉連春夕柯雲罷弈櫻桃在夢難覓勸清光乍

可幽窗相伴休照紅樓夜笛怕人聞換譜伊涼素娥
未識

又壽東軒立冬前一日

玉霜生穗也渺洲雲翠痕雁繩低也層簾四垂也錦
堂寒早近開爐時也香風遞也是東籬花深處也料
此花伴我仙翁未肯放秋歸也　嬉也繒波穩舫鏡
月危樓醑瓊酡也籠鶯睡也紅妝旋舞衣也待紗燈
客散紗窗日上便是嚴凝序也換青毡小帳圍春又
還醉也

又買妾名雪香

素肌元是雪向雪裏帶香更添奇絕梅花太孤潔問
梨花何似風標難說長洲漾楫料鴛邊嬌簪乍折對
珠籠自翦涼衣愛把淡羅輕疊　清徹螺心翠靨龍
吻瓊涎總成虛設微微醉纈窗燈暈弄明滅算銀臺
高處芳菲仙佩步徧纖雲萬葉覺來時人在紅幬半
廊界月

木蘭花慢　氷

傍池闌倚徧問山影是誰偷但鷺斂瓊絲鴛藏繡羽
礙浴妨浮寒流暗衝片響似犀椎帶月靜敲秋因念
涼荷院宇粉丸曾泛金甌　妝樓曉澀翠罌油倦鬟

理還休更有何意緒憐他半夜缾破梅愁紅褪淚乾
萬點待穿來寄與薄情收只恐東風未轉悞人日望
歸舟

又再賦前題

渺琉璃萬頃冷光射夕陽洲見敗柳漂枝殘蘆泛葉
欲去仍留羅幬少年夢裏正窺簾月浸素肌柔誰念
衰翁自老斷髭凍得成虬　凝眸一望絕飛鷗宇宙
正清幽漫細敲紫硯輕呵翠管吟思難抽颼颼晚風
又起但時聽碎玉落簷頭多少梅花片腦醉來誤整
香篝

珍珠簾　壽岳君選

書樓四面筠簾捲微熏起翠弄懸纖絲輭樓上讀書
仙對寶篆霏轉繡館斂行雲度影灩壽觥盈盈爭勸
爭勸奈芸邊事切花中情淺　金奏未響昏蜩早傳
言放卻舞衫歌扇柳雨一窩涼再展開緗卷萬顆蕖
心瓊珠輥細滴與銀朱小硯深院待月滿廊腰玉笙
又遠

高陽臺　芙蓉

霞鑠簾珠雲蒸篆玉環樓婉婉飛鈴天上王郎颷輪
此地曾停秋香不斷臺陛遠溢萬叢錦豔鮮明事成

塵鸞鳳簫中空度歌聲　臞翁一點清寒性慣殘英
菊嚬飲露蘭汀透屋高紅新營小樣花城霜濃月淡
三更夢夢曼仙來倚吟屏共襟期不是瓊姬不是芳
卿

又　送翠英

燕捲晴絲蜂黏落絮天教綰住閒愁閒裏清明匆匆
粉澀紅羞燈搖縹暈茸窗冷語未闌娥影分收好傷
情春也難留人也難留　芳塵滿目總悠悠問縈縈
珮響還繞誰樓別酒纔斟從前心事都休飛鶯縱有
風吹轉奈舊家苑已成秋莫思量楊柳灣西且櫂吟
舟

又　鬧元宵

橋尾星沈街心塵斂天公還把春饒桂月黃昏金絲
柳換星搖相逢小曲方嫌冷便暖薰珠絡香飄卻憐
他隔歲芳期枉費囊綃　人情終似娥兒舞到頻翻
宿粉怎比初描認得游蹤花驄不住嘶驕梅梢一寸
殘紅炬喜尚堪移照櫻桃醉醺醺不記元宵只道花
朝

春夏兩相期　壽謝令人

聽深深謝家庭館東風對語雙燕似說朝來天上婆

星光現金裁花結紫泥香繡裏藤輿紅茵輭散蠟宮輝行鱗廚品至今人羨　西湖萬柳如線料月仙當此小停颸輦付與長年教見海心波淺縈雲玉珮五侯門洗雲華洞三春苑慢拍調鶯急鼓催鸞翠陰生院

念奴嬌　壽薛稼堂

稼翁居士有幾多抱負幾多聲價玉立繡衣霄漢表曾覽八州風化進退行藏此時正要一著高天下黃埃撲面不成也控羸馬　人道雲出無心纔離山後豈是無心者自古達官酣富貴往往遭人描畫只有青門種瓜閒客千載傳佳話稼翁一笑吾今亦愛吾稼

絳都春　春愁

春愁怎畫正鶯背帶綠酴醿花謝細雨院深淡月廊斜重簾挂歸時記約燒燈夜早拆盡鞦韆紅架縱然歸近風光又是翠陰初夏　婭姹嚬青泫白恨玉珮罷舞芳塵凝榭幾擬倩人付與蘭香秋羅帕知他墮策斜欄馬在底處垂楊樓下無言暗擁嬌鬟鳳釵溜也

聲聲慢　秋聲

黃花深巷紅葉低窗淒涼一片秋聲豆雨聲來中間夾帶風聲疎疎二十五點麗譙門不鎖更聲故人遠問誰搖玉珮簷底鈴聲　彩角聲吹月墮漸連營馬動四起笳聲閃爍鄰燈燈前尚有砧聲知他訴愁到曉碎噥噥多少蛩聲訴未了把一半分與雁聲

尾犯 寒夜

夜倚讀書牀敲碎唾壺燈暈明滅多事西風把齋鈴頻掣人共語溫溫芋火雁孤飛蕭蕭檢雪徧闌干外萬頃魚天未了予愁絕　鷄邊長劍舞念不到此樣豪傑瘦骨稜稜但淒其衾鐵是非夢無痕堪記似雙瞳繽紛翠纈浩然心在我逢著梅花便說

滿江紅

一掬鄉心付杳杳露莎煙葦來相伴淒然客影謝他窮鬼新緣舊紅春又老少玄老白人生幾況無情世故盪摩中凋英偉　詞場筆行羣蟻戰場冑藏羣蟻問如何清晝倚藤凭棐流水青山屋上下束書壺酒船頭尾任垂涎斗大印黃金狂周顗

又 秋旅

秋本無愁奈客裏秋偏岑寂身老大懽敲秦缶懶移陶甓萬誤曾因疏處起一閒且向貧中覓笑新來多

事是征鴻聲嘹嚦　雙戸掩孤燈剔書束架琴懸壁笑人間無此小窗幽閴淚遠微聽葭葉響雨殘細數梧梢滴正依稀夢到故人家誰橫笛

探芳信　菊

翠吟悄似有人黃裳孤竚埃表漸老侵芳歲識君恨不早料應陶令吟魂在凝此秋香妙傲霜姿尚想前身倚窗餘傲　回首醉年少控駿馬蓉邊紅韉茸帽淡泊東籬有誰肯夢飛到正襟三誦悠然句聊遣花微笑酒休賖醒眼看花正好

梅花引　荆溪阻雪○或作江城梅花引

白鷗問我泊孤舟是身留是心留心若留時何事鎖眉頭風拍小簾燈暈舞對閒影冷清清憶舊遊　憶舊遊舊遊今在否花外樓柳下舟夢也夢也夢不到寒水空流漠漠黃雲溼透木綿裘都道無人愁似我今夜雪有梅花似我愁

洞仙歌　對雨思友

世間何處最難忘杯酒唯是停雲想親友此時無一盞千種離愁西風外長伴枯荷衰柳　去年深夜語傾倒書窗燭心懸小紅豆記得到門時雨正蕭蕭嗟今雨此情非舊待與子相期采黃花又未卜重陽果

能晴否

又 柳

枝枝葉葉受東風調弄便是鶯穿也微動自鵝黃千縷數到飛綿閒無事誰管將春迎送　輕柔心性在教得遊人酒舞花吟恣狂縱更誰家鸞鏡裏貪學纖蛾移來傍妝樓新種總不道江頭鎖清愁正雨渺煙茫翠陰如夢

最高樓 催春

新春景明媚在何時宜早不宜遲轣轆塵巷陌青油幰重簾深院畫羅衣要些兒晴日照暖風吹　一片片雪兒休要下一點點雨兒休要灑纔恁地越𠌫期悠悠不趁梅花到匆匆枉帶柳花飛倩黃鶯將我話報春歸

祝英臺 次韻

柳邊樓花下館低捲繡簾半簾外天絲擾擾似情亂知他蛾綠纖眉鵝黃小袖在何處閒遊閒玩　最堪嘆箏面一寸塵深玉柱網斜雁譜字紅鸞蔦翦燭記同看幾回傳語東風將愁吹去怎奈向東風不管

風入松 戲人去妾

東風方到舊桃枝仙夢已雲迷畫闌紅子樗蒲處依

然是春晝簾垂恨殺河東獅子驚回海底鷗兒　尋芳少步莫嫌遲此去卻慵移斷腸不在分襟後元來在襟未分時柳岸猶攜素手蘭房早掩朱扉

解珮令　春

春晴也好春陰也好著些兒春雨越好春雨如絲繡出花枝紅裊怎禁他孟婆合皁　梅花風小杏花風小海棠風驀地寒峭歲歲春光被二十四風吹老楝花風爾且慢到

一翦梅　宿龍游朱氏樓

小巧樓臺眼界寬朝卷簾看暮卷簾看故鄉一望一心酸雲又迷漫水又迷漫　天不教人客夢安昨夜春寒今夜春寒梨花月底兩眉攢敲徧闌干拍徧闌干

又　舟過吳江

一片春愁待酒澆江上舟搖樓上帘招秋娘度與泰娘嬌風又飄飄雨又蕭蕭　何日歸家洗客袍銀字笙調心字香燒流光容易把人拋紅了櫻桃綠了芭蕉

糖多令　壽東軒

秋碧瀉晴灣樓臺雲影閒記仙家元在蓬山飛到雁

峯塵更少三萬頃玉無邊　金醆倒垂蓮歌搖香霧
鬢任芙蓉月轉朱闌天氣已涼猶未冷重九後小春
前

柳梢青　有談舊娼潘氏

小飲微吟殘燈斷雨靜戶幽窗幾度花開幾番花謝
又到昏黃　潘娘不是潘郎料應也霜黏鬢旁鸚鵡
闌空鴛鴦壺破煙渺雲茫

阮郎歸　客中思馬跡山

雪飛燈背雁聲低寒生紅被池小屏風畔立多時閒
看番馬兒　新揾淚舊題詩一般羅帶垂瓊簫夜夜
挾愁吹梅花知不知

金蕉葉　秋夜不寐

雲褰翠幕滿天星碎珠迸索孤蟾闌外照我看看過
轉角　酒醒寒砧正作待眠來夢魂怕惡枕屏那更
畫了平沙斷雁落

小重山

晴浦溶溶明斷霞樓臺搖影處是誰家銀紅裙襇皺
宮紗風前坐閒鬬鬱金芽　人散樹啼鴉粉糰黏不
住舊繁華雙龍尾上月痕斜而今照冷淡白菱花

又

曾伴芳卿鏘珮環西風吹夢斷墮人寰假饒無分入雕闌窺妝鏡也令小溪灣　此地有誰憐斜陽半臥處牧童攀勸花休苦恨天天從來道薄命是朱顏

白苧

正春晴又春冷雲低欲落瓊苞未剖早是東風作惡旋安排一雙銀蒜鎮羅幕幽窗水生漪皺嫩綠潛鱗初躍愔愔門巷桃樹紅纔約略知甚時霽華烘破青青蘡　憶昨引蝶花邊近來重見身學垂楊瘦削問小翠眉山爲誰攢卻斜陽宇任蛛絲罥偏玉箏絃索戶外惟聞放翦刀聲深在妝閣料想裁縫白苧春衫薄

蝶戀花　風蓮

我愛荷花花最輭錦撥雲挨朵朵嬌如顫一陣微風來自遠紅低欲醮涼波淺　莫是羊家張靜婉抱月飄煙舞得腰肢倦偷把翠羅香被展無眠卻又頻翻轉

虞美人　梳樓

絲絲楊柳絲絲雨春在溟濛處樓兒忒小不藏愁幾度和雲飛去覓歸舟　天憐客子鄉關遠借與花消遣海棠紅近綠闌干纔卷朱簾卻又晚風寒

又 聽雨

少年聽雨歌樓上紅燭昏羅帳壯年聽雨客舟中江闊雲低斷雁叫西風 而今聽雨僧廬下鬢已星星也悲歡離合總無情一任階前點滴到天明

南鄉子

泊雁水汀洲冷淡湔裙水漫秋裙上唾花無覓處重游隔柳惟存月半鉤 準擬架層樓望得伊家見始休還怕粉雲天末起悠悠化作相思一片愁

又 塘門元宵

翠幰夜游車不到山邊與水涯隨分紙燈三四盞鄰家便做元宵好景誇 誰解倚梅花思想燈毬墜絳紗舊說夢華猶未了堪嗟纔百餘年又夢華

步蟾宮 木犀 ○或刻玉樓春

綠華翦碎嬌雲瘦臢妝點菊前蓉後涓涓月也染成香又何況纖羅襟袖 秋窗一夜西風驟翠匳鎖瓊珠花鏤人間富貴總腥羶且和露攀花三嗅

又 春景

玉窗掣鎖香雲漲喚綠袖低敲方響流蘇拂處字微訛但斜倚紅梅一餉 濛濛月在簾衣上做池館春陰模樣春陰模樣不如晴這催雪曲兒休唱

玉樓春 桃花灣馬跡

秦人占得桃源地說道花深堪避世桃花灣內豈無花呂政馬來攔不住　明朝與子穿不去去看霜蹄剜石處茫茫秦事是耶非萬一問花花解語

戀繡衾

蒨金小袖花下行過橋亭倚樹聽鶯被柳線低縈鬟紺雲垂釵鳳半橫　紅薇影轉晴窗晝樣蘭心未到繡絣奈一點春恨在青娥鸞處又生

浪淘沙 夜景

人愛曉妝鮮我愛妝殘翠釵扶住欲欹鬟印了夜香無事也月上涼天　新譜學箏難愁湧蛾彎一牀衾淚未紅翻聽得人催佯不采去洗珠鈿

又 重九

明露浴疏桐秋滿簾櫳揜琴無語意忡忡掐破東窗窺皓月早上芙蓉　前事渺茫中煙水孤鴻一尊重九又成空不解吹愁吹帽落恨殺西風

燕歸梁 風蓮

我夢唐宮春晝遲正舞到曳裾時翠雲隊仗絳霞衣慢騰騰手雙垂　忽然急鼓催將起似綵鳳亂驚飛夢回不見萬瓊妃見荷花被風吹

步蟾宮 中秋

去年雲掩冰輪皎喜今歲微陰俱掃乾坤一片玉琉璃怎算得清光多少　無歌無酒癡頑老對愁影番嫌分曉天公元不負中秋我自把中秋誤了

南鄉子 黃葵

冷淡是秋花更比秋花冷淡些到處芙蓉供醉賞從他自有幽人處士誇　寂寞兩三葩晝日無風也帶斜一片西窗殘照裏誰家捲卻湘裙薄薄紗

行香子 舟宿蘭灣

紅了櫻桃綠了芭蕉送春歸客尚蓬飄昨宵穀水今夜蘭皐奈何雲溶溶風淡淡雨瀟瀟　銀字笙調心字香燒料芳踪乍整還凋待將春恨都付春潮過窈娘隄秋娘渡泰娘橋

粉蝶兒 殘春

啼鴂聲中春光化成春夢問東君仗誰時送燕憐晴鶯愛暖一窗芳哄奈匆匆催他柳綿狂縱　輕羅小扇桐花又飛么鳳記寒吟沁梅霜凍古今人易老莫閒雙鞋尚堪遊荼蘼粉雲香洞

翠羽吟

紺露濃映素空樓觀峭玲瓏粉凍霽英冷光搖蕩古

青松半規黃昏淡月梅氣山影溟濛有麗人步依脩竹瀟然態若游龍　綃袂微皺水溶溶仙莖清灩淨洗斜紅勸我浮香桂酒環珮暗解聲飛芳靄中弄春弱柳垂絲慢按翠舞嬌童醉不知何處驚翦翦凄緊霜風夢醒尋痕訪蹤但留殘挂穹梅花未老翠羽雙吟一片曉峯

賀新郎 鄉士以狂得罪賦此餞行

甚矣君狂矣想胸中些兒磊磈酒澆不去據我看來何所似一似韓家五鬼又一似楊家風子怪鳥啾啾鳴未了被天公捉在樊籠裏這一錯鐵難鑄　濯溪雨漲荆溪水送君歸輕蛟橋外水光清處世上恨無樓百尺裝著許多俊氣做弄得棲棲如此臨別贈言朋友事有殷勤六字君聽取節飲食慎言語

又 贈彈琵琶者

妾有琵琶譜抱金槽慢撚輕拋柳梢鶯栢羽調六幺彈徧了花底靈犀暗度奈敲斷玉釵纖股低畫屏深朱戶掩捲西風滿地吹塵土芳事往蝶空訴　天天把妾芳心誤小樓東隱約誰家鳳簫鼉鼓淚點染衫雙袖翠修竹凄其又暮背燈影蕭條情互指佩洲前裙步步渺渺無邊一片相思苦春去也亂紅舞

又題後院畫像

綠墮雲垂領背琵琶盈盈裏手粉間紅靚依約春游歸來捲又似春眠未醒灩寒泚低迷蓉影鴛帶鬆聲飛過也柳窗深尚記停針聽魂浩蕩孤芳景　金釵斷股瓶沈井問蘇城香銷卷子倩誰題詠燈暈青紅殘醉在小院屏昏帳暝誤嗔怪眉心慵整人道真真招得下任千呼萬喚無言應空對此淚花冷

摸魚子壽東軒

艀吟鞭雁峯高處曾游長壽仙府年年長見瑤簪會霞杪蓋芝輕度開繡戶芙蓉萬朵香紅膩染秋光素清簫麗任灩玉杯深鸞酣鳳醉猶未洞天暮　塵緣誤迷卻桃源舊步飛瓊芳夢同賦朝來聞道仙童晏翹首翠房玄圃雲又霧身恍到微茫認得胎禽舞遙汀近浦便一葦漁航撐煙載雨歸去伴寒鷺

沁園春壽岳君舉

昔裴晉公生甲辰歲秉唐相鈞向東都治第繞娛老眼北門建節又絆閒身燠館花濃涼臺月淡不記弓刀千騎塵誰堪羨羨南塘居士做散仙人　南塘水向晴雲三百樹鳳洲楊柳春有綠衣奏曲金□小雁綵衣勸酒玉跪雙麟前後同年逸勞異趣中立番成

雌甲辰斯言也是梅花說與竹里山民

喜遷鶯 金村阻風

風濤如此被閒鷗誚我君行良苦槲葉深灣蘆窠窄港小憩倦篙慵櫓壯年夜吹笛去驚得魚龍嘷舞悵今老但篷窗緊掩荒涼愁悰 別浦雲斷處低雁一繩攔斷家山路佩玉無詩飛霞乏序滿席快颷誰付醉中幾番重九合度芳尊孤負便晴否怕明朝蝶吟黃花秋圃

又 青晴

晴天寥廓被孤雲畫出離愁消索玉局彈棋金釵翦燭芳思可勝搖落鏡妝爲慵遲晚笙曲緣愁差錯倒纖指□從頭細數年時同樂 寂寞花院悄昨夜醉眠夢也難憑托車角生時馬足方後才始斷伊漂泊悶無半分消遣春又一番擔閣倚闌久奈東風忒冷紅綃單薄

齊天樂 元夜閱夢華錄

銀蟾飛到觚稜外娟娟下窺龍尾電紫鞘輕雲紅筤曲雕玉輿穿燈底峯繒岫綺沸一簇人聲道隨竿媚侍女迎鑾燕嬌鶯詫炫珠翠 華胥仙夢未了被天公澒洞吹換塵世淡柳湖山濃花巷陌誰說錢塘而

已回頭汴水望當日辰遊萬里發處但有寒蕪夜深青燐起

念奴嬌 夢有奏方響而舞者

夜深清夢到叢華深處滿襟冰雪人在瓊雲方響樂杳杳衝牙清絕翠箕翔龍金樅躍鳳不是蕤賓鐵淒鏘仙調風敲珠樹新折　中有五色光開參差披影對舞山香徹霧閣雲窗歸去也笑擁靈君旌節六曲闌干一聲鸚鵡霍地花空滅夢回孤館秋茄霜孤鳴咽

應天長 次清真韻

柳湖載酒梅墅賒棋東風袖裏寒色轉翠籠池閣含櫻薦鶯食匆匆過春是客弄細雨晝陰生寂似瓊花滴下紅裳再返仙籍　無限倚闌愁夢斷雲簫鵲叫度青壁漫有戲龍盤盈盈佳花宅驕驄馬嘶巷陌戶半揜墮鞭無迹但追想白苧裁縫燈下初識

賀新郎 櫽括松詩

絕代幽人獨揜芳姿深居何處亂雲深谷自說關中良家子零落聊依草木世喪敗誰收骨肉輕薄兒郎爲夫壻愛新人窕窈顏如玉千萬事風前燭　鴛鴦一旦成孤宿最堪憐新人歡笑舊人哀哭侍婢賣珠

回來後相與牽蘿補屋謾采得柏枝盈掬日暮山中天寒也翠綃衣薄甚肌生粟空斂袖倚修竹

玉漏遲 壽東軒

客窗空翠杪前生飲慣長生瓊醥回首紅塵換了□憓草隔水神仙洞府但只有飛霞能到誰信道西風送我還陪清嘯　縹緲柳側霞樓正繡幕圍春露深煙悄魚尾傍時雪上鬢雲猶少醉傍芙蓉目語頤來此年年簪帽青巑小鶴立淡煙秋曉

又 傳巖隱木如武林納浴堂徐氏女子于客樓其歸也亦貯之所居樓上而圖西湖景于樓壁

翠鴛雙穗冷鶯聲喚轉春風芳景花湧袖香此度徐妝偏稱水月仙人院宇到處有西湖如鏡煙岫暝纖蔥誤指蓮峯篁嶺　料想小閣初逢正淚拍紅猊袖飛金餅樓倚斜暉晴把佳期重省萬種惺鬆笑語一點温柔情性斂倦整盈盈背燈嬌影

高陽臺 江陰道中有懷

宛轉憐香徘徊顧影臨芳更倚苔身多謝殘英飛來遠遠隨人回顧却望晴簷下等幾番小摘微薰到而今獨梟鞭梢笑不成　春愁吟未了煙林曉有垂楊

夾路也爲輕顰今夜山窗還是費繞梨雲行囊不是
吳牋少問倩誰去寫花真待歸時葉底紅肥細雨如
塵

探春令 春怨

玉窗蠅字記春寒滿茸絲紅處畫翠鴛雙展金蝴翅
未抵我愁紅膩 芳心一點天涯去絮濛濛遮住對
花彈阮纖瓊指爲粉醫空彈淚

秋夜雨 秋雨

黃雲水驛秋笳噎吹人雙鬢如雪愁多無奈處漫碎
把寒花輕撚 紅雲轉入香心裏夜漸深人語初歇
此際愁更別雁落影西窗殘月

又春 ○蔣正夫令作春夏冬各一闋次前韻

金衣露溼鶯喉噎春情不解分雪寶箏絃斷盡但萬
縷閒愁難撚 長紅小白誰亭館過禁煙彈指芳歇
今夜休要別且醉宿緗桃花月

又夏

鬆車轉急風吹噎冰絲鬆藕新雪有人涼滿袖怕汗
溼紅綃猶撚 三更夢斷敲荷雨細聽來疏點還歇
茉莉標致別占斷了紗廚香月

又冬

紅鱗不暖餅笙噎爐灰一片晴雪醉無香嗅醒但手
把新燈閑撚 更深凍損梅花也聽畫堂簫鼓方歇
想是天氣別豫借與春風二月

少年遊春思

梨邊風緊雪難晴千點照溪明吹絮窗低唾茸窗小
人隔翠陰行 而今白鳥橫飛處煙樹渺鄉城兩袖
春寒一襟春恨斜日淡無情

又秋思

楓林紅透晚煙青客思滿鷗汀二十年來無家種竹
猶借竹爲名 春風未了秋風到老去萬緣輕只把
平生閑吟閑詠譜作櫂歌聲

柳梢青游女○或刻蔣達

學唱新腔鞦韆架上釵股敲雙柳雨花風翠鬆裙褶
紅膩鞵幫 歸來門掩銀釭淡月裏疏鐘漸撞嬌欲
人扶醉嫌人問斜倚樓窗

霜天曉角折花

人影窗紗是誰來折花折則從他折去知折去向誰
家 簷牙枝最佳折時高折些說與折花人道須插
向鬢邊斜

如夢令村景

夜月谿篁鸞影曉露巖花鶴頂半世踏紅塵到底輸

他村景村景村景樵斧耕蓑漁艇

竹山詞

昔人評詞盛稱李氏晏氏父子及耆卿子野子游子瞻美成堯章止矣蔣勝欲泯焉無聞今讀竹山詞一卷語語纖巧眞世說靡也字字妍倩眞六朝隃也豈其稍劣於諸公耶或讀招落梅魂一詞謂其磊落橫放與辛幼安同調其殆以一斑而失全豹矣湖南毛晉識

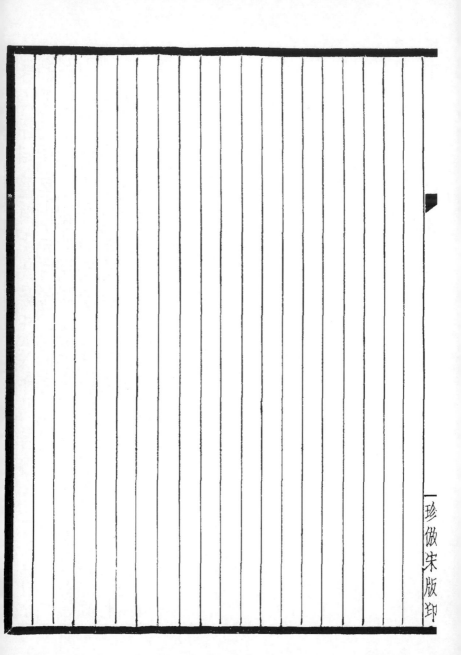

題書舟詞

程正伯以詩詞名鄉之人所知也余頃歲遊都下數見朝士往往亦稱道正伯佳句獨尚書尤公以爲不然曰正伯之文過於詩詞此乃識正伯之大者也今鄉人有欲刊正伯歌詞求余書其首余以此告之且爲言正伯方爲當塗諸公以制舉論薦使正伯惟以詞名世豈不小哉則曰古樂府亦文爾初何損於正伯之文哉余用是樂爲書之雖然昔晏叔原以大臣子處富貴之極爲靡麗之詞其政事堂中舊客尚欲其捐有餘之才豈未至之德者蓋叔原獨以詞名爾他文則未傳也至少游魯直則已並之故陳無己之作自云不減秦七黃九是亦推尊其詞爾余謂正伯爲秦黃則可爲叔原則不可紹熙甲寅端午前一日

王稱季平序

書舟詞

目錄

書舟詞

宋　程垓

摸魚兒

掩淒涼黃昏庭院角聲何處嗚咽矮窗曲屋風燈冷還是苦寒時節凝竚切念翠被熏籠夜夜成虛設倚闌愁絕聽鳳竹聲中犀幃影外簌簌釀寒輕雪　傷心處卻憶當年輕別梅花滿院初發吹香弄蕊無人見惟有暮雲千疊情未徹又誰料而今好夢分胡越不堪重說但記得當初重門鎖處猶有夜深月

洞庭春色

錦字親裁淚巾偷裛細說舊時記笑桃門巷妝窺寶靨弄花庭榭香溼羅衣幾度相隨遊冶去任月細風尖猶未歸多少事有垂楊眼見紅燭心知　如今事都過也但贏得雙鬢成絲歎半妝紅豆相思有分兩分青鏡重合難期惆悵一春飛絮夢悠颺教人分付誰銷魂處又梨花雨暗半掩重扉

南浦

金鴨懶熏香向晚來春酲一枕無緒濃綠漲瑤窗東風外吹盡亂紅飛絮無言竚立斷腸惟有流鶯語碧雲欲暮空惆悵韶華一時虛度　追思舊日心情記

題葉西樓吹花南浦老去覺歡疏傷春恨都付斷雲殘雨黃昏院落問誰猶在凭闌處可堪杜宇空只解聲聲催他春去

水龍吟

夜來風雨匆匆故園定是花無幾愁多愁極等閑孤負一年芳意柳困花慵杏青梅小對人容易算好春長在好花長見元只是人憔悴　回首池南舊事恨星星不堪重記如今但有看花老眼傷時清淚不怕逢花瘦只愁怕老來風味待繁紅亂處留雲借月也須拚醉

四代好

翠幕東風早蘭窗夢又被鶯聲驚覺起來空對平階弱絮滿庭芳草厭厭未欣懷抱記柳外人家曾到凭畫闌那更春好花好酒好人好　春好尚恐闌珊花好又怕飄零難保直饒酒好酒未抵意中人好相逢盡拚醉倒況人與才情未老又豈關春去春來花愁花惱

木蘭花慢 春怨

倩嬌鶯姹燕說不盡此時情正小院春闌芳園晝鎖人去花零憑高試回望眼奈遙山遠水隔重雲誰遣

風狂雨橫便教無計留春　誰知雁冥與鴻冥自難寄丁寧縱柳院顰深桃門笑在知屬何人衣篝幾回忘了奈殘香猶有舊時熏空使風頭卷絮爲他飄蕩花城

念奴嬌　秋夜

秋風秋雨正黃昏供斷一窗愁絕帶減衣寬誰念我難忍重城離別轉枕褰帷挑燈整被總是相思切知他別後負人多少風月　不是怨極愁濃只愁重見了相思難說料得新來魂夢裏不管飛來蝴蝶拚悶人間寄愁天上終有歸時節如今無奈亂雲依舊千疊

閨怨無悶

天與多才不合更與殢柳憐花情分甚總爲才情惱人方寸早是春殘花褪也不料一春都成病自失笑因甚腰圍半減淚珠頻揾　難省也怨天也自恨怎免千般思忖倩人說與又卻不忍捹了一生愁悶又只恐愁多無人問到這裏天也憐人看他穩也不穩

八聲甘州

問東君既解遣花開不合放花飛念春風枝上一分花減一半春歸忍見千紅萬紫容易漲桃溪花自隨

流水無計追隨 不忍憑高南望記舊時行處芳意
菲菲嘆年來春減花與故人非總使梁園賦猶在奈
長卿老去亦何爲空搔首亂雲堆裏立盡斜暉

滿庭芳 時在臨安晚秋登臨

南月驚烏西風破雁又是秋滿平湖採蓮人盡寒色
戰菰蒲舊信江南好景一萬里輕覓蓴鱸誰知道吳
儂未識蜀客已情孤 憑高增悵望湘雲盡處都是
平蕪問故鄉何日重見吾廬縱有荷紉芰製終不似
菊短籬疎歸情遠三更雨夢依舊繞庭梧

玉漏遲

一春渾不見那堪又是花飛時節忍對危闌數曲暮
雲千疊門外星星柳眼看誰似當時風月愁萬結憑
誰爲我殷勤低說 不是慣卻春心奈新燕傳情舊
鶯饒舌冷篆餘香莫放等閑消歇縱使繁紅褪盡猶
自有酴醾堪折魂夢切不耐飛來蝴蝶

滿江紅 憶別

門掩垂楊寶香度翠簾重疊春寒在羅衣初試素肌
猶怯薄靄籠花天欲暮小風送角聲初咽但獨褰幽
幌悄無言傷初別 衣上雨眉間月滴不盡顰空切
羨棲梁歸燕入簾雙蝶愁緒多於花絮亂柔腸過似

丁香結問甚時重理錦囊書從頭說

又

水遠山明秋容淡不禁搖落況正是樓臺高處晚涼猶薄月在衣裳風在袖冰生枕簟香生幕算四時佳處是清秋須行樂　東籬下西窗角尋舊菊催新酌笑廣平何事對秋蕭索搖葉聲聲深院宇折荷寸寸閒池閣待歸來閒把木犀花重熏卻

又

葺屋爲舟身便是煙波釣客況人間元似泛家浮宅秋晚雨聲篷背穩夜深月影窗櫺白滿船詩酒滿船書隨宜索　也不怕雲濤隔也不怕風帆側但獨醒還睡自歌還歇臥後從教鰍鱔舞醉來一任乾坤窄恐有時撐向大江頭占風色

雪獅兒

斷雲低晚輕煙帶暝風驚羅幕數點梅花香倚雪窗搖落紅爐對謔正酒面瓊酥初削雲屏暖不知門外月寒風惡　迤邐慵雲半涼笑盈盈閑弄寶箏絃索暖極生春已向橫波先覺花嬌柳弱漸倚醉要人摟著低告託早把被香熏卻

攤破江城子

娟娟霜月又侵門對黃昏怯黃昏愁把梅花獨自泛清尊酒又難禁花又惱漏聲遠一更更總斷魂 斷魂斷魂不堪聞被半溫香半溫睡也睡也睡不穩誰與溫存只有牀前紅燭伴啼痕一夜無眠連曉角人瘦也比梅花瘦幾分

驀山溪

老來風味是事都無可只愛小書舟賸圍著琅玕幾個呼風約月隨分樂生涯不羨富不憂貧不怕烏蟾墮 三杯徑醉轉覺乾坤大醉後百篇詩儘從他龍吟鶴和升沉萬事還與本來天青雲上白雲間一任安排我

最高樓

舊心事說著兩眉羞記得凭肩遊緗裙羅襪桃花岸薄衫輕扇杏花樓幾番行幾番醉幾番留 也誰料春風吹已斷又誰料朝雲飛亦散天易老恨難酬蜂兒不解知人苦燕兒不解說人愁舊情懷消不盡幾時休

瑤階草

空山子規叫月破黃昏冷簾幕風輕綠暗紅又盡自從別後粉銷香膩一春成病那堪晝閒日永 恨難

整起來無語綠萍破處池光淨悶理殘妝照花獨自憐瘦影睡來又怕飲來越醉醒來卻悶看誰似我孤另

上平曲 惜春

愛春歸憂春去爲春忙旋點檢雨障雲妨遮紅護綠翠幃羅幕任高張海棠明月杏花天更惜濃芳 喚鶯吟招蝶拍迎柳舞倩桃妝盡呼起萬籟笙簧一觴一咏儘教陶寫繡心腸笑他人世漫嬉遊擁翠偎香

孤雁兒

在家不覺窮冬好向客裏方知道故園梅子正開時記得清尊頻倒高燒紅蠟暖熏羅幌一任花枝惱 如今客裏傷懷抱忍雙鬢隨花老小窗獨自對黃昏只有月華飛到假饒真箇雁書頻寄何似歸來早

又 有尼從人而復出者戲用張子野事賦此

雙鬢乍綰橫波溜記當日香心透誰教容易逐雞飛輸卻春風先手天公元也管人憔悴放出花枝瘦 幾宵和月來相就問何處春山鬭祇應深院鎖嬋娟枉卻嬌花時候何時爲我小梯橫閣試約黃昏後

一叢花 閨怨 ○或刻御街行

傷春時候一憑闌何況別離難東風只解催人去也

不道鶯老花殘青牋未約紅綃忍淚無計鎖征鞍寶釵瑤鈿一時閒此恨苦天慳如今直恁拋人去也不念人瘦衣寬歸來忍見重樓淡月依舊五更寒

祝英臺近 晚春

墜紅輕濃綠潤深院又春晚睡起厭厭無語小妝懶可堪三月風光五更魂夢又都被杜鵑催攢 怎消遣人道愁與春歸春歸愁未斷閒倚銀屏羞怕淚痕滿斷腸沈水重熏瑤琴閒理奈依舊夜寒人遠

碧牡丹

睡起情無著曉雨盡春寒弱酒醆飄零幾日頓疎行樂試數花枝問此情何若爲誰開爲誰落 正愁卻不是花情薄花元笑人蕭索舊觀千紅至今冷夢難託燕麥春風更幾人驚覺對花羞爲花惡

小桃紅

不恨殘花嚲不恨殘春破只恨流光一年一度又催新火縱青天白日繫長繩也留春得麼 花院從教鎖春事從教過燒筍園林嘗梅臺榭有何不可已安排珍簟小胡牀待日長閒坐

紅娘子

小小閒窗底曲曲深屏裏一枕新涼半牀明月留人

歡意奈梅花引裏喚人行苦隨他無計　幾點清觴淚數曲烏絲紙見少離多心長分短如何得是到如今留下許多愁枉教人憔悴

天仙子

慘慘霜林冬欲盡又是溪梅寒弄影矮窗曲屋夜香燒人已靜燈垂燼點滴芭蕉和雨聽　約個歸期猶未定一夜夢魂終不穩知他勾得許多情真個悶無人問說與畫樓應不信

青玉案　用賀方回韻

寶林巖畔淩雲路記藉草尋梅去詠綠書紅知幾度行雲歸後碧雲遮斷寂寞人何處　一聲長笛江天暮別後誰吟倚樓句匀面照溪心已許欲憑錦字寫人愁去生怕梨花雨

芭蕉雨

雨過涼生藕葉晚庭消盡暑渾無熱枕簟不勝香滑爭奈寶帳情生金尊意愜　玉人何處夢蝶思一見冰雪須寫個帖兒丁寧說試問道肯來麽今夜小院無人重樓有月

酷相思　惜別

月掛霜林寒欲墜正門外催人起奈離別如今真個

是欲住也留無計欲去也來無計　馬上離情衣上淚各自供憔悴問江路梅花開也未春到也須頻寄人到也須頻寄

漁家傲　彭門道中早起

野店無人霜似水清燈照影寒侵被門外行人催客起因個事老來方有思家淚　寄問梅花開也未愛花只有歸來是想見小喬歌舞地渾含喜天涯不念人憔悴

又

獨木小舟煙雨溼燕兒亂點春江碧江上青山隨意覓人寂寂落花芳草催寒食　昨夜青樓今日客吹愁不得東風力細拾殘紅書怨泣流水急不知那個傳消息

攤破南鄉子

休賦惜春詩留春住說與人知一年已負東風瘦說愁說恨數期數刻只望歸時　莫怪杜鵑啼真個也喚得人歸歸來休恨花開了梁間燕子且教知道人也雙飛

破陣子

小小紅泥院宇深深翠色屏幃簇定熏爐酥酒輭門

外東風寒不知恰疑三月時　釵影半欹綠子歌聲
輕度紅兒醉裏不愁更漏斷更要梅花看幾枝起來
霜月低

折紅英 即釵頭鳳正伯更名折紅英

桃花暖楊花亂可憐朱戶春強半長記憶探芳日笑
凭郎肩殢紅偎碧惜惜惜　春宵短離腸斷淚痕長
向東風滿憑青翼問消息花謝春歸幾時來得憶憶
憶

一翦梅

舊日心期不易招重來孤負幾個良宵尋常不見儘
相邀見了知他許大無聊　昨夜梅花插翠翹影落
清溪應也魂消假饒真個住山腰那個金章換得漁
樵

又

小會幽歡整及時花也相宜人也相宜寶香未斷燭
光低莫厭杯遲莫恨歡遲　夜漸深深漏漸稀風已
侵衣露已沾衣一盃重勸莫相違何似休歸何自同
歸

又

斗轉參橫一夜霜玉律聲中又報新陽起來無緒賦

行藏只喜人閒一線添長　簾幕垂垂月半廊節物心情都付椒觴年華漸晚鬢毛蒼身外功名休苦思量

臨江仙　合江放舟

送我南來舟一葉誰教催動鳴榔高城不見水茫茫雲巒纔幾曲折盡九回腸　買酒澆愁愁不盡江煙也共淒涼和天瘦了也何妨只愁今夜雨更做淚千行

又

濃綠鎖窗閒院靜照人明月團團夜長幽夢見伊難瘦從香臉薄愁到翠眉殘　只道花時容易見如今花盡春闌畫樓依舊五更寒可憐紅繡被空記合時歡

鳳棲梧　客臨安連日愁霖旅枕無寐起作

九月江南煙雨裏客枕淒涼到曉渾無寐起上小樓觀海氣昏昏半約漁樵市　斷雁西邊家萬里料得秋來笑我歸無計劍在牀頭書在几未甘分付黃花淚

又

有客錢塘江上住十日齋居九日愁風雨斷送一春

彈指去荷花又繞南山渡　湖上幽尋君已許消息不來望得行雲暮芳草夢魂應記取不成忘卻池塘句

又

門外飛花風約住消息江南已釀黃梅雨蜀客望鄉歸不去當時不合催南渡　憂國丹心曾獨許縱吐長虹不奈斜陽暮莫道春光難攬取少陵辨得尋花句

又　南窗偶題

薄薄窗油清似鏡兩面疏簾四壁文書靜小篆焚香消日永新來識得閒中性　人愛人嫌都莫問絮自沾泥不怕東風緊只有詩狂消不盡夜來題破窗花影

又　送子廉姪南下

九月重湖寒意早目斷黃雲冉冉連衰草慘別臨江愁滿抱酒尊時事都相惱　聞道吳天消息好鴛鴦西沚咫尺君應到若見故人相問勞爲言未分書舟老

又　下十闋或另刻蝶戀花

日下船篷人未起一個燕兒說盡傷春意江上殘花

能有幾風催雨促成容易　湖海客心千萬里著力東風推得人行未相次桃花三月水菱歌誰伴西湖醉

又

滿路梅英飛雪粉臨水人家先得春光嫩樓底杏花樓外影牆東柳線牆西恨　擷翠揉紅何處問暖入眉峯已作傷春困歸路月痕彎一寸芳心只爲東風損

又春風一夕浩蕩曉來柳色一新

寒意勒花春未足只有東風不管春拘束楊柳滿城吹又綠可人青眼還相屬　小葉星星眠未熟看盡行人唱徹陽關曲心事一春何計續芳條未展眉先蹙

又自東江乘晴過墓頭諸園小飲

晴帶溪光春自媚繞翠縈青來約東風醉雲補斷山疎復綴雨回綠野清還麗　拄杖不妨舒客意臨水人家問有花開未江左風流今有幾逢春不要人憔悴

又

翠幕成陰簾拂地池館無人四面生涼意荷氣竹香

俱細細分明著莫清風詇　玉枕如冰笙似水纔䡛橫釵早被鶯呼起今夜月明人未睡只消三四分來醉

又

畫閣紅爐屏四向梅擁寒香次第侵帷帳燭影半低花影恍悠修眉正在花枝傍　嬋粉偎香羞一餉未識春風已覺春情蕩醉裏不知霜月上歸來已踏梅花淚

又

樓閣吹花煙月墮的皪韶妍又向梅心破釵上綵旛看一個賞心已覺春生坐　莫恨年華風雨過人日嬉遊次第連燈火翠幄高張金盞大已拚醉袖隨香嚲

又

小院菊殘煙雨細天氣淒涼惱得人憔悴被暖橙香羞早起玉釵一任慵雲墜　樓上珠簾鉤也未數尺遙山供盡傷高意竚立不禁殘酒味繡羅依舊和香睡

又月下有感

小院秋光濃欲滴獨自鉤簾細數歸鴻翼鴻斷天高

無處覓矮窗催瞑蛩催織　涼月去人纔數尺短髮蕭騷醉傍西風立愁眼望天收不得露華衣上三更溼

又

晴日溪山春可數水繞池塘知有人家住尋日尋花花不語舊時春恨還如許　苦恨東風無意緒只解催花不解催人去日晚荒煙迷古戍斷魂正在梅花浦

醉落魄　賦石榴花

夏園初結綠深深處紅千疊杜鵑過盡芳菲歇只道無春滿意春猶愜　折來一點如猩血透明冠子輕盈帖芳心蹙破情尤切不管花殘猶自揀雙葉

又　別少城舟宿黃龍

風催雨促今番不似前歡足早來最苦離情毒唱我新詞掩著面兒哭　臨行只怕人行遠殷勤更寫多情曲相逢已是腰如束從此知他還減幾分玉

又

晚涼時節翠梧風定蟬聲歇有人睡起香浮頰倚著闌干笑揀青荷葉　如今往事愁難說曲池依舊閒風月田田翠蓋香羅疊留得露痕都是淚珠結

南鄉子

幾日訴離尊歌盡陽關不忍分此度天涯真個去銷魂相送黃花落葉村　斜日又黃昏蕭寺無人半掩門今夜粉香明月淚休論只要羅巾記舊痕

又

纔合又輕離心事多違小窗燈影記親移可奈酒酣花困處不省人歸　山翠又如眉腸斷幽期相思有夢阿誰知莫遣重來風絮亂不似當時

又

老去懶尋花獨自生涯幾枝疎影浸窗紗昨夜月來人不睡看盡橫斜　門外欲啼鴉香意淩霞從渠千樹繞人家世上一枝元也足不要隨他

鵲橋仙　秋日寄懷

角聲吹月風聲落枕夢與柔腸俱斷誰教當日太情濃颭不下新愁一段　黃花開了梅花開未曾約那時相見莫教容易負幽期怕真個孤他淚眼

虞美人　春愁

輕紅短白東城路憶得分襟處柳絲無賴舞春柔不繫離人只解繫離愁　如今花謝春將老柳下無人到月明門外子規啼喚得人愁爭似喚人歸

木蘭花

疎枝半作窺窗老又是一年春意早風低小院得香遲月傍女牆和影好　去年苦被離情惱今日逢花休草草後時花紫盡從他且趁先春拚醉倒

又二江得書作

別時已有重來願誰料情多天不管分明咫尺是青樓抵死濃雲遮得徧　寄聲只倚西飛雁雁落書回空是怨領愁歸去有誰知水又茫茫山又斷

瑞鷓鴣瑞香

東風冷落舊梅臺猶喜山花拂面開紺色染衣春意淨水沈熏骨晚風來　柔條不學丁香結矮樹仍參茉莉栽安得方盆載幽植道人隨處作香材

又春日南園

門前楊柳綠成陰翠塢籠香徑自深遲日暖熏芳草眼好風輕撼落花心　無多春恨鶯難語最晚朝眠蝶易尋惟有狂酲不相貸釀成憔悴到如今

鷓鴣天

昨夜思量直到明明拂明心緒更愁人風披露葉高低怨冷雨寒煙各自輕　休賴酒莫求神爲誰教爾許多情如今早被思量損好更當時做弄成

又

木落江空又一秋大寒幾日不登樓紅綃帳裏橙猶在青瑣窗深菊未收　新畫閣小書舟篆煙熏得晚香留只因貪伴開爐酒惱得紅兒一夜謳

又 寄少城

淚溼芙蓉城上花片飛何事苦參差鎖深不奈鶯無語巢穩爭如燕有家　情未老鬢先華可憐各自淡生涯楊花不解知人意猶自沾泥也學他

浪淘沙

山盡兩溪頭水合天浮行人莫賦大江愁且是芙蓉城下水還送歸舟　魚雁兩悠悠煙斷雲收誰教此水卻西流載我相思千點淚還與青樓

雨中花令

聞說海棠開盡了怎生得夜來一笑顰綠枝頭落紅點裏問有秋愁多少　小院閉門春悄悄禁不得瘦腰如嫋豆蔻濃時酴醾香處試把菱花照

又

舊日愛花心未了緊消得花時一笑幾日春寒連宵雨悶不道幽歡少　記得去年深院悄梁畔一枝香嫋嫋說與西樓後來明月莫把菱花照

又

卷地芳春都過了花不語對人含笑花與人期人憐花病瘦似人多少　聞道重門深悄悄愁不盡露啼煙嫋斷得相思除非明月不把花枝照

望江南 夜泊龍橋灘前遇雨作

篷上雨篷底有人愁身在漢江東畔去不知家在錦江頭煙水雨悠悠　吾老矣心事幾時休沈水熨香年似日薄雲垂帳夏如秋安得小書舟 家有擬舫名書舟

望秦川 早春感懷

柳弱眠初醒梅殘舞尚凝春陰將冷傍簾幃又是東風和恨向人歸　樂事燈前記愁腸酒後知老來無計遣芳時只有閒情隨分品花枝

又

竹粉翻新籜荷花拭靚妝斷雲侵晚度横塘小扇斜欹依約傍牙牀　蘸蜜分紅荔傾筒瀉碧香醉時風雨醒時涼明月多情依舊過西廂

又

翠黛隨妝淺銖衣稱體香好風偏與十分涼卻扇含情獨自繞池塘　碧藕絲絲嫩紅榴葉葉雙牽絲摘

葉爲誰忙情到厭厭拚醉又何妨

南歌子

雨燕翻新幕風鵑繞舊枝畫堂春盡日遲遲又是一番平綠漲西池　病起尊難盡腰寬帶易垂不堪村落子規啼問道行人一去幾時歸

又　楊光輔又寄示尋春

淡靄籠青鎖輕寒薄翠綃有人憔悴帶寬腰又見東風不忍見柔條　悶酒尊難盡閒香篆易銷夜來溪雪已平橋溪上梅魂憑仗一相招

又　早春

梅塢飛香定蘭窗翠色齊水邊沙際又春歸領略東風能有幾人知　愛月眠須晚尋花去未遲誰家庭院更芳菲費盡才情休負一春詩

又

荷蓋傾新綠榴巾蹙舊紅水亭煙樹晚涼中又是一鉤新月靜房櫳　絲藕清如雪嬙紗薄似空好維今夜與誰同喚取玉人來共一簾風

又

野水尋溪路青山踏晚春偶來相值卻鍾情一樹瓊瑤洗盡客衣襟　曲沼通詩夢幽窗淨俗塵何時散

髮伴襜裙後夜相思生怕月愁人

入塞

好思量正秋風半夜長奈銀釭一點耿耿背西窗衾又涼枕又涼　露華淒淒月半牀照得人眞個斷腸窗前誰浸木犀黃花也香夢也香

西江月

衆綠初圍夏蔭老紅猶駐春粧畫簾燕子日偏長靜看新雛來往　□□□□□□□□□□□□□□□□□□□□□□□□□

又或與上文混作一闋非○茲調雖有後段更韻者玩此詞文情迥非一闋

□□□□□□□□□□□□□□□□□□□□□□□□□　汲井漫隨蘭炷心情半怯羅衣粉香銷盡無人覷只門外子規啼

又

牆外雨肥梅子階前水繞荷花陰陰庭戶熏風滿水紋簟怯萎芽　春盡難憑燕語日長惟有蜂衙沈香火冷珠簾暮個人在碧窗紗

眼兒媚

一枝煙雨瘦東牆眞個斷人腸不為天寒日暮誰憐

水遠山長　相思月底相思竹外猶自禁當只恐玉樓貪夢輸他一夜清香

朝中措

矮窗西畔翠荷香人在小池塘何事未拈棋局卻來閒倚胡牀　金盆弄水玉釵鬅鬢妝懶何妨莫道困來不飲今宵恰恨天涼

又 茶詞

華筵飲散撤芳尊人影亂紛紛且約玉驄留住細將團鳳平分　一甌看取招回酒興爽徹詩魂歌罷清風兩腋歸來明月千門

又 湯詞

龍團分罷覺芳滋歌徹碧雲詞翠袖且留纖玉沈香載捧冰垍　一聲清唱半甌輕啜愁緒如絲記取臨分餘味圖教歸後相思

又 詠三十九數

真遊六六洞中仙騎鶴下三天休道日斜歲暮行年方是韶華　相逢一笑此心不動須待明年要得安排穩當除非四十相連 樂天詩有行年三十九歲暮日斜時之句

又

片花飛後水東流無計挽春留香小誰栽杜若夢回依舊揚州　破瓜年在嬌花豔冶舞柳纖柔莫道劉郎霜鬢才情未放春休

烏夜啼

楊柳拖煙漠漠梨花浸月溶溶吹香院落春還盡憔悴立東風　只道芳時易見誰知密約難通芳園繞徧無人問獨自拾殘紅

又　醉枕不能寐

白酒欺人易醉黃花笑我多愁一年只有秋光好獨自卻悲秋　風急常吹夢去月遲多爲人留半黃橙子和詩卷空自伴牀頭

又

綠外深深柳港紅間曲曲花樓一春想見貪遊冶不道有人愁　三月東風易老幾宵明月難留酴醾白盡窗前也還肯醉來否

又

靜院槐風綠漲小窗梅雨黃垂欲看春事留連處惟有夜寒知　夢長閒消午醉掃花共坐風涼歸來窗北胡牀興在羲皇以上

虞美人影

粉霜拂拂凝香砌醞釀梅花天氣月上小窗如水冷浸人無寐　平生可慣閒憔悴擔負新愁不起消遣夜長無計只倚熏香睡

一落索

門外鶯寒楊柳正減歡疎酒春陰早是做人愁更何況花飛後　莫倚東風消瘦有酴醾入手儘偎香玉醉何妨任花落愁依舊

又　歌者索詞名一東

小小腰身相稱更著人心性一聲歌起繡簾陰都遏住行雲影　聞道玉郎家近被春風勾引從今莫怪一東看自壓盡人間韻

憶秦娥

青門深海棠開盡春陰陰春陰陰萬重雲水一寸歸心　玉樓深鎖煙消沈知他何日同登臨同登臨待收紅淚細說如今

又

情脈脈半黃橙子和香擘和香擘分明記得袖香熏窄　別來人遠關山隔見梅不忍和花摘和花摘有書無雁寄誰歸得

又

愁無語黃昏庭院黃梅雨黃梅雨新愁一寸舊愁千縷 杜鵑叫斷空山苦相思欲計人何許人何許一重雲斷一重山阻

好事近 貧中道上無雙堠感懷作

別夢記春前春盡苦無歸日想見鵲聲庭院誤幾回消息 萬重離恨萬重山無處說思憶只有路傍雙堠也隨人孤隻

又 待月不至

天淡一簾秋明月幾時來得何事桂低香近把清光邀勒 人間明晦總由天何必問通塞且爲人如月好醉莫分南北

又

煙盡戍樓空又是一簾佳月何事山城留滯負好花時節 燒燈翦綵沒心情應有翠娥說欲借好風吹恨奈亂雲愁疊

又

急雨鬧冰荷銷盡一襟煩暑趁取晚涼幽會近翠陰濃處 風梢危滴撼珠璣灑面得新句莫惜玉壺傾盡待月明歸去

清平樂

山城桃李催促春無幾日日爲花須早起猶惜花無計阿誰留得春風長教繞綠圍紅莫遣十分芳意輸他萬點愁容

又 酬王靜父紅木犀詞

秋香誰買散入琉璃界點綴小紅全不礙還卻鉛華餘債 夜來月底相期一枝未覺香遲恰似青綾帳底絳羅初試裙兒

又 詠雪

疎疎整整風急花無定紅燭照筵寒欲凝時見篩簾玉影 夜深明月籠紗醉歸涼面香斜猶有惜梅心在滿庭誤作吹花

又

綠深紅少柳外橫橋小雙燕不知幽夢好驚起碧窗春曉 起來曹鬆多時玉臺金鏡慵移多少春愁未說卻來閒數花枝

謁金門 杏花

春悄悄紅到一枝先巧酒入半腮微帶那粉寒香未飽 芳意枝頭偏鬧困盡蜂鬚鶯爪擬倩玉纖和露拗情多愁易攪

又 荼蘼

花簇簇觸眼萬條垂玉小院春深窗鎖綠水沈風斷續　明月又侵樓曲羞向枕囊拘束只待夜深清影足醉來花底宿

又陪蘇子重諸友飲東山

烏帽側行偏杏花春色野意青青分隴麥人家煙水隔　春事莫催行客彈指青梅堪摘醉倚暮天江拍拍雨晴沙路白

又病起

花半溼一霎晚雲籠密天氣未佳風又急小庭愁獨立　酒病起來無力懊惱篆煙鎖碧一餉春情無處覓小屏山數尺

又

春夜雨催潤柳塘花塢小院深深門幾許畫簾香一縷　獨立晚庭凝竚細把花枝閑數燕子不來天欲暮說愁無處所

又

風陣陣吹落楊花無定酒病厭厭三月盡花檀紅自隱　新綠軒窗清潤月影又移牆影手撚青梅無處問一春長悶損

又

濃睡醒驚對一簾秋影楓葉乍零風不定半窗疎雨
影　愁與年光不盡老入星星雙鬢只擬上樓尋遠
信雁遙煙水暝

卜算子

枕簟暑風消簾幕秋風動月到夜來愁處明只照團
衾鳳　去意杳無憑別語愁難送一紙魚牋枕底香
且做新來夢

又

獨自上層樓樓外青山遠望到斜陽欲盡時不見西
飛雁　獨自下層樓樓下蛩聲怨待到黃昏月上時
依舊柔腸斷

又

幾日賞花天月淡荼蘼小寫盡相思嘆不來又是花
飛了　春在怕愁多春去憐歡少一夜安排夢不成
月墮西窗曉

霜天曉角

幾夜瑣窗揭素蟾光似雪恰恨照人欹枕紗幮爽簟
紋滑　迤邐篆香裊好懷誰共說若是知人風味來
分付半牀月

又

玉清冰樣潔幾夜相思切誰料濃雲遮擁同心帶甚
時結　匆匆休惜別還有來時節記取江陰歸路須
共踏夜深月

減字木蘭花

雙雙相並一點紅邊偏照映玉翦雲裁不比浮花共
蒂開　幾回心下選勝摘來情自足插向雲鬟要與
仙郎比並看

菩薩鬘

和風暖日西郊路遊人又踏青山去何處碧雲衫映
溪纔兩三　疎松分翠黛故作羞春態回首杳煙消
月明歸渡橋

又

春回綠野煙光薄低花矮柳田家樂隴麥又青青喧
蜂閙趁人　野翁忘近遠怪識劉郎面斷卻小橋溪
怕人溪外知

又訪江東外家作

畫橋拍拍春江綠行人正在春江曲花潤接平川有
人花底眠　東風元自好只怕催花老安得萬垂楊
繫教春日長

又

平蕪冉冉連雲綠斜陽襯雨明溪足小鴨睡晴沙翠烘三兩花　春光閒婉娩盡日無人見試著小屏山圖歸雲際看

又正月三日西山卽事

山頭翠樹調鶯舌山腰野菜飛黃蝶來爲等閒休去成多少愁　小庭花木改猶有啼痕在別後不曾看怕花和淚殘

又

羅衫乍試寒猶怯妬花風雨連三月燈冷閉門時有愁誰得知　此情眞個苦只爲當時語莫道絮沾泥絮飛魂亦飛

又

夜來花底鶯饒舌把人心事分明說許大好因緣只成容易傳　春闌無好計唯有歸來是從此玉臺前曉妝休太妍

又

小窗蔭綠清無暑篆香終日縈蘭炷冰簟漲寒濤清風一枕高　有人團扇卻門掩庭花落少待月侵牀照教魂夢涼

又回文

暑庭消盡風鳴樹樹鳴風盡消庭暑橫枕一聲鶯鶯聲一枕橫扇紈低粉面面粉低紈扇涼月淡侵牀牀侵淡月涼

又

東風有意留人住熏風無意催人去去住兩茫然相逢成短緣　平生花柳笑過後關心少今日奈情何為伊饒恨多

又

去年恰好雙星節鵲橋未渡人離別不恨障雲生恨他真個行　天涯消息近不見乘鸞影柳外鷓鴣聲幾回和夢驚

又

淺寒帶暝和煙下輕陰挾雨隨風灑翠幕護重簾篆香銷半匳　平生風雨夜怕近芭蕉下今夕定愁多蕭蕭聲奈何

又

客窗曾翦燈花弄誰教來去如春夢冷落舊梅臺小桃相次開　人間春易老只有山中好閒卻槿花籬莫教溪外知

又

曉煙籠日浮山翠春風著水回川媚遠近碧重重人家山色中　野花香自度似識幽人處安得著三間與山終日閒

又

扶犂野老田東睡插花山女田西醉醉眼眩東西看看桃滿溪　耕桑山下足紈綺人間俗莫管舊東風從教吹輭紅

浣溪沙　病中有以蘭花相供者戲書

天女殷勤著意多散花猶記病維摩肯來丈室問云何　腰佩摘來煩玉筍鬢香分處想秋波不知真個有情麽

又

遙想當年出鳳雛王□風有未全疎祇今朱紱爲誰紆　芳草池塘春夢後粉香簾幕曉晴初　一簪華髮要人梳

又

翠葆扶疎傍藥闌亂飄綠沼滿書單清明時節又看看　小雨勒成春尾恨東風偏作夜來寒琴心老盡不須彈

又

薄日移陰午暑空一杯何事便潮紅扇紈揮盡卻疎慵 早睡情懷氷枕外夜涼消息雨荷中不須留燭眩房櫳

又

閒倚前榮小扇車晚妝無力韡雲鴟凝情香落一庭花 笑挽清風歸玉枕懶隨缺月傍窗紗羞紅兩臉上嬌霞

點絳脣

梅雨收黃暑風依舊閒庭院露荷輕顫只有香浮面 挂起西窗月澹無人見幽情遠墮釵低扇好個涼方便

愁倚闌令三榮道上賦

山無數雨蕭蕭路迢迢不似芙蓉城下去柳如腰 夢隨春絮飄飄知他在第幾朱橋說與杜鵑休喚怕魂銷

又

春猶淺柳初芽杏初花楊柳杏花交影處有人家 玉窗明暖烘霞小屏上水遠山斜昨夜酒多春睡重莫驚他

生查子

溪光曲曲村花影重重樹風物小桃源春事還如許
情知送客來又作尋芳去可惜一春詩總爲閒愁
賦

又

長記別郎時月淡梅花影梅影又橫窗不見江南信
無心換夕香有分憐朝鏡不怕瘦稜稜只怕梅開
盡

又 春日閨情

蘭帷夜色高繡被春寒擁何事玉樓人屢踏楊花夢
分明相見陳不道幽情重乞個好因緣莫待來生
種

長相思

對重陽感重陽身在西風天一方年年人斷腸 景
淒涼客淒涼縱有黃花祇異鄉晚雲連夢長

又

酒孤斟客孤吟戲馬臺荒露草深英雄何處尋 愛
登臨莫登臨定是愁來關客心暮天煙水沈

又

風敲窗雨敲窗窗外芭蕉雲作幢聲聲愁對牀 對
銀釭點銀釭夢採芙蓉隔一江幾時蝴蝶雙

如夢令

風入藕花翻重夜氣與香俱縱月又帶風來涼意一襟誰共情重情重可惜短宵無夢

憶王孫

蕭蕭梅雨斷人行門掩殘春綠蔭生翠被寒燈枕自橫夢初驚窗外啼鵑催五更

正伯與子瞻中表兄弟也故集中多溷蘇作如意難忘一翦梅之類今悉删正其酷相思四代好折紅英諸闋詞家皆極欣賞謂秦七黄九莫及也湖南毛晉識

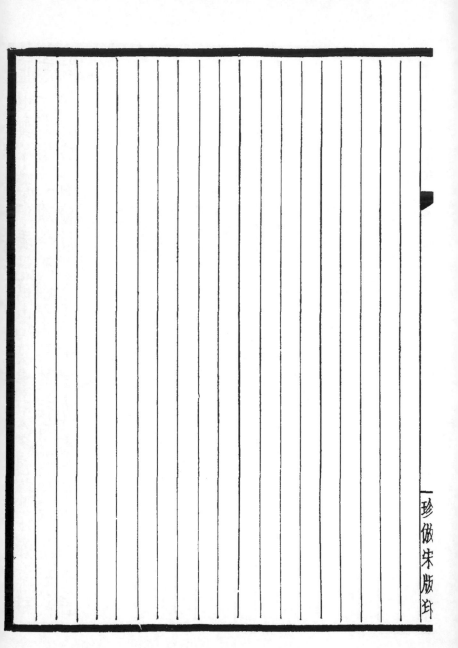

題坦庵詞

詞古詩流也吟詠情性莫工於詞臨淄六一當代文伯其樂府猶有憐景泥情之偏豈情之所鍾不能自已於言耶坦庵先生金閨之彥性天夷曠吐而爲文如泉出不擇地連收兩科如俯拾芥詞章迺其餘事人見其摸寫風景體狀物態俱極精巧初不知得之之易以至得趣忘憂樂天知命茲又情性之自然也因爲編次俾鋟諸木觀者當自識其胸次云門人尹覺先之序

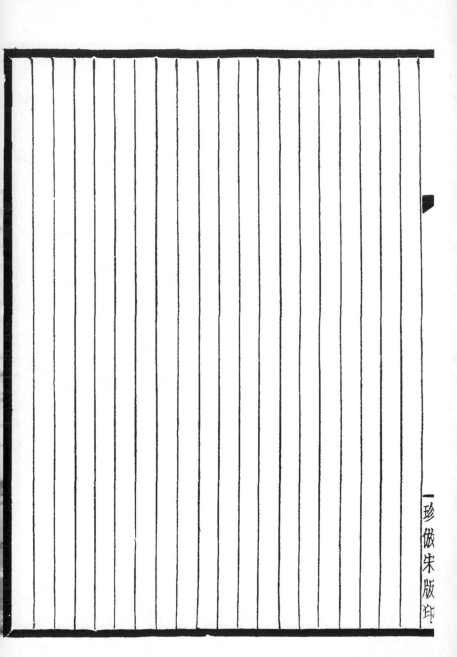

坦庵詞

目錄

坦庵詞目錄

坦庵詞

萬年歡

宋 趙師使

電繞神樞華渚流虹誕彌良用佳辰萬寓謳歌歸舞寶曆增新四七年閒盛事皇威暢邊鄙無塵仁恩被華夏咸安太平極治懽聲 重華道隆德茂亘古今希有揖遜重聞聖子三宮歡聚兩世慈親幸際千秋聖日霑鎬宴普率惟均封人祝億萬斯年壽皇尊並高真

水調歌頭 龍帥宴王公明

金鼎調元手玉殿渙恩華宣威蜀道曾見千騎擁高牙憑仗元樞籌略寬我宸旒西顧惠澤被幽遐爲憶江城好南浦巖仙槎 格天心膺帝眷極褒嘉琳宮香火緣在還近玉皇家霖雨久思賢佐看即聲傳丹禁喚仗聽宣麻袞繡公歸去宰路築堤沙

又 春野亭送別

江亭送行客腸斷木蘭舟水高風快滿目煙樹織成愁咿軋數聲柔櫓拍塞一懷離恨指顧隔汀洲獨立滄茫外欲去強遲留 海山長雲水闊思難收小亭深院歌笑不忍記同遊唯有當時明月千里有情還

共後會尚悠悠此恨無重數和淚付東流

又 癸卯信豐送春

韶華能幾許節物歎推移羣花競芳爭豔無奈隙駒馳紅紫隨風何處唯有摶枝新綠暗逐雨催肥喬木鶯初囀深院燕交飛 漸清和微扇暑日遲遲新荷泛水搖漾萍藻弄晴漪百歲光陰難挽一笑歡娛易失莫惜酒盈巵無計留連住還是送春歸

又 萬載煙雨觀

江流清淺外山色有無中平田坡岸迴曲一目望難窮波面輕鷗容與沙際野航橫渡不信畫圖工路入神仙宅翠鎖梵王宮 俯晴郊增勝概氣橫空雲林城市層列知有幾重重更上危亭高處從倚闌干虛敞象緯逼璇穹要盡無邊景煙雨看空濛

又 戊申春陵用舊韻賦二詞呈族守德遠

人生如寄耳世態逐時移浮名薄利能幾方寸漫交馳麤足生涯隨分到眼風光可樂終不羨輕肥有志但長嘆無路且卑飛 恨年華何去速又來遲綠陰濃映池沼縠浪皺風漪囀午鶯聲睍睆滾地楊花飄蕩愛景惜芳巵此意誰能解一笑任春歸

又

心景兩無著情物豈能移超然遠覽失笑名利苦紛馳一品官資榮顯百萬金珠豪富空自喜家肥會得個中理川湧與雲飛　靜中樂閒中趣自舒遲心如止水無風無自更生漪已是都忘人我一任吾身醒醉有酒引連卮萬法無差別融解即同歸

又和石林韻

世態萬紛變人事一何忙胸中素韜奇蘊匣劍豈能藏不向燕然紀績便與漁樵爭席擺脫是非鄉要地時難得閒處日偏長　志橫秋謀奪衆漫軒昂蝸頭蝸角微利爭較一毫芒幸有喬林脩竹隨分粗衣糲食何必討冠裳我已樂蕭散誰與共平章

又丁巳長沙壽王樞使

台星明翼軫和氣滿瀟湘長懷勝處地靈應產股肱良共仰三朝元老要識一時英傑人物自堂堂直氣薄霄漢德望聳巖廊　擁貔貅森棨戟鎮藩方折衝尊俎春融花柳侑壺觴兩世麟符玉節九郡恩風惠雨仁者壽宜長鳳詔來丹闕繡袞覲明光

滿江紅甲午豫章和李思永

渺渺春江迷望眼蒲萄漲綠春過也蕭疎庭戶寂寥心目念遠不禁啼鴂鬧愁多易遣脩蛾蹙向小窗時

把綵牋看翻新曲　晴晝永便新浴相思淚不成哭空無言憔悴暗銷肌玉目斷碧雲無信息試憑青翼飛南北聽掀簾疑是故人來風敲竹

又辛丑赴信豐舟行贛石中

煙浪連天寒尚峭空濛細雨春去也紅紅銷芳徑綠肥江樹山色雲籠迷遠近灘聲水滿忘囏阻挂片帆掠岸晚風輕停煙渚　浮世事皆如許名利役驚時序歎清明寒食小舟爲旅露宿風飡安所賦石泉榴火知何處動歸心猶賴翠煙中無杜宇

又壬子秋社莆中賦桃花

露冷天高秋氣爽千林葉落驚初見小桃枝上盛開紅萼淺淡胭脂經雨洗翦裁碼碯如雲薄問素商何事鬬春工施丹艧　芙蓉苑顏如灼曾暗與花王約要乘秋名字並傳京雒回首瑤池高宴處桂花香裏驂高鵠但莫教容易逐西風輕飄卻

又丙辰中秋定王臺餞富文律

涼入三湘秋氣爽江澄沙白人欲去離愁黯黯莫留行色盡在中朝陪鵷鷺暫來南楚分風月與元樞鶚薦共扶搖朝天闕　皇華使和戎策西府贊中興業有緇衣同美武公勛烈檣燕已知添別意驪駒誰爲

歌新闋恨此情如月過中秋圓還缺

又丁巳和濟時几宜送春

去去春光留不住情懷索寞那堪是日長人困雨餘寒薄葉底青青梅勝豆枝頭顆顆花留蕚歎流年空有惜春心憑春酌　歌共酒誰酬酢非與是忘今昨且隨時隨分强歡尋樂世上事燕鴻南北去人生烏兎東西落問故園不負送春期明年約

沁園春和伍子嚴避暑二首

雨接梅霖風祛槐暑麥天已秋正榴燃紅炬枝頭色豔荷翻綠蓋池面香浮心景俱清身名何有且向忙中早轉頭塵勞事枉朝思夕計細慮深謀　悠悠不復徼求但安分隨緣休便休縱官居極品徒爲美玩家稱鉅富未免閑愁遇酒開顏逢歡樂意有似木人騎土牛從他笑看一朝解悟八極遨遊

又

羊角飄塵金烏爍石雨涼念秋有虛堂臨水披襟散髮紗幮霧捲湘簟波浮遠列雲峯近參荷氣臥看文書琴枕頭蟬聲寂向莊周夢裏栩栩無謀　茶甌醒困堪求麤飽飯安居可以休算儵閒靜勝吾能自樂榮華紛擾人漫多愁習懶非癡覺迷是病一力那能

勝九牛但休問且追尋觴詠知友從游

酬江月 題趙文炳枕屏

枕山平遠記當年小閣牙牀曾展圍幅高深春晝永寂寂重簾不捲櫂艤西湖人歸南陌酒暈紅生臉困來無那玉肌小倚嬌軃　甚恨身在天涯曲屏環枕此意何由見想像高唐無夢到獨擁閒衾展轉物是人非山長水闊觸處思量徧愁遮不斷夜闌依舊斜掩

又 丙午螺川

飄流蹤跡趁春來還趁春光歸去九十韶華能幾許著意留他不住攢柳催花摧紅長翠多少風和雨蜂閙蝶怨盡憑枝上鶯語　歸櫂去去難留桃花浪暖綠漲迷津浦回首重城天漾遠人在重城深處惜別愁分凝暗有淚總寄陽關句不堪腸斷恨隨江水東注

又 乙未白蓮待廷對

斜風疎雨正無聊情緒天涯寒食煙重雲嬌春爛熳卻得輕寒邀勒柳褪鵝黃池添鴨綠桃杏渾狼藉亂山深處尚留些子春色　海燕未便歸來踏青鬪草誰與同尋覓杜宇多情芳樹裏只管聲聲歷歷似勸

行人不如及早作箇歸消息休教腸斷夢魂空費思憶

又 乙未中元自柳州過白蓮

曉風清暑映湖光如練山光如染十里荷花香滿路飛蓋斜欹妝面一葉扁舟數聲柔櫓陡覺紅塵遠六橋三塔恍然圖畫中見 因念當日三賢兩山佳處應也經行偏琢月吟風無限句景物隨人俱顯賀監風流玄真清致我亦情非淺漁蓑投老利名何用深羨

又 信豐賦茉莉

化工何意向天涯海嶠有花清絕縞袂綠裳無俗韻不畏炎荒煩熱玉骨無塵冰姿有豔雅淡天然別真香冶態未饒紅紫春色 底事□落江南水仙兄弟端自難優劣瘴雨蠻煙魂夢遠寧識溪橋霜雪薝蔔同芳素馨爲伴百和清芬爇淒然風露夜涼香泛明月

又 萬載龍江眼界

平生奇觀愛登高臨遠尋幽選勝欲上層巔窮望眼一半崎嶇危徑萬瓦鱗鱗四山簇簇咫尺疎林映山川城郭恍然多少清興 殘照斜斂餘紅橫陳平遠

一抹輕煙暝何處飛來雙白鷺點破遙空澄瑩鶴嶺雲平龍江波渺不羨瀟湘詠襟懷舒曠曲闌倚了還凭

又足樂園牡丹

韶華婉娩正和風遲日暄妍清晝紫燕黃鸝爭巧語催老芬芳花柳灼灼花王盈盈嬌豔獨殿春光後鶴翎初拆露霑香沁珠溜　遙想京洛風流姚黃魏紫間綠如鋪繡小蓋低回雕檻曲車馬紛馳園囿天雨曼珠玉槃金束占得聲名久留連朝暮賞心不厭芳酒

促拍滿路花信豐黃節尹跳珠亭

栽花春爛熳壘石翠巑岏小亭相對倚數峯寒主人尋勝接竹引清泉鑿破蒼苔地一掬泓澄六花疑是深淵山前六花小池　向閒中百慮翛然情事寄鳴絃爐香陪茗椀可忘言噴珠濺雪歷歷聽潺湲塵世知何計不老朱顏靜看日月跳丸

又瑞蔭亭贈錦屏苗道人

連枝蟠古木瑞蔭映晴空桃江江上景古今同忙中取靜心地儘從容掃盡荊榛薉結屋誅茆道人一段家風任烏飛兔走匆匆世事亦何窮官閒民不擾

更年豐簞瓢雲水時與與話西東真樂誰能識兀坐忘言浩然天地之中

永遇樂 重明節

金昊行秋季商回律天氣佳處瑞應皇家祥開聖日寶曆綿基祚瑤池人祝鈞天樂奏湛露宴均寰宇萬花覆千官盡醉盛事頓超今古　中興天統四三傳序揖遜自歸明主黃屋非心蘿圖有永還付當今主希夷高蹈壽康長保五世祖孫懽聚尊之至千秋令節萬年聖父

又 甲午走筆和岳大用梅詞韻

秋滿衡皐淡雲籠月晚來風勁一抹殘霞數聲過雁還是黃昏近憑高臨遠倚樓凝睇多少斷愁幽興聽漁村鳴榔隱隱別浦暮煙收暝　湘妃起舞芳蘭紉佩約略亂峯雲鬟景物悲涼楚天澄淡過盡歸飆影斜陽低處遠山重疊蕭樹亂鴉成陣空無言闌干凭暖悶懷似困

又 為盧顯文家金林檎賦

日麗風暄暗催春去春尚留戀香褪花梢苔侵柳徑密幄清陰展海棠零亂梨花淡竚初聽鬧空鶯燕有輕盈妍姿靚態緩步閬風仙苑　綠叢最紅萼芳鮮柔

媚約略試妝深淺細葉來禽長梢戲蝶簇簇枝頭見駝顏鬢髮春愁無力困倚畫屏嬌輭只應怕風欺雨橫落紅萬點

風入松 戊申沿檄衡永舟泛瀟湘

溪山佳處是湘中今古言同平林遠岫渾如畫更漁村返照斜紅兩岸荻風策策一江秋水溶溶 蒼崖石壁景尤雄人自西東利名汩沒黃塵裏又那知清勝無窮何日輕舠蓑笠持竿獨釣西風

鳳凰閣 己酉歸舟衡陽作

正薰風初扇梅黃暑溽並搖雙槳去程速那更黃流浩淼白浪如屋動歸思離愁萬斛 平生奇觀頗快江山寓目日斜雲定晚風熟白鷺飛來點破一川明綠展十幅瀟湘畫軸

蝶戀花 戊戌和鄧南秀

柳眼窺春春漸吐又是東風搖曳黃金樹宜入新春聞好語一犂處處催耕雨 未有花鬚金縷縷醉夢悠颺似蝶翩躚舞一枕仙遊何處去覺來依舊江南住

又己亥同常監游洪陽洞題肯堂壁

春到園林能幾許昨夜疎疎過卻催花雨暖日晴嵐

原上路雕鞍暫繫芳菲樹　仙洞同遊皆勝侶翻憶年時醉裏曾尋句要與龍江春作主翩然又趁東風去

又　癸卯信豐賦芙蓉

翦翦西風催碧樹亂菊殘荷節物驚秋暮綠葉紅苞迎曉露錦屏繡幄圍芳圃　塵世鸞驂那肯駐尚憶層城仙苑飛瓊侶能共牡丹爭幾許惜花對景聊爲主

又　道中有簪二色菊花

百疊霜羅香蕊細娟娟垂鈴綴簇黃金碎獨占九秋風露裏芳心不與羣花比　采采東籬今古意秀色堪餐更惹蘭膏膩不用南山橫紫翠悠然消得因花醉

又　臨安道中賦梅

翦水淩虛飛雪片認得清香雪樹深深見傅粉凝酥明玉豔含章簷下春風面　照影溪橋情不淺羌管聲中疊恨傳幽怨隴首人歸芳信斷萬重雲水江南遠

又　戊申中秋夜

夜雨鳴簷聲簌簌薄酒澆愁不那更籌促感舊傷今

難舉目無聊獨翦西窗燭　彈指光陰如電速富貴功名本自無心逐糲食麤衣隨分足此身安健他何欲

又丙辰嫣然賞海棠

春入園林新雨過次第芳菲惹起情無那蜀錦青紅初翦破枝頭點點胭脂顆　柳帶隨風金嬝娜隱映餘霞燦燦紅雲墮高燭夜寒光照坐只愁沈醉誰扶我

又用宜笑之語作

解語花枝嬌朵朵不爲傷春愛把眉峯鎖宜笑精神偏一個微渦媚靨櫻桃破　先自腰肢常嬝娜更被新來酒飲頻過火萘飲不懽猶自可臉兒瘦得豈娘大

鷓鴣天壬辰豫章惠月佛閣

煙靄空濛江上春夕陽芳草渡頭情飛紅已逐東風遠嫩綠還因夜雨深　情脈脈思沈沈捲簾愁與暮雲平闌干倚偏東西曲杜宇一聲腸斷人

又豫章大閱

玉帶紅花供奉班裏頭新樣總宜男鬧裝鞍轡青驄馬帖體衣裳紫窄衫　雲鬢重黛眉彎內家妝束冠

江南輕裘緩帶風流帥錦繡叢花擁騎還

又　揖翠晚望

榕葉陰陰未著霜淺寒猶試夾衣裳霧濃煙重遙山暗雲淡天低去水長　風淅瀝景淒涼亂鴟聲裏又斜陽孤颿落處驚鷗鷺飛映書空雁字行

又　七夕

一葉驚秋風露清砌蛩初聽傍窗聲人逢役鵲飛烏夜橋渡牽牛織女星　銀漢淡暮雲輕新蟾斜挂一鉤明人間天上佳期處涼意還從過雨生

又　湘江舟中應求索賦

風定江流似鏡平斜陽天外挂微明雲歸遠岫千山暝靄映疎林一抹橫　漁火細釣絲輕黃塵撲撲漫爭榮何時了卻人間事泛宅浮家過此生

又　贈妙惠

妙曲清聲壓楚城蕙心蘭態見柔情淩波穩稱金蓮步蘸甲從教玉筍斟　歌緩緩笑吟吟向人真處可憐生仙源幸有藏春處何事乘風逐世塵

又　丁巳除夕

爆竹聲中歲又除頓回和氣滿寰區春風解綠江南樹不與人間染白鬚　殘蠟燭舊桃符寧辭末後飲

屠蘇歸歟幸有園林勝次第花開可自娛

柳梢青 祭戶立春

節物推移青陽景變玉琯灰飛綵仗泥牛星毬雪柳爭報春回 絲金縷玉幡兒更斜裊東風應時宜入新春人隨春好春與人宜

又 荼蘼屛

紅紫凋零化工特地翦玉裁瓊碧葉叢芳檀心點素香雪團英 柔風喚起娉婷似無力斜欹翠屛細細吹香盈盈浥露花裏傾城

又 和趙顯祖

漠漠輕陰養花天氣乍暗還明曲徑風微蜂迷紅片蝶趁游人 平蕪極目青青漫悵望誰招斷魂柳外愁聞鶯雛喚友鳩婦呼晴

又 黃梔林送李粹伯

料峭餘寒元宵欲過燈火闌珊宿酒難醒新愁未解搖兀吟鞍 深林百舌關關更雨洗桃紅未乾野燒痕青荒陂水滿春事何堪

又 富陽江亭

煙斂雲收夕陽斜照暮色遲留天接波光水涵山影都在扁舟 虛名白盡人頭問來往何時是休潮落

潮生吳山越嶺依舊臨流

又 聚八仙花

人間春足一番紅紫水流風逐戲蝶初閒輕搖粉翅高低飛撲雨昏煙暝增明似積雪枝間映綠后土瓊芳蓬萊仙伴蕊紛香粟

又 邵武熙春臺席上呈修可叔

矯首遐觀嵩臺徙倚心目俱寬一水縈藍羣峯聳翠天接高寒　平生江北江南總未識闌中好山雨暗前汀雲生衣袂身勸躋攀

又 王子莆陽壺山閣

暑懷煩鬱危闌徙倚凝情獨立榕葉連陰橫岡接秀壺峯凝碧　海山雲樹微茫更無數歸驂暮集卻憶瀟湘孤村煙渚晚風斜日

又 鑑止月下賞蓮

水滿方塘菰蒲深處戲浴鴛鴦燦錦舒霞紅幢綠蓋時遞幽香　天弓搖挂孤光映煙樹雲間渺茫散髮披襟都忘身世真在仙鄉

又 和張伯壽紫笑詞

濃碧搏枝柔黃襯紫獨殿春風菡萏輕盈甘瓜馥郁葉萼相重　人生一笑難同更餘韻都藏笑中日助

清芬酒添風味須與從容

浣溪沙 癸巳豫章

日麗風和春晝長杏花枝上正芬芳無情社雨亦何狂 一洗嬌紅啼嫩臉半開新綠映殘妝畫梁空有燕泥香

又 滕王閣席上贈段雲輕

落日沈沈墮翠微斷雲輕逐晚風歸西山南浦畫屏圍 一目波光明欲溜兩眉山色翠常低須知人與景相宜

又 鳴山驛道中

松雪紛紛落凍泥棲禽猶困傍枝低茆簷冰柱玉鞭垂 流水濺濺春意動羣山燦燦曉光迷朔風寒日度雲遲

又 螺川從善席上敘別

不比陽關去路賒使君行即返京華清江江上是吾家 聚散有時思夜雨留連無計勸流霞紅愁綠慘一川花

又 鑑止宴坐

雪絮飄池點綠漪舞風游漾燕交飛陰陰庭院日遲遲 一縷水沈香散後半甌新茗味回時脩閑萬事

總忘機

又 鴛鴦紅梅

本是孤根傲雪霜肌膚不肯涴鉛黃要隨塵世淺勻妝　似杏著花尤燦燦比梅成實自雙雙青枝巧綴碧鴛鴦

菩薩鬘 癸巳自豫章檄歸

扁舟又向瀟灘去危檣卻繫江頭樹風送雨聲來涼生真快哉　電光雲際掣白浪天相接不用怯風波風波平地多

又

嬌花媚柳新妝靚裙邊微露雙鴛並笑靨最多情春從兩臉生　香羅縈皓腕翠袖籠歌扇餘韻遏雲低梁塵簌簌飛

又

晚風斷送歸驂急重城回首天連碧猶有小樓情西山如舊青　故園今漸近應卜燈花信一喜一牽縈平分兩處心

又用三謝詩故人心尚遠故心人不見之句

故人心上如天遠故心人更何由見腸斷楚江頭淚和江水流　江流空滾滾淚盡情無盡不怨薄情人

人情逐處新

又 瑞蔭秋望

小春愛日融融暖危亭望處晴嵐滿江靜綠迴環橫
陳無際山　清霜欺遠樹黃葉風扶去試探嶺頭梅
點紅開未開

又 可人梅軸

瓊英爲惜輕飛去可人妙筆移縑素瀟灑向南枝永
無開謝時　閨房難並秀自是春風手何必問逃禪
人間水墨仙

又 韻勝竹屏

多情可是憐高節濡毫幻出真清絕雨葉共風枝天
寒人倚時　蕭蕭襟韻勝堪與梅兄並不用翠成林
坡仙曾賞音

又 玉山道中

霜風落木千山遠護霜雲散晴曦暖瀟灑小旗亭山
花照眼明　粉妝勻未了一捻春風小把酒恨匆匆
深情眉媚中

又 梅林渡寄輿伯

行舟蕩漾鳴雙槳江流爲我添新漲指顧隔汀洲人
歸心尚留　陽關三疊舉怨柳離情苦何似莫來休

不來無許愁

又 永州牧人亭和聖徒李行韻

故人話別情難已故人此別何時會江上駐危亭離懷牽故情　悠悠東去水簇簇漁村市應記合江濱瀟湘別故人

又 春陵迎陽亭

西風又老瀟湘樹翩翩黃葉辭枝去斜日淡雲籠溪山煙靄中　危闌閒獨倚縠浪連天際殘角起江城書空征雁橫

又 辛亥二月雪

東皇不受人間俗爲嫌花柳紛紅綠特地閟春和連延雨雪多　梅梢封玉蕊春半開猶未還恐怨韶華吹綿作柳花

又 鑑止蓮花穿闌干開

水風葉底波光淺亭亭翠蓋紅妝面六月下塘春平鋪雲錦屏　露涼輕點綴綠映珍珠袂渾似太真妃倚闌嬌困時

好事近 垂絲海棠

紅杏已香殘唯有海棠堪惜天氣著花如酒醉嬌紅無力　娉娉嬝嬝倚東風柔媚忍輕摘憑仗暮寒要

住賽錦川春色

又 癸巳催妝

雲度鵲成橋青翼已傳消息綵仗蕊宮初下應人間佳夕 龍煙縹緲散妝樓香霧擁搖席準擬洞房披扇看仙家春色

醉蓬萊 重明節丙辰長汝

正金風零露玉宇生涼晚秋天氣華渚流虹應生商佳瑞電繞神樞慶綿宗社御寶圖宸極脫屣塵凡遊心澹泊逍遙物外 聖子神孫祖皇文母上接三宮下通五世至盛難名亙古今無比誕節重明燕樂和氣動普天均被壽祝南山尊傾北海臣鄰歡醉

漢宮春 壬子莆中鹿鳴宴

丹詔天飛見皇家願治側席英才鴻儒抱負素蘊壯志輿懷文場戰勝便從此脫迹蒿萊人共羨鹿鳴歡駕還因計吏偕來 先春占早爭開是人間第一唯有江梅莆中舊傳盛事六亞三魁桃花浪暖更平地聽一聲雷藍綬嬝蘆鞭駿馬長安走徧天街

廳前柳

晚秋天過暮雨雲容斂月澄鮮正風露淒清處砌蛩喧更黃黃舞翩翩 念故里千山雲水隔被名韁利

鎖縈牽莫作悲愁秋意對尊前且同樂太平年

又丹桂

景清佳正倦客凝秋思浩無涯遞十里香芬馥桂初華向碧葉露芳葩　爲粟粒鵝兒情淡薄倩西風染就丹砂不比黃金雨爍餘霞送幽夢到仙家

訴衷情鑑止初夏

清和時候雨初晴密樹翠陰成新篁嫩搖碧玉芳徑綠苔深　雛燕語乳鶯聲暑風輕簾旌微動沈篆煙消午枕除清

又莆中酌獻白湖靈惠妃三首

神功聖德妙難量靈應著莆陽湄洲自昔仙境宛在水中央　孚惠愛備祈禳降嘉祥雲車風馬肸蠁來歆桂酒椒漿

又

茫茫雲海浩無邊天與水相連舳艫萬里來往有禱必安全　專掌握雨暘權屬豐年瓊卮玉醴饗此精誠福慶綿綿

又

威靈千里護封圻十萬戶歸依自湖宮殿雲聳香火盡虔祈　傾壽酒誦聲詩諒遙知民康俗阜雨潤風

滋功與天齊

一翦梅 莆中賞梅

雪裏盈盈玉破花遐想風流壓盡京華點酥團粉任欹斜獨露春妍問誰似他 有酒何須稚子賒訪戴歸來倚櫂溪涯人生得意定談誇除卻西湖不記誰家

又丙辰冬長沙作

暖日烘梅冷未甦脫葉隨風獨見枯株先春占早又何如玉點枝頭猶自蕭疎 江北江南景不殊雪裏花清月下香浮他年調鼎費工夫且與藏春處士西湖

朝中措 莆中共樂臺

斜陽留照有餘紅煙靄淡冥濛麥隴青搖一望前山翠失雙峯 高臺徙倚松飄逸韻梅減冰容俯睇塵寰如掌翩然我欲乘風

又

疎疎簾幕映娉婷初試曉妝新玉腕雲邊緩轉修蛾波上微顰 鉛華淡薄輕勻桃臉深注櫻唇還似舞鸞窺沼無情空惱行人

又乙未中秋麥湖舟中

西風著意送歸船家近總欣然去日梅開爛熳歸時秋滿山川　京華倦客難堪羈思歷盡愁邊寄語姮娥休笑月圓人亦團圓

又山礬

亂山春過雪成堆七里遞香回蕊簇玲瓏金粟花裝碎屑玫瑰　蘭衰梅謝桃粗李俗誰與追隨清絕殿春仙侶清風吹破荼蘼

又月季

開隨律琯度芳辰鮮豔見天真不比浮花浪蕊天教月月常新　薔薇顏色玫瑰態度寶相精神休數歲時月季仙家闌檻長春

又丁亥益陽賀王宜之

眉間黃色喜何如花縣拜恩初五品榮頒命服十行祗奉天書　萱堂繡閣均封大邑盛事同居此日銀章朱紱行看玉帶金魚

點絳脣和翁子西

日暖風暄殿春瓊蕊依臺榭雪堆花架不用丹青寫瑩徹精神映月唯宜夜幪香帕倩風扶下碎玉殘妝卸

又

漠漠春陰褪花時候餘寒峭數聲啼鳥喚起簾櫳曉
雲鬟慵梳淡拂春山小情多少亂縈愁抱風裏垂
楊裊

又 同曾無玷觀沈賽娘棋

裊裊娉娉可人尤賽娘風韻花嬌玉潤一捻春期近
占路藏機已向碁中進但休問酒旗花陣早晚爭
先勝

撲蝴蝶

清和時候熏風來小院琅玕脫籜方塘荷翠颭柳絲
輕度流鶯畫棟低飛乳燕園林綠陰初徧景何限
輕紗細葛綸巾和羽扇披襟散髮心清塵不染一杯
洗滌無餘萬事消磨去遠浮名薄利休羨

醉桃源 桐江舟中

微雲掃盡碧虛寬月華光影寒山河表裏鑑中看沈
沈清夜闌 風細細露溥溥神遊八極間九霄回首
望塵寰悠然醉夢還

又 單葉荼蘼

纖枝延蔓走青虬風清體更柔故饒檀蕊著花稠疎
疎如綴旒 瓊作靨玉成裘玫瑰應輦流惜香愁怕
胥搔頭寧隨□事休

又

杜鵑花發映山紅韶光覺正濃水流紅紫各西東綠肥春已空　閒戲蝶嬾遊蜂破除花影重問春何事不從容憂愁風雨中

賀聖朝　和宗之梅

千林脫落羣芳息有一枝先白孤標疎影壓花叢更清香堪惜　吟情無盡賞音未已早紛紛藉藉想貪結子去調羹任叫雲橫笛

踏莎行

白雪開殘紅雲吹盡園林新綠迷芳徑榆錢不解買青春隨風亂點蒼苔暈　紫燕飛忙黃鸝聲嫩日長煙暖游蜂困憑高念遠思無窮那堪宿酒厭厭病

又

萬事隨緣一身須正功名富貴皆前定多圖廣討要爭強如何人力將天勝　極費機謀徒勞奔競到頭畢竟由他命安時處順得心閒飢餐困寢虧賢甚

憶秦娥　和劉希宋

傷離索不堪涼月穿珠箔穿珠箔料應別後粉銷瓊削　無聊倚徧西樓角枝頭幾誤驚飛鵲驚飛鵲先來憔悴更逢搖落

武陵春　和王叔度桃花

一陣曉風花信早，先到小桃枝。冉冉紅雲映翠微。開宴憶瑤池。　零亂分飛貪結子，芳徑自成蹊。消得劉郎去路迷。腸斷武陵溪。

又　信豐揖翠閣

乍雨籠晴雲不定，芳草綠纖柔。燕語鶯啼小院幽。春色二分休。　試凭危闌凝遠目，山與水光浮。滾滾閒愁逐水流。流不盡，許多愁。

清平樂　萍鄉必東館

舞風輕燕。繚繞深深院。晝永人閒簾不捲。時聽鶯簧巧囀。　清和天氣陰陰。南風初奏熏琴。喚起午窗新夢，愁添一掬歸心。

又　陽春亭

一霄風雨。春與人俱去。春解再來花作主。只有行人無據。　殷勤滿酌離觴。陽關唱起愁腸。苦恨無情杜宇，聲聲叫斷斜陽。

又　迎春花一名金腰帶

纖穠嬌小。也解爭春早。占得中央顏色好。裝點枝枝新巧。　東皇初到江城。殷勤先去迎春。乞與黃金腰帶，壓持紅紫紛紛。

鵲橋仙 歸舟過六和塔

風波平地塵埃撲面總是爭名競利悟時不必苦貪圖但言任流行坎止　忽來忽去何榮何辱天也知人深意一颿風送過桐江喜跳出瑠璃井裏

又 安仁道中雪

同雲空冪狂風浩浩激就六花飛下山川滿目白模糊更茅舍溪橋瀟灑　玉田銀界瑤林瓊樹光映乾坤不夜行人不爲旅人忙怎解識天然圖畫

又 同敖國華飲聞啼鵑即席作

春光已暮花殘葉密更值無情風雨斜陽芳樹翠煙中又聽得聲聲杜宇　血流無用離魂空斷只撓淒涼爲旅在家誰道不如歸你何似隨春歸去

又 丁巳七夕

明河風細鵲橋雲淡秋入庭梧先墜摩孩羅荷葉傘兒輕緫排列雙雙對對　花瓜應節蛛絲卜巧望月穿針樓外不知誰見女牛忙漫多少人間歡會

謁金門

風和雨又送一番春去春去不知何處住惜春無覓處　柳老空摶香絮鶯嬌乍遷芳樹回念故園如舊否不堪聞杜宇

又丁酉冬昌山渡

江水綠江上數峰如簇喚渡小舟來岸北筍輿行太速　素豔窗紗籠玉不負看花心目今夜知他何處宿斷魂沙路曲

又躭岡迓陸尉

沙畔路記得舊時行處藹藹疎煙迷遠樹野航橫不渡　竹裏疎花梅吐照眼一川鷗鷺家在清江江上住水流愁不去

又

風雨急紅紫又還狼藉嫩綠團枝苔徑溼簾開雙燕入　院靜晝閑人寂一縷水沈煙直心事有誰能會得階前芳草碧

又甞山道中

風策策山迥暮煙橫白淅瀝穿林翻敗葉羇懷愁倦客　問宿荒村山驛誰識離情脈脈雁足無書孤夜色音塵千里隔

又和從善二首

花夜雨渺渺綠波南浦擘絮晴雲山外吐凝情誰共語　十二玉梯空竚閑卻鎖窗朱戶久客念歸歸未許寸心愁萬縷

又

風雨半春鎖綠楊深院幕浪不飜香穗捲輕寒閒便面歸與新來不淺勾引閒愁撩亂一枕春酲誰與管曉鶯驚夢斷

東坡引 別周誠可

相看情未足離觴已催促停歌欲語眉先蹙何期歸太速 如今去也無計追逐怎忍聽陽關曲扁舟後夜灘頭宿愁隨煙樹簇愁隨煙樹簇

又 癸巳豫章

飛花紅不聚都因夜來雨枝頭冷落情如許東風誰是主 看看滿地堆卻香絮但目斷章臺路殘英剩蕊留春住春歸何處去春歸何處去

又 龍江趙去非席上

杯行情意密今宵是何夕行人此別真堪惜愁腸空悶鬱 明朝去也回首相憶要留戀如何得無端聚雨飄何急人來心上滴人來心上滴

生查子 宜春記賓亭別王希白庚

梅從隴首傳柳向郵亭折鴛瓦曉霜濃掠面凝寒色 相逢意便親欲去如何說我亦是行人更與行人別

又萍鄉陽春亭

千山擁翠屏一水縈羅帶雨過水痕添雲散山容在亭高景最幽天迥風尤快啼鳥一聲聞喚起情無奈

又

遲遲春晝長冉冉東風輭寒食乍晴天紅紫芳菲徧前峯積翠橫新漲挼藍遠向晚淡煙迷一段屏山展

又丙午鐵爐岡回

春光不肯留風雨催將去紅逐故園塵綠滿江南樹陰晴寒食天寂寞西郊路芳草織新愁悵望人何處

又

庭虛任雀喧院靜無人到回首十年非賴得知幾早心隨香篆銷意與梅花好萬事轉頭空一笑吾身老

少年遊梅

玉壺冰結暮天寒朔吹繞闌干雪破梢頭香傳花外春信入江南 巡檐索笑情何限一點已微酸待得黃垂冥冥煙雨綠樹裊金丸

又

冰霜凝凍臘殘時暖律漸推移綵勝羅幡土牛春杖和氣與春回　花心柳眼知時節微露向陽枝喜入新春稱心百事如意想都宜

小重山 農人以夜雨晝晴爲夜春

樂歲農家喜夜春朝來收宿霧快新晴雲移日轉午風輕香羅薄喧暖困游人　積水滿春塍綠波翻鬱鬱露秧針幸無離緒苦牽情煙林外時聽杜鵑聲

霜天曉角 三衢道中

雨餘風勁霧重千山暝茆舍寒林相映分明是畫圖景　去程何日定天遠長安近喚起新愁無盡全沒箇故園信

又 舟行清溪

艤舟砂磧秋淨波澄碧極目青山橫遠懸崖斷擁蒼壁　傍巖漁艇集渡頭人物立八景瀟湘真畫雲籠日晚風急

江南好

天共水水遠與天連天淨水平寒月漾水光月色兩相兼月映水中天　人與景人景古難全景若佳時心自快心還樂處景應妍休與俗人言

關河令 清遠軒晚望

亭皐霜重飛葉滿聽西風斷雁閑凭危闌斜陽紅欲斂 行人歸期太晚誤髣髴征帆幾點水遠連天愁雲遮望眼

又己亥宜春舟中

江頭伊軋動柔櫓漸楚天欲暮浩蕩輕鷗波間自容與 岸蓼汀蘋無緒更滿目蕭疏江樹此意何窮憑誰圖畫取

採桑子 三月晦必東館大雨

連朝雨驟驅春去瓦注盆傾不記初春潤柳催花忒有情 春光解有重來日寧耐休爭待得秋深聽你無聊點滴聲

又櫻桃花

梅花謝後櫻花綻淺淺勻紅試手天工百卉千葩一信通 餘寒未許開舒妥怨雨愁風結子筠籠萬顆勻圓訝許同

浪淘沙 杏花

絳萼襯輕紅綴簇玲瓏夭桃繁李一時同獨向枝頭春意鬧嬌倚東風 飛片入簾櫳粉淡香濃鳳簫聲斷月明中只恐明朝風雨惡燕嘴泥融

又 桃花

桃萼正芳菲初占春時蒸霞爍錦望中迷料出繁枝臨曲沼鸞鑑妝遲 蜂蝶鎮相依天氣融怡空教追憶武陵溪片片漫隨流水去風暖煙霏

又 柳

搖曳萬絲風輕染煙濃鵝黃初褪綠茸茸雨洗雲嬌春向晚雪絮空濛 車馬灞橋中別緒匆匆只知攀折怨西東不道曉風殘月岸離恨無窮

雙頭蓮令 信豐雙蓮

太平和氣兆嘉祥草木總成雙紅苞翠蓋出橫塘兩兩鬭芬芳 榦搖碧玉並青房仙髻擁新妝連枝不解引鸞皇留取映鴛鴦

畫堂春 梅

西真仙子宴瑤池素裳瓊豔冰肌瑞籠香霧撲銖衣鳳翥鸞飛 玉骨解淩風露鉛華不涴凝脂戍樓羌管正孤吹月淡煙低

南柯子 送朱辰州于方壺小隱

木落千山瘦風微一水澄清霜暖日快歸程喚渡沙頭款款話離情 傍岸漁舟集橫空雁字輕凭闌凝望眼增明一片瀟湘真個畫難成

西江月丁巳長沙大閱

笳鼓旌旗改色弓刀鎧甲增明攢花簇隊馬蹄輕稟聽元戎號令　羊祜輕裘臨陣亞夫細柳屯營觀瞻巳聳定王城飛虎成名日振

又同蔡受之趙中甫巡城飲于南楚樓

淼淼澄清波面依依紫翠山光危闌徙倚對斜陽山影波流蕩漾　世事一番醒醉人生幾度炎涼高情收拾付觥觴何至羲皇人上

洞仙歌丁巳元夕大雨

元宵三五正好嬉遊去梅柳蛾蟬鬭濟楚換鞵兒添頭面只等黃昏恰恨有些子無情風雨　心忙腹熱沒頓渾身處急把燈臺炎艾炷做匙婆許蔥油麵灰畫葫蘆更漏轉越瞅不停不住待歸去猶自意遲疑但無語空將眼兒廝覷

南鄉子尹先之索淨圓子詞

元夜景尤殊萬斛金蓮照九衢鎚拍鼓湯都賣得爭如甘露杯中萬顆珠　應是著工夫腦麝濃熏費小廚不比七夕黃蠟做知無耍底圓兒糖上浮

行香子

春日遲遲春景熙熙漸郊原芳草萋萋夭桃灼灼楊

柳依依見燕喃喃蜂簇簇蝶飛飛　閒庭寂寂曲沼漪漪更鞦韆紅索垂垂遊人隊隊樂意嬉嬉盡醉醺醺歌緩緩語低低

卜算子 立石道中

晴日斂春泥陌上東風輭料峭寒禁花柳閒枉恨春工淺　綠漲一江深黛潑千山遠目斷平蕪無際愁數盡征鴻點

又 丙午春即席和從善

楊柳褪金絲豔杏搖紅影欲雨還晴二月天春色渾無定　曉夢不堪驚午晝新來永一掬歸心萬疊愁空惹長亭恨

又 和從善籌安堂賞海棠

嬌豔醉楊妃輕裊憐飛燕人在昭陽睡足時初試妝深淺　一段錦新裁萬里來何遠高燭休教照夜寒媚臉融春豔

又 和徐衡川韻贈歌者

綠暗柳藏煙紅淡花經雨更著如花似玉人豔態嬌波注　纖手捧瑤卮緩渴歌雲縷只恐鶯花不解留還逐東風去

又 赴春陵和向伯元送行詞

雲斂峭寒輕雨漲春波渺旅枕無堪夢易驚啼鴂聲催曉　尚憶故園花紅紫爲容好世路崎嶇長短亭來往何時了

伊洲三臺丹桂

桂華移自雲巖更被靈砂染丹青露溼酡顏醉乘風下臨世間　素娥襟韻蕭閒不與羣芳並看蔌蔌絳綃單覺身輕夢回廣寒

介之汴人一名師俠生於金閨捷於科第故其詞亦多富貴氣或病其能作淺淡語不能作綺豔語余正謂諸家頌酒賡色已極濫觴存一淡妝以愧濃抹亦初集中放翁一流也湖南毛晉識

惜香樂府目錄

卷一 春景

卷二 春景

卷三春景

卷四夏景

卷五 秋景

卷七總詞

水龍吟一調　水調歌頭一調

水龍吟一調　念奴嬌一調

水調歌頭一調　水龍吟一調

驀山溪一調　念奴嬌一調

瑞鶴仙一調　驀山溪一調

青玉案一調　虞美人二調

臨江仙一調　漁家傲一調

江神子一調　御街行一調

一叢花一調　天仙子一調

瑞鷓鴣二調　行香子一調

夜行船一調　採桑子一調

蝶戀花三調　鷓鴣天四調

眼兒媚三調　臨江仙三調

惜奴嬌一調

卷八總詞

水龍吟一調　水調歌頭一調

水龍吟一調　訴衷情一調

滿江紅一調　賀新郎一調

好事近一調　眼兒媚一調

卷十補遺

惜香樂府卷一

宋　趙長卿

春景

水龍吟　酴醾

韶華迤邐三春暮飛盡繁紅無數多情爲與牡丹長約年年爲主曉露凝香柔條千縷輕盈清素最堪憐玉質冰肌婀娜江梅漫休爭妬　翠蔓扶疎隱映似碧紗籠罩越溪遊女從前愛惜嬌姿終日愁風怕雨夜月一簾小樓魂斷有思量處恐因循易嫁東風爛熳暗隨春去

念奴嬌

小春時候見早梅吐玉裁瓊妝白點點枝頭光照眼惱損柔腸情客暗裏芳心出羣標致經歲成疎隔如今風韻何人依舊冰雪　冷豔瀟灑天然香姿肯易許遊蜂狂蝶夜半黃昏擔帶了多少清風明月宋玉雖悲元超雖恨見了千愁歇東君還許有情取次攀折

滿庭芳

爆竹聲飛屠蘇香細華堂歌舞催春百年消息經半已淩人念我功名冷落又重是一歲還逐新驚心事安

仁華鬢年少已逡巡　明知生似寄何須苦苦役慕蹄輪最難志通經好學況論況是讀書萬卷辜負他此志難伸從今去燈窗勉進雲路豈無因

花心動　客中見寄暖香書院

風輭寒輕暗香飄撲面無限清楚乍淡乍濃應想前村定是早梅初吐馬兒行過坡兒下危橋外竹梢疎處半斜露花花蕊蕊燦然滿樹　一餉看花凝竚因念我西園玉英真素最是繫心婉娩精神伴得水雲仙侶斷腸没奈人千里無計向釵頭頻覷淚如雨那堪又還日暮

踏莎行　春暮

柳暗披風桑柔宿雨一番緑徧江頭樹鶯花已過苦無多看看又是春歸去　病酒情懷光陰如許閒愁俏没安排處新來著意與兜籠身心苦役伊知否

南歌子　早春

春色烘衣暖宮梅破鼻香盡驅和氣入蘭堂又是輕雲微雨下巫陽　酒帶歡情重醺醺氣味長晚來拂拭略梳妝笑指一鉤新月上迴廊

蝶戀花　春深

宿雨新晴天色好穠李夭桃一刻都開了燕子歸來

深院悄柳綿鋪徑無人掃　咫尺鶯花還又老綠入閒階只有青青草參揣前期誰可表此情不語知多少

鷓鴣天 荼蘼

鏤玉裁瓊莫比香娉婷枝上殢春光風流別有千般韻割捨昏沈入醉鄉　蜂共蝶儘乾忙檀心知未肯尋常從來詩苦人消瘦乞與幽囱富錦囊

又春暮

蜂蜜釀成花已飛海棠次第雨臙脂園林檢點春歸也只有縈風柳帶垂　情默默恨依依可人天氣日長時東風恰好尋芳去何事驅馳作別離

江神子 梅

年年長見傲寒林壓羣英有餘清曾被芳心紅日惱詩情玉質暗香無限意偏婉娩儘輕盈　今年蕭灑照岐亭更芳馨也崢嶸無奈多情終是惜飄零誰與東君收拾取怕風雨挫瑤瓊

南歌子 荊溪寄南徐故人

春思濃如酒離心亂似綿一川芳草綠生煙客裏因循重過豔陽天　屈指歸期近愁眉淚灑然無端還被此情牽爲問桃源還有再逢緣

臨江仙 賞花

憶昔去年花下飲團欒爭看酴醿酒濃花豔兩相宜醉中嘗記得裙帶寫新詩　還是春光驚已暮此身猶在天涯斷腸無奈苦相思憂心徒耿耿分付與他誰

一叢花 杏花

柳鶯啼曉夢初驚香霧入簾清胭脂淡注宮妝雅似文君猶帶春酲芳心婉娩媚容綽約桃李總消聲相如春思正縈縈無奈惜花情曲闌小檻幽深處與殷勤遮護娉婷姚黃魏紫十分顏色終不似輕盈

青玉案 春暮

天涯目斷江南路見芳草迷風絮綠暗花梢春幾許小桃寂寞海棠零亂飛盡胭脂雨　子規聲裏山城暮月挂西南夢回處滿抱離愁推不去雙眉百皺寸腸千縷苦事憑鱗羽

醉蓬萊 賞郡圃芍藥

是三春已暮淚蕊彫殘牡丹零落獨殿清和有佳名芍藥淺淺芳叢繡幢鼎鼎更豔香綽約渾似揚州畫樓捲起翠簾紅幕　倚檻輕盈萬嬌千媚故整霞裙笑花寂寞太守風流擁笙歌圍著坐上詩人二千里

外念此身飄泊客眼看花歸心對酒番成蕭索

雨中花慢　春雨

宿靄凝陰天氣未晴峭寒勒住羣葩倚闌無語羞辜負年華柳媚梢頭翠眼桃蒸原上紅霞可堪那盡日狂風蕩蕩細雨斜斜　東君底事無賴薄倖著意殘害鶯花惟是我惜春情重說奈咨嗟故與殷勤索酒更將油幕高遮對花歡笑從教風雨著醉酬他

驀山溪　早春

曉來雨霽弱柳搖新翠麗日媚東風正不暖不寒天氣幽禽弄舌花上訴春光高一餉低一餉清哢圓還碎　那知時勢春亦元無意草木自敷榮似人生功名富貴我咱諳分隨有亦隨無不妬富不憎貧歌酒閒遊戲

蝶戀花

芍藥開殘春已盡紅淺香乾蝶子迷花陣陣是清和人正困行雲散後空留恨　小字金書頻與問意曲心誠未必他能信千結柔腸愁寸寸細斂幾日重相近

虞美人　清婉亭賞酴醾

江梅雖是孤芳早爭似酴醾好凡紅飛盡草萋迷婀

娜枝頭纔見細腰肢　玉容消得仙源惜滿架香堆
自檀心應共酒相宜割捨花前猛飲倒金巵

又

冰塘淺綠生芳草枝上青梅小柳眉愁黛為誰開似
向東君喜見故人來　碧桃銷恨猶堪愛妃子今何
在風光小院酒尊同向晚一鉤新月落花風

江神子

小溪清淺照孤芳蕊珠娘暗傳香春染粉容清麗傅
宮妝金縷翠蟬曾記得花密密過彫牆　而今冷落
水雲鄉念平康轉情傷夢斷巫雲空恨楚襄王冰雪
肌膚消瘦損愁滿地對斜陽

醉蓬萊

是平分春色夢草池塘暖風簾幕昨夜三台燦天邊
芝角自是君家慶流澤遠降生申嵩岳厚德温良高
才粹雅淵源學博　何事丹墀尚淹闊步未許中原
少勤方略且對笙歌醉黃金錯落蕊洞珠宮媚人桃
李趁青春綽約綠意紅情成陰結子五雲樓閣

臨江仙　暮春

春事猶餘十日吳蠶早已三眠多情忍對落花前酴
醾飄暖雪荷葉媚晴天　香淡無心浸酒綠浮可意

邀船時光堪恨也堪憐單衣二月暮歌扇一番圓

青玉案 社日客居

去年社日東風裏向三徑開桃李脆管危絃隨意起綠陰紅影暖香繁蕊伴我醺醺醉 今年社日空垂淚客舍看花甚情意江上危樓愁獨倚欲將心事巧憑來燕說與人憔悴

南歌子 春暮送別

枝上紅飛盡梢頭綠已勻遊絲柳絮媚青春向晚暖風簾幕練光新 春已匆匆去那堪話別情劉郎幾日便登程告你覓些歡笑送行人

醉落魄 春深

麥畦勻綠枝頭屑屑飛梅玉傷心何事人南北斷盡回腸忍聽陽關曲 倚窗青蔭亭亭竹好風敲動聲相續夜闌怕見銀臺燭會得離情他也淚速速

點絳脣 春思

密雨隨風昨來一夜簷聲溜奈何僝僽官路梅花瘦 賦得多情怕到春時候如今一病非因酒試問君知否

又 柳

春到垂楊嫩黃染就金絲軟麗晴新暖湧翠千山遠

爲甚年年眉向東風展展閒消遣欲歸猶懶漁笛天將晚

又春半

輕暖輕寒賞花天氣春將半柳搖金線求友鶯相喚玉腕蛾眉意眼頻頻盼歌喉軟玉巵受勸一醉應相拚

又春雨

夜雨如傾滿溪添漲桃花水落紅鋪地枝上堆濃翠去年如今常伴酴醾醉今年裏離家千里獨揾東風淚

又春暮

啼鳥喃喃恨春歸去春誰管日和風暖綠暗閒庭院還憶當年綺席新相見人已遠水流雲散空結多情怨

鷓鴣天 詠荼蘼

弱質纖姿儷素妝水沈山麝鬱幽香直疑姑射來天上要惱人閒傅粉郎 簡釀酒枕爲囊更餘風味勝糖霜肯如紅紫空姚冶漫惹遊蜂戲蝶忙

又

玉容應不羨梅妝檀心特地賽爐香半藏密葉牆頭

女勾引酡顏馬上郎　尊前酒且傾囊蟹螯糟熟似黏霜一年光景渾如夢可惜人生忙處忙

又

洗盡鉛華不著妝一般真色自生香飄飄何處凌波女故故相迎馬上郎　尋譜諜發詩囊絕勝梅萼嫁冰霜故山寒食依然在勾引東坡旅興忙

又

鏤玉裁瓊學靚妝不須沈水自然香好隨梅蕊妝宮額肯似桃花誤阮郎　羞傅粉賤香囊何勞傲雪與凌霜新來勾引無情眼拚爲東風一餉忙

又

綽約肌膚巧樣妝風流元自有清香未應傅粉疑平叔卻笑荷花似六郎　浮蟻甕入詩囊學人消瘦怯風霜午窗一枕莊周夢甘作花心粉蝶忙

探春令 元夕

去年元夜正錢塘看天街燈火鬧蛾兒轉處熙熙語笑百萬紅妝女　今年肯把輕辜負列熒煌千炬趁閑身未老良辰美景款醉新歌舞

小重山 殘春

清晚窗前杜宇啼遊仙驚夢醉斷魂迷起來窗下看

盆池傷春去消瘦不勝衣　柳陌記年時行雲音信杳與心違空教攢恨入雙眉人已遠紅葉莫題詩

又殘春

綠樹陰陰春已休羣花飄盡也不勝愁遊絲飛絮兩悠悠迷芳草日暖雨初收　深院小遲留好香燒一炷細煙浮更聽羯鼓打梁州惱人處宿酒尚扶頭

菩薩蠻

梅花有意舒香粉舒香已得先春信香與露華清露濃愁殺人　酒多愁愈重此意誰能共淚溼染衣斑夜霜金縷寒

又

梅花枝上東風軟朝來吹散真香遠雅淡有餘清客心和淚傾　美人臨別夜月晃燈初炧玉枕小屏山眉尖曾細看

春景

水龍吟 梅詞

煙姿玉骨塵埃外看自有神仙格花中越樣風流曾是名標清客月夜香魂雪天孤豔可堪憐惜向枝間且作東風第一和羹事期它日　聞道春歸未識問伊家卻知消息當時惱殺林逋空繞團欒千百橫管輕吹處餘香散阿誰偏得壽陽宮應有佳人待與點新妝額

又

葦綃開得仙花就中最有佳人似香肌勝雪千般揉縛禁他風雨縞夜精神繫春標致忍教孤負悵潘郎去後河陽滿縣知他是誰爲主　多謝文章吏部遇御杯不曾輕許應知這底無言情緒難爲分付吹徧春風耀殘明月總傷心處待閒亭夜永遊人散後作飛仙去

又 鶯詞

天教占得如簧巧聲乍囀千嬌媚金衣襯著風流模樣於中可是紅杏香中綠楊陰處多應饒你向黃昏苦苦嬌啼怨別那堪更東風起　別有詩腸鼓吹未

關他等閒俗耳雙柑斗酒當時曾是高人留意南國
春歸上陽花落止添憔悴念啼聲欲碎何人解作留
春計

又雨詞

淡煙輕靄濛濛望中乍歇凝晴晝纔驚一霎催花還
又隨風過了清帶梨梢暈含桃臉添春多少向海棠
點點香紅染偏分明是胭脂透　無奈芳心滴碎阻
遊人踏青攜手簷頭線斷空中絲亂纔晴卻又簾幕
閑垂處輕風送一番寒峭正留君不住瀟瀟更下黃
昏後

聲聲慢草詞

濃芳滿地秀色連天和煙帶雨萋萋幾許芳心還解
報得春暉當時謝郎夢裏似殷勤傳與新詩卻爲甚
動長門怨感南浦傷離　追想天涯行客應解擁車
輪步步相隨惆悵如絲正是欲斷腸時憑高望中不
見路悠悠南北東西春去也怨王孫猶自未歸

又柳詞

金垂煙重雪颭風輕東風慣得多嬌秀色依依偏應
綠水朱樓腰肢先來太瘦更眉尖惹得閑愁牽情處
是張郎年少一種風流　別後長隄目斷空記得當

時馬上牆頭細雨輕煙何處夕繫扁舟叮嚀再須折贈勸狂風休挽長條春未老到成陰終待共遊

南歌子 暮春值雨

黯靄陰雲覆滂沱急雨飛洗殘枝上亂紅稀恰是褪花天氣困人時 向曉春酲重偎人起較遲薄羅初見試輕衣笑拭新妝須要翦酴醾

浣溪沙 春深

寒食風霜最可人梨花榆火一時新心頭眼底總宜春 薄暮歸吟芳草路落紅深處鷓鴣聲東風疎雨喚愁生

又 春暮

柳老拋綿春已深夾衣初試曉寒輕別離無奈此時情 先自愁懷容易感不堪聞底子規聲西樓料得數回程

又 早春

不憤江梅噴暗香春前臘後正淒涼霜風雪月忍思量 斜倚幽林如有恨玉鱗飛後轉堪傷時人那解惜孤芳

朝中措 梅

別來無事不思量霜日最淒涼凝想倚闌干處攢眉

應爲蕭郎　梅花豈管人消瘦只憑自芬芳寄語行
人知否梅花得似人香

桃源憶故人　初春

夜來一夜東風暖春到桃腮柳眼對景可堪腸斷強
把愁眉展　花期惹起歸期念前事從頭忖徧凝想
水遙山遠空結相思怨

長相思　春濃

花飛飛柳依依簾捲東風日正遲社前雙燕歸　藥
欄東藥欄西記得當時素手攜彎彎月似眉

感皇恩　柳

景物一番新熙熙時候小院融和漸長晝東君有意
爲憐纖腰消瘦軟風吹破眉間皺　嫋嫋枝頭輕黃
微透舞到春深轉清秀錦囊多感又更新來傷酒斷
腸無語凭闌久

探春令　早春

笙歌間錯華筵啓喜新春新歲菜傳纖手青絲輕細
和氣入東風裏　幡兒勝兒都姑娣戴得更忔戲願
新春已後吉吉利利百事都如意

菩薩蠻　春深

赤闌干外桃花雨飛花已覺春歸去柳色碧依依濃

陰春晝遲　海棠紅未破勻糝胭脂顆風雨也相饒
應憐粉面嬌

醜奴兒 春殘

牡丹已過酴醾謝飛盡繁花濃翠啼鴉綠水橋邊賣
酒家　年時攜手尋春去滿引流霞往事堪嗟猶喜
潘郎鬢未華

浣溪沙 寵姬小春

簾捲輕風憐小春荷枯菊悴正愁人江梅喜見一枝
新　料得主人偏愛惜也應冰雪好精神故園桃李
莫生嗔

清平樂 問訊梅花

楚梅嬌小好是霜天曉宿酒惱人香暗繞侵影碧波
池沼　生成素淡芳容不須抹黛勻紅準擬成陰結
子莫教枉費春工

又 早起聞鶯

綺疏新曉學語雛鶯巧煙暖瑤階梧葉老滿地東風
芳草　少年不合風流償他酒債花愁望斷綠蕪春
去銷魂懶上層樓

更漏子 暮春

日彤彤風蕩蕩簾外柳花飛颺紅有限綠無窮雨晴

芳徑中　腸寸結縈離別還是去年時節春暮也子規啼傷春三月時

訴衷情 重臺梅

檀心刻玉幾千里開處對房櫳黃昏淡月籠豔香與酒爭濃　宜輕素鄙輕紅思無窮化工著意南南北北一種東風

小重山 楊花

枝上楊花糝玉塵晚風扶起處雪輕盈撲人點點細無聲誰能惜撩亂滿江城　忍淚未須傾十年追往事嘆流鶯曉來雨過轉傷情鋪池綠遺恨寄浮萍

蝶戀花 春殘

綠盡燒痕芳草徧不暖不寒切莫辜良宴罨畫屏風開羽扇薄羅衫子仙衣練　晚雨小池添水面戲躍赬鱗又向波心見持酒伊聽聲宛轉尊前唱徹昭陽怨

鷓鴣天 詠燕

梁上雙雙海燕歸故人應不寄新詩柳梧陰裏高還下簾幕中間去復回　追盛事憶烏衣王家巷陌日沈西與士無限驚心語說向時人總不知

又 春殘

謾謾東風作雨寒無言獨自凭闌干綠肥紅瘦春歸去恨逼愁侵酒怎寬　追往事惜花殘殘花往事總相關風光臺上傷心處此意人休作算閒

探春令　尋春

新元纔過漸融和氣先到簾幃漫閒繞柳徑花蹊裏探看試春來未　年時曾把春拋棄與春光陪淚待今春日日花前沈醉款細偎紅翠

又　立春

數聲回雁幾番疎雨東風回暖甚今年立得春來晚過人日方相見　縷金幡勝教先辦著工夫裁翦到那時靚當須教滴惜稱得梅妝面

又　賞梅十首

冰簷垂箸雪花飛絮時方嚴肅向尋常搖曳凡花野草怎生敢誇紅綠　江梅孤潔無拘束祇溫然如玉自一般天賦風流清秀總不同麤俗

又

而今風韻舊時標致總皆奇絕再相逢還是春前臘後粉面凝香雪　芳心自與羣花別儘孤高清潔那情懷最是與人好處冷淡黃昏月

又

彫牆風定綺窗燭灺沈吟獨坐料雪霜深處司花神
女暗裏焚百和　惱人一陣香初過把清愁熏破更
那堪得冰姿玉貌痛與惜則箇

又

窺紗隔霧繡簾鉤月那時曾見照影兒覷了千回百
轉素豔明於練　柔腸堆滿相思願更重看幾偏是
天然不用施朱櫳翠羞損桃花面

又

疎籬橫出綠枝斜露笑盈盈地悄一似初覩東鄰女
有無限風流意　半開折得瓊瑰蕊惹新香沾袂放
曲屏珠晃膽瓶兒裏伴我醺醺睡

又

冰澌池面柳搖金線春光無限問梅花底事收香藏
蕊到此方舒展　百花頭上俱休管且驚開俗眼看
綠陰結子成功調鼎有甚遲和晚

又

溪橋山路竹籬茆舍淒涼風雨被摧殘沮挫精神依
舊無奈相思苦　東君故與收拾取忍教他塵土向
綠窗繡戶朱闌小檻做箇名花主

又

雨僝風僽雪欺霜妬時光牢落怎奈向天與孤高出衆一任旁人惡　凡花且莫相嘲謔儘強伊寂寞便饒他百計千方做就醞藉如何學

又

樓頭月滿闌干風度有人腸斷爲多情役得神魂撩亂又被梅縈絆　對花沈醉應須拚且尊前相伴恨無端玉笛穿簾透幕好夢還驚散

又

清江平淡暗香瀟洒滿林風露漸枝上也學楊花柳絮輕逐春歸去　東君著意勤遮護總留他不住幸西園別有能言花貌委曲鬭心慓

惜香樂府卷二

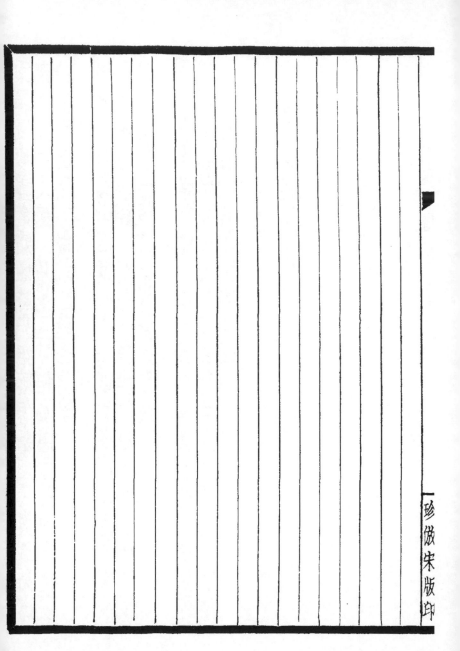

惜香樂府卷三

春景

寶鼎現 上元

囂塵盡掃碧落輝騰元宵三五更漏永遲遲停鼓天上人間當此遇正年少盡香車寶馬次第追隨士女看往來巷陌連甍簇起星毬無數　政簡物阜清閑處聽笙歌鼎沸頻舉燈焰暖庭帷高下紅影相交知幾戶恣歡笑道今宵景色勝卻前時幾度細算來皇都此夕消得喧傳今古　綺席成行爐噴裊沈檀輕縷覩遨遊綵仗疑是神仙伴侶欲飛去恨難留住漸到蓬瀛步願永逢恁時恁節且與風光爲主

青玉案 殘春

梅黃又見纖纖雨客裏情懷兩眉聚何處煙村啼杜宇勸人歸去早思家轉聽得聲聲苦　利名縈絆何時住惱亂愁腸成萬縷滿眼興亡知幾許不如尋個老松石畔作個柴門戶

燭影搖紅 深春

梅雪飄香杏花開豔燃春晝銅駝煙淡曉風輕搖曳青青柳海燕歸來未久向雕梁初成對偶日長人困綠水池塘清明時候　簾幕低垂麝煤煙噴黃金獸

天涯人去杳無憑不念東陽瘦眉上新愁壓舊要消遣除非殢酒酒醒人靜月滿南樓相思還又

念奴嬌 梅影

銀蟾光滿弄餘輝冷浸江梅無力綴引柔條浮素蕊橫在閒窗虛壁染紙揮毫粉塗墨暈不似今端的天然造化別是一般清瘦蹤跡　今夜翠葆堂深夢回風定因月才相識先自離愁那更被曉角殘更催逼曙色將分輕陰移盡過眼難尋覓江南圖上畫工應爲描得

又 落梅

玉龍聲杳正瑤臺曲舞香山初徹褪粉招酥千萬顆滿地平鋪銀雪草礙香茵苔錢買住留待黃昏月有人妝罷對花凝竚愁絕　休更恨落羞開東君情分自古多離別好把芳心收拾取與個和羹人說擺脫風塵消停酸苦終有成時節浮花浪蕊到頭不是生活

阮郎歸 詠春

和風暖日小層樓人閒春事幽杳花深處一聲鳩花飛水自流　尋舊夢續揚州眉山相對愁憶曾和淚送行舟清江古渡頭

虞美人　春寒

東風捲盡辛夷雪。逆旅清明節。黃昏煙雨失前山。陡偏朱闌酒噤不禁寒。　歸來誰護衣篝火。倒擁文鴛臥。可堪連夜子規啼。喚得春歸人卻未成歸。

漁家傲　梅

蕙死蘭枯金菊槁。返魂香入江南早。竹外一枝斜更好。誰解道。古今惟有東坡老。坡梅詩云竹外一枝斜更好。　去歲花前人醉倒。酒醒花落無人掃。今歲花開人未到。愁滿抱。青山一帶連芳草。

念奴嬌　梅

蘭枯菊槁，是返魂香入，江南春早。谷靜林幽人不見，夢與梨花顛倒。雪刻檀心，玉勻豐頰，妝趁嚴鐘曉。海仙么鳳，綠衣何處飛繞。　竹外孤梟一枝，古人解道，只有東坡老。莫倚廣平心似鐵，閑把珠璣揮掃。桃李輿臺，冰霜賓客，月地還淒悄。暗香消盡，和羹心事誰表。

玉樓春　春半

江村百六春強半。拍拍池塘春水滿。風團柳絮舞如狂，雨壓橘花香不散。　陰陰巷陌閑庭院。小立危闌羞燕燕。不知何事未還鄉，除卻青春誰作伴。

謁金門 暮春

風又雨滿地殘紅無數花不能言鶯解語曉來啼更苦 把酒東臯日暮抵死留春春去擬倩楊花尋去處楊花無定據

眼兒媚 春晚

樓上黃昏杏花寒斜月小闌干一雙燕子兩行歸雁畫角聲殘 綺窗人在東風裏無語對春閒也應似舊盈盈秋水淡淡春山

菩薩蠻 殘春

楊花飛盡鶯聲澀杜鵑喚得春歸急病酒起來遲嬌慵懶畫眉 寶匳金鴨冷重喚燒香餅著意煉龍涎纖纖手違煙

畫堂春 長新亭小飲

小亭煙柳水溶溶野花白白紅紅惱人池上晚來風吹損春容 又是清明天氣記當年小院相逢憑闌幽思幾千重殘杏香中

又 賞海棠

夜來暖趁海棠時臉邊勻透胭脂亂紅嬌影困垂垂睡損楊妃 多少肉溫香潤朱脣綠鬢相偎晚風何苦過臺西斷送春歸

卜算子 春景

春水滿江南三月多芳草幽鳥啣將遠恨來一一都啼了 不學鴛鴦老回首臨平道人道長眉似遠山山不似長眉好

念奴嬌 梅

見梅驚笑問經年何處收香藏白似語如愁卻問我何苦紅塵久客觀裏栽桃仙家種杏到處成疏隔千林無伴淡然獨傲霜雪 且與管領春迴孤標爭肯接雄蜂雌蝶豈是無情知受了多少淒涼風月寄隴人遙和羹心在忍使芳塵歇東風寂寞可憐誰與攀折

又 梅

水邊籬落獨橫枝冉冉風煙岑寂踏雪尋芳村路永竹屋西頭遙識蕙草香銷小桃紅未醉眼驚春色離愁何處斷腸無限陳跡 憔悴素臉朱脣天寒日暮倚闌干無力歲晚天涯驛使遠難寄江南消息自笑平生憐清惜淡故園曾親植百花雖好問還有恁標格

菩薩蠻 梅

肩輿曉踏江頭月月華冷浸消殘雪雪月照疏籬梅

花三兩枝　人憐花淡薄花恨人牢落不似那回時
醺醺醉玉肌

點絳脣　梅

開盡梅花雪殘庭戶春來早歲華偏好只恐催人老
惟有詩情猶被花枝惱金尊倒共成歡笑終是清
狂少

鷓鴣天　梅

手種梅花三四株要看冰霜照清臞朝來幾朵茆檐
下竹外江頭恐不如　凝玉面吐香鬚莫嫌孤瘦漸
豐餘化工不肯辜人意做底懽娛報答渠

又　送春

只慣嬌癡不慣愁離情渾不挂眉頭可憐惱盡尊前
客卻趁東風上小舟　真個去不懽留落花流水一
春休自憐不及春江水隨到滕王閣下流

瑞鶴仙　暮春有感

海棠花半落正蕙圃風生蘭亭香撲青英暝池閣任
翻紅飛絮遊絲穿幕情懷易著奈宿酲情緒正惡嘆
韶光漸改年華荏苒舊歡如昨　追念凭肩盟誓枕
臂私言盡成離索記得忘卻當時事那時約怕燈前
月下得見則個厭厭只待覷著問新來爲誰縈牽又

還瘦削

臨江仙 暮春

過盡征鴻來盡燕故園消息茫然一春憔悴有人憐懷家寒食夜中酒落花天 見說江頭春浪渺殷勤欲送歸船別來此處最縈牽短篷南浦雨疎柳斷橋煙

一叢花 暮春送別

階前春草亂愁芽塵暗綠窗紗釵盟鏡約知何限最斷腸溢浦琵琶南渚送船西城折柳遺恨在天涯 夜來魂夢到儂家一笑臉如霞鶯啼燕恨西窗下問何事潘鬢先華鐘動五更魂歸千里殘角怨梅花

清平樂 春景

霽光搖目春入郊原綠殘雪壓枝堆爛玉時向林間蔌蔌 杖藜細履平沙醉中一任敧斜落日數聲啼鳥香風滿路梅花

朝中措 詠春

亂山疊疊水泠泠南北短長亭客路如天杳杳歸心特地寧寧 春光荏苒花朝冷落酒伴飄零鬢影黃邊半白燒痕黑處重青

柳梢青 春詞

桃杏舒紅遲遲暖日媚景芳濃紫燕穿簾香泥著地未乳巢空　千山萬水重重煙雨裏王維畫中芳草斜陽無人江渡蓑笠漁翁

近豐城馬令字夢山舊日與張公舍人從遊甚厚偶一日暇命道士請紫府仙忽畫其灰稱云我乃張孝祥也昔日死生之事天數難逃耳今不復云予幸歸紫府真人之列馬令遂具菓卓酌酒具服焚香而命飲勞焉凡三獻杯而稱有不樂之意馬遂具杯分東西之位張乃堅不肯東坐再三而馬遂居其東飲未終而又索呼妓爲佐尊馬如命令歌舞數曲又命畫灰而云予亦醉矣別無所贈謹成小詞伸作別之意

予平生惟珍惜一端硯在本家書院洪字號籠內宜取以贈馬君再畫灰云仙風路隔後會難期遂去後果於其家得硯再禱而請竟不復至得其傳者樂邑詹凝叔堅欽而奉行好事君子幸無以爲妖惑牛鬼蛇神之怪當重張公平昔魁名文章善政在人耳目未泯詳之無忽

原本柳梢青每載近豐城云云後載余平生云云與本詞語意不甚相屬姑仍舊附卷末

惜香樂府卷二

惜香樂府卷四

夏景

花心動 荷花

綠水平湖浸芙蕖爛錦豔勝傾國半斂半開斜立斜欹好似困嬌無力水仙應赴瑤池宴醉歸去美人扶策駐香駕擁波心媚容倩妝顏色　曾見若川澄碧勻粉面溪頭舊時相識翠被繡裀彩扇香籠度歲杳無消息露痕滴盡風前淚追往恨悠悠蹤跡動怨憶多情自家賦得

鼓笛慢 甲申五月仙源試新水雨過絲生荷香襲人因感而賦此詞○時病眼

暑風吹雨仙源過深院靜涼於水蓮花郎面翠幢紅粉烘人香細別院新番曲成初按詞清聲脆奈難堪羞澀朦鬆病眼無心聽笙簧美　還記當年此際嘆飄零萍蹤千里楚雲寂寞吳歌淒切成何情意因念而今水鄉瀟灑風亭高致對花前可是十分蒙斗肯辜歡醉

念奴嬌 碧含笑

晚妝纔罷能見櫳絲勻玉一團嬌秀趁得年光長是向金谷無花時候不比鶯鶯燕燕不似章臺柳清

涼無汗雪肌瀟灑難偶　好是斜月黃昏瑤階鈿砌
百媚初含酒惱殺多情香噴噴雙靨盈盈回首傾國
傾城千金莫惜蘭蕙應難友沈郎拚了為花一味銷
瘦

滿庭芳　荷花

竹颭斜梢荷傾餘瀝晚風初到南池雨收池上高柳
亂蟬嘶冉冉蓮香滿院夕陽映紅浸庭闈涼生到碧
瓜破玉白酒酌玻瓈　思量浮世事枯榮辱寵歡喜
憂悲算勞心勞力得甚便宜粗有田園笑傲揀些個
朋友追隨好時景莫教錯過撞著醉如泥

又　對景

紅藕洲塘黃葵庭院渚風時動清飈素紈輕颭涼色
爽征衣一一光陰日月關情處前事難期空凝想臨
鸞有恨誰與畫新眉　刀頭心寸折江南厚約惟是
儂知念默歌停舞冷落屏幃何日朱籠鸚鵡迎門報
金勒東歸羅絃管合歡聲裏爛醉玉東西

好事近　雨過對景

山路亂蟬吟聲隱茂林脩竹恰值快風收雨遞荷香
芬馥　破除愁慮酒宜多把酒再三囑遙想溪亭瀟
灑稱晚涼新浴

虞美人 雙蓮

二喬姊妹新妝了照水盈盈笑多情相約五湖遊似向羣花叢裏騁風流　丁香枝上千千結怨惹相思切爭如特地嫁熏風吐盡芳心點點絳脣紅

醉蓬萊 新荔枝

正火山槐夏黛葉緗枝荔子新摘千里馳驅薦仙源佳席浪比龍睛未輸崖蜜燦爛然紅摘滿貯彫盤纖纖素手丹苞新擘　梨栗麤疎帶酸橘柚凡品多般總羞標格何似濃香洗煩襟仙液爲愛眞妃再三珍重價傾城傾國玉骨冰肌風流醞藉直宜消得

又 端午

見浴蘭纔罷拂掠新妝巧梳雲髻初試生衣恰三二裁貼體艾虎宜男朱符辟惡好儲祥納吉金鳳釵頭應時戴了千般忺戲　那更殷勤再三祝願鬬巧合歡彩絲纏臂刻玉香蒲泛金觥迎醉午日熏風楚詞高詠度過雲聲脆赤口白舌從今消滅諸餘可意

賀新郎 初夏

篆縷銷金鼎翠沈沈庭陰轉午晝長人靜芳草王孫知何處只覩楊花糝徑正玉枕曾騰初醒門外殘紅春去也悶無聊宿酒厭厭病雲鬢𩯭𩯭未忺整　江南

舊事休重省但今朝尋消問息塞鴻難倩月滿西樓凭闌處暗數歸期未定又只恐瓶沈金井嘶騎不來銀燭暗枉教人立盡梧桐影誰伴我照鸞鏡

踏莎行 夜涼

樹影將圓林梢不動汗珠挹透紗衣重荷風忽送雨飛來晚涼習習生幽夢 珠箔高鉤瑤琴閒弄移尊邀取嬋娟共今宵拚著醉眠呵夜香聞早添金鳳

醉落魄 重午

淡妝濃抹西湖人面兩奇絕菖蒲角黍家家節水戲魚龍十里晝簾揭 淩波無限生塵襪冰肌瑩徹香羅雪遊船且莫催歸楫遮莫黃昏天外有新月

卜算子 亭上納涼

新月挂林梢暗水鳴枯沼時見疏星落畫簷幾點流螢小 歸意了無多故作連環繞欲寄新詩問採菱水闊煙波渺

阮郎歸 送別有感因詠鶯作

東城沙軟馬蹄輕清和雨乍晴柳陰曲徑泣流鶯淒涼不忍聽 休苦怨莫悲鳴何須雨淚傾但將巧語寫心誠東君肯薄情

蝶戀花 初夏

亂疊青錢荷葉小濃綠陰陰學語雛鶯巧小樹飛花芳徑草堆紅襯碧於中好　梅子弄黃枝上早春已歸時戲蝶遊蜂少細把新詞纔和了雞聲已喚紗窗曉

鷓鴣天 夜釣月橋賞荷花

新晴水暖藕花紅烘人暑意晚來濃共攜纖手橋東路楊柳青青一徑風　深翠裏豔香中雙鸞初下蕊珠宮月籠粉面三更露涼透蕭蕭一夢中

江神子 夜涼對景

綵雲飛盡楚天空碧溶溶一簾風吹起荷花香霧噴人濃明月淒涼多少恨恨難許我情鍾　相思魂夢幾時窮洞房中憶從容須信別來應也斂眉峯好景良宵添悵望無計與一尊同

新荷葉 詠荷

冷徹蓬壺翠幢鼎鼎生香十頃琉璃望中無限清涼遮風掩日高低襯密護紅妝陰陰湖裏羨他雙浴鴛鴦　猛憶西湖當年一夢難忘折得曾將蓋雨歸思如狂水雲千里不堪更回首思量而今把酒爲伊沈醉何妨

臨江仙 初夏

簾幕清風灑灑園林綠蔭垂垂楝花開徧麥秋時雨深芳草渡蝴蝶正慵飛　憔悴三春心事風流一弄金衣韶光老盡起深思日長庭院裏徙倚聽催歸

朝中措　首夏

荷錢浮翠點前溪梅雨日長時恰是清和天氣雕鞍又作分攜　別來幾日愁心折針線小蠻衣羞對綠陰庭院喞泥燕燕于飛

減字木蘭花　詠柳

柳絲搖翠翠幄籠陰無限意不絆行舟只向江邊絆客愁　月明風細分付一江流去水嬌眼傷春誰是章臺欲折人

卜算子　夏日送吳主簿

執手送行人水滿荷花浦舊恨新愁不忍論淚壓瀟瀟雨　行計已匆匆無計留伊住一點相思萬里心誰怕關山阻

臨江仙　賞興

柳上斜陽紅萬縷烘人滿院荷香晚涼初浴略梳妝冠兒輕替枕衫子染鶯黃　蓄意新詞輕緩唱殷勤滿捧瑤觴醉鄉日月得能長仙源正閒散伴我老高唐

雨中花令 初夏遠思

綠鎖窗紗梧葉底麥秋時曉寒慵起宿酒厭厭殘香冉冉渾似那時天氣 別日不堪頻屈指回頭早一年不啻搔首無言闌干十二倚了又還重倚

畫堂春 輦下遊西湖有感

湖光乘雨碧連天繞隄映草芊芊舞風楊柳欲撕綿依依起翠煙 還是春風客路對花空負嬋娟暮寒樓閣碧雲間羅袖成斑

浣溪沙 夜涼小飲

露挹新荷撲鼻香惱人更漏響涓涓柳梳斜月上紗窗 小醉耳邊私語好五雲樓閣羨劉郎酒闌燭暗斷回腸

西江月 邀蔡堅老忠孝堂觀書

水滿平塘過雨洗妝紅褪芙蕖綠荷美影蔭龜魚無限閒中景趣 瀟洒高堂邃館那堪左右圖書凌雲賦得似相如多少風流態度

卜算子 四明別周德遠

閒路踏花來閒逐清和去來去雖然總是閒多少傷心處 紅碧好池塘朱綠深庭戶隨分山歌社舞中且樂陶陶趣

清平樂忠孝堂雨過荷花爛然晚晴可人因呈李宜山同舍

水鄉清楚襟袖銷袢暑綽約藕花初過雨出浴楊妃無語　葡萄滿酌玻瓈已拚一醉酬伊浪捲夕陽紅碎池光飛上簾幃

又初夏舞宴

清和時候底事休交瘦滿酌流霞看舞袖步步錦裀紅皺　六幺舞到虛催幾多深意徘徊拚了明朝中酒爲伊更飲瓊杯

浣溪沙初夏

霧透窗紗月映闌麥秋天氣怯衣單楝花風軟曉來寒　懶起熨煤重換火暖香濃處斂眉山眼波橫浸綠雲鬟

又初夏有感

薄霧輕陰釀曉寒起來宿酒尚酡顏柳鶯何事苦關關　新恨舊愁俱喚起當年紫袖看弓彎淚和梅雨兩潸潸

鷓鴣天初夏試生衣而婉卿持素扇索詞因作此書于扇上

牙領番騰一線紅花兒新樣喜相逢薄紗衫子輕籠

玉削玉身材瘦怯風　人易老恨難窮翠屏羅幌兩心同旣無閒事縈懷抱莫把雙蛾皺碧峯

菩薩蠻 初夏

方池新漲蒲萄綠曉來雨過花如浴測測杏園風梢頭一麴紅　危樓愁獨倚一寸心千里宿酒尚微醺懶裝堆髻雲

西江月 夏日有感

穩唱巧翻新曲靈犀密意潛通荷花香染晚來風相對恍然如夢　有恨眉尖皺碧多情酒暈生紅此愁不是等閒濃應爲仙源傾動

浣溪沙 初夏

睡起風簾一派垂失巢燕子傍人飛日長深院委春泥　綠筍出林翻錦籜紅葵著雨褪胭脂微風度竹入輕衣

蝶戀花 和任路分荷花

憶昔臨平山下過無數荷花照水無纖跡短艇直疑天上坐醉眠花裏香無那　雨浥紅妝嬌娜娜脈脈含情欲向風前破莫道晚來風景可青房著子千千顆

浣溪沙 爲王參議壽

密葉陰陰翠幄深，梅黃弄雨正頻頻，榴花照眼一枝新。緱嶺有人今毓粹，飛鳧不日簉嚴宸，一尊敬壽太夫人。

又呈趙狀元

雨過西湖綠漲平，環湖密柳暗藏鶯，麥秋天氣似清明。對策有人新切直，逢春不日盡施行，扁舟未用速歸程。

青玉案　壓波鷗客

結堂雄占雲煙表，萬象爭呈巧，老木參天溪西繞，亂山橫秀，一湖澄照，天付陰晴好。夜空喚客清尊倒，明月飛來上林杪，涼滿九霄風露浩，酒慵起舞，一聲清嘯，平壓波聲小。

又

恍如遼鶴歸華表，閱盡人閒巧，天乞一堂山對繞，微波不動，岸巾時照，照見星星好。舞風荷蓋從敧倒，碧樹生涼自天杪，誰識元龍胸次浩，騎鯨欲去，引杯獨嘯，醉眼青天小。

謁金門　一雨掃煩暑，自漉王友醉餘，因次韻

今夜雨，掃盡一番袢暑，宛似蕭蕭鳴遠浦，短篷何日去。自漉牀頭玉醑，清興有誰知否，反笑功名能幾

許槐宮非涙語

惜香樂府卷四

秋景

念奴嬌 客豫章秋雨懷歸

江城向曉被西風揉碎一天絲雨亂織離愁千萬縷多少關心情緒促織鳴時木犀開後秋色還如許那堪飄泊異鄉千里孤旅　應想簾幕閒垂西樓東院齊把歸期數記得臨歧收淚眼執手叮嚀言語白酒紅萸黃花綠橘莫等閒辜負朱籠歸騎甚時先報鸚鵡

又 秋日牡丹

花王有意念三秋寂寞淒涼天氣木落煙深山霧冷不比尋常風味勒駕閑來柳蒲憔悴無限驚心事仙容香豔儼然春盛標致　雅態出格天姿風流醞藉羞殺巖前桂寄語芙蓉臨水際莫騁芳顏妖麗一朵凭闌千花退避惱得騷人醉等閒風雨更休僝僽容易

聲聲慢 府判生辰

金風玉露綠橘黃橙商秋爽氣飄逸南斗騰光應是間生賢出照人紫芝眉宇更仙風誰能儔匹細屈指到小春時候恰則三日　莫論早年富貴也休問文

章有如椽筆堯舜逢君啓沃定知多術而今且張錦幄麝煤泛暖香鬱鬱華堂裏聽瑤琴輕弄水仙新律

瑞鶴仙 張宰生辰

西風蘋末起動院落清秋新涼如水纖歌遏雲際正美人翻曲陽春輕麗蘭衣玉佩擁南斗光中一醉有邦人萬口同聲贊嘆我公愷悌 百里年豐穀稔事簡刑清頌聲盈耳鵬程九萬摩空展垂天翼定丹書飛下彤墀歸去秘略家傳小試看封留亘古功名未容退避

滿庭芳 七夕

雨洗長空風清雲路又還準備佳期夜涼如水一似去秋時渺渺銀河浪靜星橋外香靄翻翻霞軿舉鸞驂鵲馭穩穩過飛梯 經年成間阻相逢無語應喜應悲怕玉繩低處依舊暌離和我愁腸萬縷嫦娥怨底事來遲廣寒殿春風桂魄首與慰相思

水調歌頭 中秋

今夕知何夕秋色正平分嫦娥此際底事越樣好精神已是天高氣肅那更清風灑灑萬里沒纖雲把酒臨風飲酒面起紅鱗 歌一曲舞一曲捧金尊從他妄想老兔憔悴正紛紛我為桂花拚醉明月扶頭不

起顛倒白綸巾天若知人意夜雨莫傾盆

驀山溪 憶古人詩云滿城風雨近重陽因成此詞

滿城風雨又是重陽近黃菊媚清秋倚東籬商量開盡紅萸白酒景物一年年人漸遠夢還稀贏得無窮恨　釵分鏡破一一開方寸強醉欲消除醉魂醒凄涼越悶鴛鴦宿債償了惡因緣當時事秖今愁斑盡安仁鬢

洞仙歌 木犀

芰荷已老菊與芙蓉未一夜秋容上巖桂間繫蕪嫩黃染就瓊瑰開未足已早香傳十里　從前分付處明月清風不用斜暉照佳麗嘆浮花徒解咤淺白深紅爭似我瀟洒堆金積翠看天闊秋高露華清見標致風流更無塵意

虞美人 中秋無月

西風明月臨臺榭準擬中秋夜一年等待到而今爲甚今宵陡頓卻無情　姮娥應怨孤眠苦取次爲雲雨素蟾特地暗中圓未放清光容易到仙源

醉蓬萊 七月命赴漕試蘭臺主人餞于法同寺侍兒才卿乞詞因此賦之題于壁

正金風無露玉宇生涼楚郊無暑催起行人恰槐黃時序萬里晴霄幾人爭覩快鵬搏一舉明月圓時素秋中夜淩雲新賦　那更淵源詞鋒輕鋭筆陣縱橫學通今古譽望飛騰是麟宗文虎魁薦歸來華堂香裏與管弦爲主待看明年彤墀射策鰲頭獨步

洞仙歌　殘秋

黃花滿地庭院重陽後天氣淒清透襟袖動離情最苦旅館蕭條那堪更風翦凋零飛柳　臨岐曾執手祝付叮嚀知會別來念人否爲多情生怕分離秖知道準擬別來消瘦甚苦苦促裝赴歸期要趁他橘綠橙黃時候

夏雲峯　初秋有作

露華清天氣爽新秋已覺涼生朱戶小窗坐來低按秦箏幾多妖豔都總是白雪餘聲那更玉肌膚韻勝體段輕盈　照人雙眼偏明況周郎自來多病多情把酒爲伊再三著意須聽銷魂無語一任側耳與心傾是我不卿卿更有誰可卿卿

感皇恩　送林縣尉

碧水浸芙蓉秋風楚岸三歲光陰轉頭換且留都騎未許匆匆分散更持杯酒殷勤勸　休作等閑別離

人看且對笙歌醉須拚如君才調掌得玉堂詞翰定應不久勞州縣

瑞鶴仙 殘秋有感

敗荷擎沼面紅葉舞林梢光陰何速碧天靜如水金風透簾幕露清蟬伏追思往事念當年悲傷宋玉漸危樓向晚魂銷處倚偏闌干曲 凝目一霎微雨塞鴻聲斷酒病相續無情賞處金井梧東籬菊漸蘭橈歸去銀蟾滿夜水村煙渡怎宿負伊家萬愁千恨甚時是足

臨江仙 送宜春令

萬里西風吹去旆滿城無奈離情甘棠也似戴公深曉來風露裏葉葉做秋聲 十載兩番遺愛在須知愁滿宜春楚天低處是歸程夕陽疎雨外莫遣亂蟬鳴

又 秋日有感

楓葉白蘋秋未老晚風吹泛輕艎青山瀝瀝水茫茫情隨流水遠恨逐暮山長 一點相思千點淚眼前無限情傷佳人猶自捧離觴陽關休唱徹唱徹斷人腸

鷓鴣天 深秋悲感

亭樹蕭蕭生暮涼安排清夢到胡牀楚山楚水秋江外江北江南客恨長　蘋渚冷橘汀黃斷魂殘夢更斜陽欲將此日悲秋淚灑向江天哭楚狂

驀山溪　秋日賀張公生辰

木犀開了還是生辰到一笑對西風喜人與花容俱好壽筵開處香霧撲簾幃笙簧奏星河曉擎取金罍倒　當年仙子容易拋蓬島月窟與花期要同向人間不老拈枝弄蕊此樂幾時窮一歲裏一番新莫與蟠桃道

水調歌頭　重陽

江水浸雲影鴻雁欲南飛攜壺結客何處空翠渺煙霏塵世難逢一笑況有紫萸黃菊須插滿頭歸風景今朝是身世昔人非　酬佳節須酩酊莫相違人生如寄何用辛苦怨斜暉無盡今來古往幾許春花秋月那更有危機問取牛山客何事獨沾衣

踏莎行　木犀

弄影闌干吹香巖谷風亭糝作黃金屋未須收拾入熏爐窗前細把離騷讀　奴僕葵花兒曹黃菊一秋風味淒涼足旁邊只少箇嫦娥分明勝在蟾宮宿

臨江仙　初秋

獵獵風蒲初暑過蕭然庭戶秋清野航渡口帶煙橫晚山千萬疊別鶴兩三聲　秋水芙蓉聊蕩槳一尊同破愁城蓼花灘上白鷗明暮雲連極浦急雨暗長汀

醉落魄　秋夜感懷

傷離恨別愁腸又似丁香結不應斗頓音書絕煙水連天何處認紅葉　殘更數盡銀缸滅邊城畫角聲嗚咽羅衾淚滴相思血花影移來搖碎半窗月

好事近　秋殘

初過菊花天餞送月宮仙客丹桂拒霜濃淡映眉間黃色　紅裙歌夜飲離觴努力赴勍敵准願捷書來到道一聲都得

菩薩蠻　七夕

綺樓小小穿針女秋光點點蛛絲雨今夕是何宵龍車烏鵲橋　經年謀一笑豈解令人巧不用問如何人間巧更多

卜算子　秋深

涼夜竹堂空小睡匆匆醒庭院無人月上階滿地闌干影　何處最知秋風在梧桐井夜半驂鸞弄玉笙露溼衣裳冷

點絳脣

蓼岸西風小舟江上漁歌唱倚闌凝想冪冪雲垂帳好事因循寂寞閒惆悵如何向又來心上空向高亭望

好事近 秋晚

淅淅蓼花風悭道曉來淒惻翻見密雲拋雨動一山秋色 從前多感爲傷時無處頓然寂箇事已寒前約祇晚陰凝碧

思越人 向刻品令非○秋日感懷

情難托離愁重悄愁沒處安著那堪更一葉知秋天色兒漸冷落 馬上征衫頻揾淚一半斑斑汙卻別來爲憶叮嚀話空贏得瘦如削

小重山 秋雨

一夜西風響翠條碧紗窗外雨長涼颷潮來綠漲水平橋添清景踈雨韻入芭蕉 坐久篆煙銷多情人去後信音遙卽今消瘦沈郎腰悲秋切虛度可人宵

採桑子 巖桂

去年巖桂花香裏著意非常月在東廂酒與繁華一色黃 今年杯酒流連處銀燭交光往事難忘待把真誠問阿郎

朝中措 曾端行予與之往還一日作樓于南山仙源醉賞酒中作詞書于壁坐前數妓乞詞而歌以勸大白因有所感再和前韻 ○ 秋景

柳林冪冪暮煙斜秋水淺平沙樓外碧天無際紫山斷處橫霞 星稀漸覺東簷隱月涼到窗紗多少傷懷往事隔溪燈火人家

又 和

征帆一縷轉彎斜鸞鷺起汀沙點點隨風逆上滿江飛破殘霞 樓前光景樓心紅粉蟬翼輕紗卻憶錢塘江上曲闌橫檻他家

洞仙歌 東園朱去年三兄弟同處十年俱取鄉薦故余與之為莫逆交園有巖桂數畝至秋日花開月滿攜壺來賞如到廣寒宮殿因賦此

廣寒宮殿不在人間世分付天香與巖桂向西風搖曳處數十里知聞金翠裏別有出羣標致 東園盛事五畝濃陰芘必以詩書取榮貴況一門三秀才未足欽崇那更是異姓同居兄弟更細把繁英祝姮娥看禹浪飛騰定應來歲

似娘兒 或刻青杏兒 ○ 殘秋

橘綠與橙黃近小春已過重陽晚來一霎霏微雨單衣漸覺西風冷也無限情傷　孤館最淒涼天色兒苦恁恓惶離愁一枕燈殘後睡來不是行行坐坐月在迴廊

蝶戀花 深秋

一夢十年勞憶記社燕賓鴻來去何容易宿酒半醒便午睡芭蕉葉映紗窗翠　襯粉泥書雙合字鸞鳳鴛鴦總是雙雙意已作吹簫長久計鴛衾恐有中宵淚

夜行船 送胡彥直歸槐溪

淚眼江頭看錦樹別離又還秋暮細水浮浮輕風冉冉穩送扁舟去　歸去江山應得助新詩定須多賦有雁南來槐溪千萬寄我驚人句

清平樂 秋暮

鴻來燕去又是秋光暮冉冉流年嗟暗度這心事還無據　寒窗露冷風清旅魂幽夢頻驚何日利名俱賽為予笑下愁城

又

秋容眼界隨寓渾堪愛遠岫連天橫淡靄望斷孤鴻飛外　夕陽紅樹林坰重重錦障橫陳一段江南景

色倩誰爲下丹青

一翦梅 秋雨感悲

霽靄迷空曉未收羈館殘燈永夜悲愁梧桐葉上三更雨別是人間一段愁 睡又不成夢又休多愁多病當甚風流真情一點苦縈人纔下眉尖恰上心頭

南歌子 道中重九

此日知何日他鄉憶故鄉亂山深處過重陽走馬吹花無復少年狂 黃菊擎枝重紅茱溼露香扁舟隨雁過瀟湘遙想萊庭應恨不同觴

醉花陰 建康重九

老去悲秋人轉瘦更異鄉重九人意自凄涼祇有茱萸歲歲香依舊 登高無奈空搔首落照歸鴉後六代舊江山滿眼興亡一洗黃花酒

菩薩蠻 秋雨船中

西風轉柂蒹葭浦客愁生怕秋闌雨衾冷夢魂驚聲聲滴到明 不眠欹枕聽故故添新恨新恨有誰知天寒雁正稀

又 秋老江行

炊煙一點孤村迥嬌雲斂盡天容淨雁字忽橫秋秋江瀉客愁 銀鉤空寄恨恨滿憑誰問袖手立西風

舟行秋色中

浣溪沙 早秋

雨滴梧桐點點愁冷催秋色上簾鉤蛩聲何事早知秋　一夜涼風驚去燕滿川晴漲漾輕鷗懷人千里思悠悠

惜香樂府卷五

冬景

滿庭芳 十一月念六日大雪作此呈社人

晚色沈沈雨聲寂寞夜寒初凍雲頭曉來階砌一麹冷光浮目斷江天靄靄低迷映綠竹修修多才客高吟柳絮還更上層樓　烹茶新試水人間清楚物外遨遊勝似他銷金煖帳情柔細看流風迴舞終日價淺酌輕謳醺醺地美人翻曲消盡古今愁

御街行 夜雨

晚來無奈傷心處見紅葉隨風舞解鞍還向亂山深黃昏後不成情緒先來離恨打疊不下天氣還淒楚

風兒住後雲來去裝撰些兒雨無眠托首對孤燈好語向誰分付從來煩惱嚇得膽碎此度難擔負

有有令 歲殘

前山減翠疎竹度輕風日移金影碎還又年華暮看看是新春至那更堪有個人人似花似玉溫柔伶俐

準擬恩情忔戲拈弄上則人難比我也埋根豎柱你也爭些氣大家一捺頭地美中更美廝守定共伊百歲

一翦梅 或刻攤破醜奴兒○梅詞

樹頭紅葉飛都盡景物淒涼秀出羣芳又見江梅淺
淡妝也囉真箇是可人香　蘭魂蕙魄應羞死獨占
風光夢斷高堂月送疎枝過女牆也囉真箇是可人
香

臨江仙 日暮舟中月明寒甚憶暖春圍爐

日欲低時江景好暮山紫翠重重釣筒收盡碧潭空
一船霜夜月兩岸荻花風　遙憶暖春新向火黃昏
下了簾櫳水村漁浦孤篷單衾愁夢斷無夢轉愁
濃

南歌子 夜坐

霜結凝寒夜星輝識曉晴蘭膏重剔且教明爲照梢
頭香縷一絲輕　坐久看看困新詞綴未成梅花熏
得酒初醒更向耳邊低道月三更

永遇樂 霜詞

宵露珠零濺冰花薄凝瑞偏早月練輕翻風刀碎翦
青女呈纖巧徵丹楓纈低摧蕉尾不覺半池蓮倒最
好是千林橘柚輕黃一村封了　佳人指冷暗驚羅
幕一夜斜飛多少怕倚銀屏愁看玉砌金菊鮮鮮曉
傷嗟傅粉佳期還未何處冷沾衣透爭知人臨鸞試
罷與梅共瘦

玉蝴蝶 雪詞

片片空中翦水巧妝春色照耀江湖漸覺花毬轉柳莢陣飛榆散銀杯時時逐鳥翻縞帶一一隨車偏簾隅寒生冰筋光剖明珠 應須淺斟低唱氈垂紅帳獸爇金爐更向高樓縱觀吟醉謝娘扶靜時聞竹聲巖谷漫不見禽影江湖儘躊躇歌闌寶玉賦就相如

瀟湘夜雨 燈詞

斜點銀釭高擎蓮炬夜寒不奈微風重重簾幕掩堂中香漸遠長煙裊穟光不定寒影搖紅偏奇處當庭月暗吐焰如虹 紅裳呈豔麗娥一見無奈狂蹤試煩他纖手捲上紗籠開正好銀花照夜堆不盡金粟凝空可嚀語頻將好事來報主人公

念奴嬌 夜寒有感

據爐蕭坐聽瓶笙別有天然宮徵紙帳屏山渾不俗寫出江南煙水檠短燈青灰閒香軟所欠惟梅矣風飛無定數聲時顫窗紙 試問夜已何其呼童起看月上東牆未天外忽聞征雁過還把音書來寄短笠埋煙輕蓑鳴雨已辦征船計放教歸去故鄉江上魚美

似娘兒 向刻攤破醜奴兒誤 ○ 冬日有感

又是兩分攜憔悴損看怎醫治煙村一帶寒紅繞悲風紅葉殘陽暮草還似年時　愁緒暗猶夷漫屈指數徧歸期短檠燈爐無人問此時只有窗前素月剛伴相思

柳梢青　過何郎石見早梅

雲暗天低楓林凋翠寒雁聲悲茆店兒前竹籬巴後初見橫枝　盈盈粉面香肌記月榭當年見伊有恨難傳無腸可斷立馬多時

祝英臺近　武陵寄暖紅諸院

記臨岐銷黯處離恨慘歌舞恰是江梅開徧小春暮斷腸一曲金衣兩行玉筯酒闌後欲行難去　惡情緒因念錦幄香奩別來負情素冷落深閨知解怨人否料應寶瑟慵彈露華懶傅對鸞鏡終朝凝竚

點絳脣　夜飲青雲樓聞更漏近如在脚底因思向事追念故作

瓦溼鴛鴦夜深霜重江風冷月華明映清浸梅梢粉漏斷寒濃惹起當年恨君休問雁飛欲盡沒個南來信

又

當日相逢枕衾清夜紗窗冷翠梅低映汙溼香腮粉

美滿風情結下無窮恨憑誰問此心難盡說與他爭信

又 對景有感

雪霽山橫翠濤擁起千重恨砌成愁悶那更梅花褪鳳管雲笙無不縈方寸叮嚀問淚痕羞搵界破香腮粉

柳梢青 東園醉作梅詞

千林落葉聲聲悽慘江皐雁飛難似玉肌總驚花貌壓倒芳菲 香心吐盡因誰料調鼎工夫易期休唱陽關莫歌白雪雨淚沾衣

西江月 雪江見紅梅對酒

背日猶餘殘雪向陽初綻紅梅臘寒那事更相宜醉了還醒又醉 堪笑多愁早老管他閑是閑非對花酌酒兩忘機唱個哩膽囉哩

眼兒媚 霜夜對月

一鉤新月照西樓清夜思悠悠那堪更被征鴻嘹唳絆惹離愁 倚闌不語情如醉都總寄眉頭從前只爲惜他伶俐舉措風流

別怨 霜寒

嬌馬頻嘶曉霜濃寒色侵衣鳳帷私語處翻成離怨

不勝悲更與可寧祝後期　素約諧心事重來了比看相思如何見得明年春事濃時穩乘金騕褭來爛醉玉東西

減字木蘭花　冬日飲別趙德遠

小春天氣未唱陽關心已醉紅蓼秋容後會何時得再逢　歸朝好事仰看皇州揚雨露百里恩波擬欲留公無奈何

好事近　餞趙知丞席上作

去路馬蹄輕正是小春時節愛日暖烘江樹綴梅梢新雪　范滂攬轡正澄清知我公明潔分此仁風愷悌濟鄰邦歡悅

霜天曉角　霜夜小酌

閤兒幽靜處圍爐面小窗好是鬪頭兒坐梅煙炷返魂香　對火怯夜冷猛飲消漏長飲罷且收拾睡斜月照滿簾霜

鷓鴣天　臘夜

寶篆龍煤燒欲殘細聽銅漏已更闌紗窗斜月移梅影特地籠燈仔細看　幽夢斷舊盟寒那時屈曲小屏山風光得似而今不肯把花枝作等閑

驀山溪　和曹元寵賦梅韻

玉妃整佩絳節參差御一笑喚春回正江南天寒歲暮孤標獨立占斷世間香雲屋冷雪籬深長記西湖路　人間塵土不是留花處羌管一聲催碎瓊瑤紛紛似雨枝頭著子聊與世調羹功就後盡歸休還記來時不

浣溪沙　賦梅

雪壓前村曲徑迷萬山寒立玉參差孤舟獨釣一蓑歸　别塢時聽風折竹斷橋閒看水流澌一枝凍蕊出疎籬

又　初冬

風捲霜林葉葉飛雁橫寒影一行低淡煙衰草不勝詩　自酒已篘浮蟻熟黃雞未老藁頭肥問儂不醉待何時

又　臘梅

憶爲梅花醉不醒斷橋流水去無聲鷺翹沙觜亦多情　疎影臥波波不動暗香浮月月微明高樓羌管未須橫

點絳脣　月夜

離緒千重角聲偏著羇人枕那堪酒醒勾引愁難整門鎖黃昏月浸梅花冷人初靜斗垂天迥雁落清

鷓鴣天 霜夜

門外寒江泊小船月明留客小窗前夜香燒盡更聲遠斗帳低垂暖意生 醺著酒灸此些燈伴他針線懶成眠情知今夜鴛鴦夢不似孤篷宿雁邊

望江南 霜天有感

山又水雲岫插峯巒斷雁飛時霜月冷亂鴉啼處日啣山疑在畫圖間 金烏轉遊子損朱顏別淚盈襟雙袖溼春心不放兩眉閒此去幾時還

玉樓春 臘月

尋真誤入桃源洞草草幽歡聊與共牢籠風月此時情做造溪山今夜夢 柳條未放金絲弄梅萼已經雪霜凍新來愁恨重如山不信馬兒馱得動

鵲橋仙 寒梅

溪清水淺霜明月淡玉破梅梢未徧寒枝纖瘦乃如無但空裏飛花數片 乘風欲去凌波難駐惟見紅愁紛怨夜深青女溼霓裳暗香在廣寒宮殿

菩薩蠻 初冬旅思

楓林颯颯凋寒葉汀蘋敗蓼遙相接景物已非秋淒涼動客愁 還家貧亦好肯厭杯中草香飯滑流匙

三登快樂時

又　霜天旅思

霜風颯颯溪山碧寒波一望傷行色落日淡荒村人家半掩門　孤舟移野渡古木棲鴉聚著雨晚風酸貂裘不奈寒

又　初冬

敗荷倒盡芙蓉老寒光黯淡迷衰草行客易銷魂笛飛何處村　雲寒天借碧樹瘦煙籠直若個是鄉關夕陽西去山

阮郎歸　客中見梅

年年爲客徧天涯夢遲歸路賒無端星月浸窗紗一枝寒影斜　腸未斷鬢先華新來瘦轉加角聲吹徹小梅花夜長人憶家

霜天曉角　詠梅

香來不歇誰把南枝折的皪疎花初破都因是夜來雪　清絕十分絕孤標難細說獨立野塘清淺誰作半空夜月

又　和梅

雪花飛歇好向前村折行至斷橋斜處寒蕊瘦不禁雪　韻絕香更絕歸來人共說最愛夜堂深迥疎影

占半窗月

菩薩蠻 初冬旅中

客帆卸盡風初定夜空霜落吳江冷幸自不思歸無端烏夜啼　雞鳴殘月落到枕秋聲惡有酒不須斟酒深愁轉深

憶秦娥 初冬

寒蕭索征鴻過盡離懷惡離懷惡江空天迥夜寒楓落　有人應誤刀頭約情深翻恨郎情薄郎情薄夢回長是半牀閒卻

如夢令 漢上晚步

何處一聲鳴艣驚起滿川寒鷺一　著畫難成雪霽亂山無數且住且住數徧溪南煙樹

惜香樂府卷六

惜香樂府卷七

總詞

水龍吟

仙源居士有武林之行因與一二友攜酒賞月飲于縣橋之中乃即事爲之詞

危樓橫枕清江上兩岸碧山如畫夕煙冪冪晚燈點點樓臺新夜明月當天白沙流水冷光連野浸闌干萬頃琉璃軟皺打漁艇相高下　何處一聲羌管是誰家倚樓人也多情對景無言有恨欲歌還罷把酒臨筵阿誰知我此懷難寫忍思量後夜芳容不似暗塵隨馬

水調歌頭

元日客寧都

離愁晚如織托酒與消磨奈何酒薄愁重越醉越愁多忍對碧天好夜皓月流光無際光影轉庭柯有恨空垂淚無語但悲歌　因凝想從別後促雙娥春來底事孤負紫袖與江轉速整雕鞍歸去著意淺斟低唱細看小婆娑萬蕊千花裏一任玉顏酡

水龍吟

江樓席上歌姬盼盼翠鬟侑尊酒行彈琵琶曲舞梁州醉語贈之

酒潮匀頰雙眸溜美映遠山橫秀風流俊雅嬌癡體態眼前稀有連步彎彎移歸拍裏淩波難偶對仙源

醉眼玉纖籠巧撥新聲魚紋皺　我自多情多病對人前只推傷酒瞞他不得詩情懶倦沈腰銷瘦多謝東君殷勤知我曲翻紅袖拚來朝又是扶頭不起江樓知不

念奴嬌　小飲江亭有作

夕陽低盡望楚天空闊稀星簾幕暮靄橫江煙萬縷照水參差樓閣兩兩三三樓前歸鷺飛過闌干角霜風何事繞檐吹動寂寞　消散我已忘機而今百念灰了心頭火對酒當歌渾冷淡一任他懣嗔惡松竹園林柳梧庭院自有人間樂閒雲休問去來本是無著

水調歌頭　遣懷

貪癡無了日人事沒休期白駒過隙百歲能得幾多時自古腰金結綬著意經營辛苦回首不勝悲名未能安穩身已致傾危　空刨刻休巧詐莫心欺須知天定只見高塚與新碑我已從頭識破贏得當歌臨酒歡笑且隨宜較甚榮和辱爭甚是和非

水龍吟　自遣

曒曾著意斟量過天下事無窮盡貪榮貪富朝思夕討空勞方寸躡足封王功名蓋世誰如韓信更堆金

積玉石崇豪侈當時望傾西晉 長樂宮中一嘆又何須釁懸印吹樓效死輕車東市頭膏血刃尤物虛名於身何補一齊休問遇當歌臨酒舒眉展眼且隨緣分

驀山溪 午坐壺天冰雪風傳琵琶有感而作

壺天冰雪消盡虛堂暑多謝故人□風送花香傳小樹香風初過一曲斷腸聲如怨訴訴悶愁落落琵琶語 江邊馬上彈指成千古淚眼與啼妝嘆風流只今何處芳心役損觸事起悲酸招玉素撥檀槽整理金衣縷

念奴嬌 席上卽事

精神俊雅更那堪天與風流標格羅綺叢中偏豔冶偷處教人憐惜目翦秋波指纖春筍新樣冠兒直高唐雲雨甚人有分消得 忔戲笑裏含羞回眸低盼此意誰能識密約幽歡空悵望何日能諧端的玳席歌餘蘭堂香散此際愁如織人歸空對晚陰庭樹橫碧

瑞鶴仙 歸寧都因成寄暖香諸院

無言屈指也算年年底事長爲旅也悽惶受盡也把良辰美景總成虛也自嗟嘆也這情懷如何訴也漫

愁明怕暗單栖獨宿怎生禁也　閒也有時臨鏡漸覺形容日銷減也光陰換也空辜負少年也念仙源深處暖香小院贏得羣花怨也是虧他見了多教罵幾句也

驀山溪遣懷

無非無是好箇閒居士衣食不求人又識得三文兩字不貪不僞一味樂天眞三徑裏四時花隨分堪遊戲　學些沓拖也似沒意志詩酒度流年熟諳得無爭三昧風波歧路成敗霎時間你富貴你榮華我自關門睡

青玉案德遠歸越因作此餞行

東門楊柳空盈路繫得征鞍能駐不暗綠枝頭新過雨柔絲千尺乳鶯百囀似怨行人去　行人去後知何處去向天邊簉鵷鷺瑤管瓊臺多雅趣花磚穩上玉階闊步肯念人塵土

虞美人江都對景

雨聲破曉催行槳拍拍溪流長綠楊繞岸水痕斜恰似畫橋西畔那人家　人家樓閣臨江渚應是停歌舞珠簾整日不開鉤目斷征帆猶未識歸舟

又送別

燈前忍見啼紅面別酒頻斟勸愁娥斂翠不勝情報道看看天色待平明　殷勤重把陽關唱休要教人望出門猶自尚叮嚀廝養頻催恰好趁涼行

臨江仙　楊柳

十里春風楊柳路年年帶雨披雲柔條萬縷不勝情還將無意眼識偏有心人　餓損宮腰終不似效顰總是難成只愁秋色入高林殘蟬和落葉此際不堪論

漁家傲　旅中遠思

客裏情懷誰可表淒涼舉目知多少強飲強歌還強笑心悄悄從頭徹底思量了　當日相逢非草草果然恩愛成煩惱穩整征鞍歸去好重廝守相期待與同偕老

江神子　述情

當時得意兩心齊綺窗西共于飛拂掠宮妝長與畫新眉一自別來煙水闊愁易積夢還稀　相逢卻似舊家時恨依依語低低多少關情冷暖有誰知只此定應諧素願但指日約鸞棲

御街行　柯山故人別後改圖因作此

香熏斗帳相逢乍正宮漏沈沈夜月飛梅影上簾櫳

標致風流嬌雅眼波横浸照人百媚無限叮嚀話
玉鞍門上嘶歸馬趲行色難留也别來花豔不禁春
淚向東風輕嫁空餘小院博山修竹依舊窗兒下

一叢花　和張子野

當歌臨酒恨難窮酒不似愁濃風帆正起歸與岸東
西芳草漫茸茸楚夢乍回吳音初聽誰念我孤蹤
藏春小院暖融融眼色與心通烏雲有意重梳掠便
安排金屋房櫳雲雨厚因鴛鴦宿債作個好家風

天仙子　寓意

眼色媚人嬌欲度行盡巫陽雲又雨花時還復見芳
姿情幾許愁何許莫向耳邊傳好語　往事悠悠曾
記否忍聽黄鸝啼錦樹啼聲驚碎百花心分付與誰
爲主落蕊飛紅知甚處

瑞鷓鴣　遣情

寶簽常見曉妝時面藥香融傅口脂擾擾親曾撩綠
鬟纖纖巧與畫新眉　濃歡已散西風遠憶淚無多
爲你垂各自從今好消遣莫將紅葉淚題詩

又　寓意

結絲千緒不勝愁莫怪安仁鬢早秋檀口未歌先揾
淚柳眉將斂半凝羞　杯傾瀲灩送行酒岸艤飄飄

欲去舟待得名登天府後歸來茱菊映釵頭

行香子馬上有感

驕馬花驄柳陌經從小春天十里和風箇人家住曲巷牆東好軒窗好體面好儀容 燭灺歌慵斜月朦朧夜新寒斗帳香濃夢回畫角雲雨匆匆恨相逢恨分散恨情鍾

夜行船詠美人

龜甲爐煙輕裊簾櫳靜乳鶯啼曉拂掠新妝時宜頭面繡草冠兒小 衫子揉藍初著了身材稱就中恰好手撚雙紈萎花重照帶朵宜男草

採桑子寓意

疏簾乍捲孜孜看冰玉精神體白停勻端的于人不薄情 更無背約和燋燥各表真誠纔得相親切莫分張向別人

蝶戀花登樓晚望聞歌聲清婉而作

閒上西樓供遠望一曲新聲巧媚誰家唱獨倚危闌聽半餉長江快瀉澄無浪 清淚恰同春水漲拭盡重流觸事如何向不覺黃昏燈已上舊愁還是新愁樣

又

天淨姮娥初整駕桂魄蟾輝來趁清和夜費盡丹青無計畫纖纖側向疎桐挂　人在扶疎桐影下耳畔輕輕細說家常話年少難留應不借未歌先咽歌還罷

又寧都半歲歸家欲別去而意終不決也

葉底蜂衙催日晚向晚匀妝巧畫宮眉淺翠幕無風香自遠金船酌酒須教滿　未說別離魂已斷雨幌雲屏只恐良宵短心事不隨飛絮亂宦情肯把恩情換

鷓鴣天晨起忽見大鏡覩物思人有感而作

睡覺扶頭聽曉鐘隔簾花霧濕香紅翠搖鈿砌梧桐影暖透羅襦芍藥風　閒對影記曾逢畫眉臨鏡霎時同相思已有無窮恨忍見孤鸞宿鏡中

又月夜諸院飲酒行令

寶篆煙消香已殘嬋娟月色浸闌干歌喉不作尋常唱酒令從他各自還　傳杯手莫教閒醉紅潮臉媚酡顏相攜共學驂鸞侶卻笑盧郎舊約寒

又暇日泛舟遊客有嘆居士髮白者未竟忽見臨江倚樓人因思向來有感作此

綠水澄江得勝遊浪平風輭稱輕舟尊前我易傷前

事柳外人誰獨倚樓　空感慨惜風流風流贏得漫
多愁愁多著甚銷磨得莫怪安仁鬢早秋

又偶有鱗翼之便書以寄文卿

一曲清歌金縷衣巧伎心事有誰知自從別後難相
見空解題紅寄好詩　憶攜手過階墀月籠花影半
明時玉釵頭上輕輕顫搖落釵頭荳蔻枝

眼兒媚東院適人乞詞醉中書于裙帶三首

人隨社節去匆匆此恨幾時窮陽臺寂寞巫山淒慘
雲雨成空　芭蕉窗處窗兒下冷落舊香中黃昏靜
也蛩聲滿院明月清風

又

槐陰窗處囀黃鸝午日正長時一番過雨綠荷池面
冷浸琉璃　紅塵不到華堂裏纖楚對蛾眉笑偎人
道新詞覓個美底腔兒

又

當年策馬過錢塘曲徑小平康縈紅釅白嬌鶯咤燕
爭喚何郎　而今又客東風裏渾不似尋常只愁別
後月房雲洞啼損紅妝

臨江仙笙妓夢雲對居士忽有翦髮齊眉修道
之語

蕊嫩花房無限好東風一樣春工百年歡笑酒尊同笙吹雛鳳語裙染石榴紅　且向五雲深處住錦衾繡幌從容如何即是出樊籠蓬萊人少到雲雨事難窮

又予買一妾稍慧教之寫東坡字半年又工唱東坡詞命名文卿元約三年文卿不忍捨主厭母不容與議堅索之去今失于一農夫常常寄聲或片紙數字問訊仙源有感遂和其韻

破靨盈盈巧笑舉杯灩灩迎逢慧心端有謝娘風燭花香霧嬌困面微紅　別恨綵箋雖寄清歌淺酌難同夢回楚館雨雲空相思春暮愁滿綠蕪中

又夜坐更深燭盡月明飲興未闌再酌命諸姬唱一詞

夜久笙簫吹徹更深星斗還稀醉拈裙帶寫新詩鎖窗風露燭灺月明時　水調悠揚聲美幽情彼此心知古香煙斷綵雲歸滿傾蕉葉齊唱傳花枝

惜奴嬌賦水仙花

洛浦嬌魂怨得到人間少把風流分付花貌六出精神臘寒射香試到清秀與江梅爭相先後　薝蔔麤

疎怎似妖嬈體調比山樊也應錯道最是殷勤捧出
金盞銀臺拚了仙源與奇葩醉倒

惜香樂府卷七

惜香樂府卷八

總詞

水龍吟

無情風掠芭蕉響還是重門已閉銀釭獨對相思方切教人怎睡解嘆從前事解嘆了依前鬱氣想他家那裏知人憔悴想應是睡也未　且恁和衣強寢奈無寐依前重起起來思想當初與你忒煞容易及至而今也半頭天眼不存不濟最消魂苦是黃昏前後冷清清地

水調歌頭 賞月

把酒相勞苦月色耀天章冰輪碾破寒碧飛入酒尊涼擊節詞人妙句吸此清輝萬丈肺腑亦生光攬袂欲仙舉逸興共天長　日邊客幕中俊坐間狂浩歌清嘯恍然雲海渺茫茫喚醒謫仙蘇二何事常愁客少更恐被雲妨月與人長好廣大醉爲鄉

水龍吟 雲詞

先來天與精神更因麗景添殊態拖輕苒苒纔凝一段還分五綵畢竟非煙有時爲雨惹情無奈道無心怎被歌聲遏斷遲遲向青天外　宜伴先生醉臥得饒到和山須買也曾惱殺襄王誰道依前不會我欲

乘歸去翻悵恨帝鄉何在念佳期未展天長暮合儘空相對

訴衷情

花前月下會鴛鴦分散兩情傷臨行祝付真意臂問皓齒留香　還更毒又何妨儘成瘡瘡兒可後痕兒見在見後思量

滿江紅

懊惱平生奈天賦恩情太薄二三歲看伊受盡眼尖眉角記得當初低耳畔是誰先有于飛約惟到今劃地誤盟言還先惡　天眼見人難度天易感人難托人心險天又怎生捉摸莫問旁人非與是手兒但把心兒托便不成厮守許多時乾休卻

賀新郎

負你千行淚大都來一寸心兒萬般縈繫似恁愁煩那裏洎故自三年二歲爲你後甘心憔悴終待說山盟海誓這恩情到此非容易拚做個久長計　緊要事須評議怕人人驀地知時怎生處置毒害心腸秩知是怕你生煩到底便莫待將人輕棄不是我多疑你被旁人賺後失圈圓經一事長一智

好事近

喜氣擁門闌光動綺羅香陌行到紫薇花下悟身非凡客　不須朱粉汙天真嫌怕太紅白留取黛眉淺處畫章臺春色

眼兒媚

連滄危觀暮江前幾醉使君筵少年俊氣曾將吟筆買斷江天　重來細把朋遊數回首一辛酸蘭成已老文園多病負此江山

簇水

長憶當初是他見我心先有一鉤纔下便引得魚兒開口好事重重門深院寂寞黃昏後廝覷著一面兒酒試擺就便把我得人意處閔子裏施纖手雲情雨意似十二巫山舊更向枕前言約許我長相守歡人也猶自眉頭皺

青杏兒　舊刻攤破醜奴兒非

最苦是離愁行坐裏只在心頭待要作個巫山夢孤衾展轉無眠到曉和夢都休　夢裏也無由誰敢望真個綢繆暫時不見渾閒事只愁柳絮楊花自來攏蕩難留

更漏子

燭消紅窗送白冷落一衾寒色鴉喚起馬跑行月來

衣上明　酒香脣妝印臂憶共個人人睡魂蝶亂夢
鸞孤知他睡也無

浣溪沙

一味風流一味香十分濃豔十分妝自然嬌態自然
芳　樓上好風樓下水雪前闌檻竹前窗也宜單著
也宜雙

又

惻惻笙竽萬籟風陽關疊徧酒尊空相逢草草別匆
匆　滿眼淚珠和雨灑一襟愁緒抵秋濃相思今夜
五雲東

漢宮春

講柳談花我從來口快歡說他家眼前見了無限楚
女吳姬千停萬穩較量來終不如他便做得宮儀院
體歌談不帶煙花　從前萬事堪誇愛拈牋弄管錦
字敧斜新來與人膈著不許胡巴嚎濺漫惹料福緣
淺似地些誰爲傳詩遞曲殷勤題上窗紗

雨中花慢

帊子分香羅巾拭淚別來時未見悽惶上得船兒來
了剗地淒涼可惜花前月裏卻成水遠山長做成恩
愛如今贏得萬里千鄉　情知這場寂寞不干你事

傷我窮忙不道是久長活路終要稱量我則匆匆歸去知你且種種隨娘下梢晅徹有時共你風光

柳梢青

小窗閒適雲髻鞾香肩肌偎膝玉局無塵明瓊欲碎春纖同擲　不爭百萬呼盧賭今夜鴛帷痛惜好忍馬兒若還輸了當甚則劇

玉團兒

鉛華淡竚新妝束好風韻天然異俗彼此知名雖然初見情分先熟　爐煙淡淡雲屏曲睡半醒生香透肉賴得相逢若還虛度生世不足

南歌子

梅蕚和霜曉梨花帶雪春玉肌瓊豔本無塵肯把鉛華容易汙天真　湯餅嘗初罷羅巾拭轉新幾回貪耍失黃昏月裏歸來無處覓精神

臨江仙

人在夢雲樓上別殘燈影裏遲留依稀綠慘更紅羞露痕雙臉濕山樣兩眉愁　幾幅片帆天際去雲濤煙浪悠悠今宵獨立古江頭水腥魚菜市風碎荻花舟

鷓鴣天

只有梅花似玉容雪窗月戶幾尊同見來怨眼明秋水欲去愁眉淡遠峯　山萬疊水千重一雙蝴蝶夢能通都將淚作黃梅雨盡把情爲柳絮風

又

小院深明別有天花能笑語柳能眠雪肌得酒于中暖蓮步淩波分外妍　釵燕重鬢荷偏雨山斜疊翠連娟朝雲無限矜春態暮雨情知更可憐

浣溪沙

畫角聲沈捲暮霞寒生促索錦屏遮沈檀半爇鬢堆鴉　蝴蝶夢回餘燭影子規啼處隔窗紗夜深明月浸梨花

淚淘沙

簾捲露花容幾度相逢他知我意欲相通偏奈天教多阻間積恨何窮　雲雨杳無蹤愁怕東風時聞語笑恣歡濃惟有俺咱真分淺往事成空

眼兒媚始與官妓往來中道相棄遂以小字刺于眉間故作此詞

雲間藏一點飛鴉休把翠鈿遮二年三歲千擱百就今日天涯　奴今有似風前絮飛入那人家你還下得除非睡起不照菱花

如夢令

竹外半窺嬌面真個出塵體段沒處可偷憐空恁眼穿腸斷休戀休戀只是與伊分淺

浣溪沙

閒理絲簧聽好音西樓翦燭夜深深半嗔半喜此時心 暖語溫存無恙語韻閑香靨笑吟吟別來煩惱到如今

減字木蘭花

陽關唱徹斷盡離腸聲哽咽酒已三巡今夜王孫是路人 此情難說莫負等閑風與月欲問歸期來戴釵頭艾虎兒

又

半窗斜月茆店蕭條燈已滅牀下蛩聲聲動淒涼不忍聽 終宵無寐覆去翻來真箇是屈指歸期應是梅花爛熳時

夜行船 送胡彥直歸郡醉中作

短棹輕舟排辦了歌聲斷晚霞殘照紅蓼坡頭綠楊隄外離恨知多少 別後莫教音信杳嘆光陰自來堪笑畫角譙門槐溪歸路正是楚天曉

眼兒媚

玉樓初見念奴嬌無處不妖嬈眼傳密意尊前燭外怎不魂消　西風明月相逢夜枕簟正涼宵媂人記得可嚀殘漏且慢明朝

品令

黃昏時候諳不語心如醉無眠凝想別來繡閣多應憔悴上了燈兒知是睡哩坐哩　驀思歸計又還是重屈指從今已後暌離千萬且休容易這底恓惶你看是誰不是

柳梢青

甜言軟語長記那時蕭娘可囑清箋危絃前歡難繼鱗鴻無據　紛紛眼底浮花拈弄幾多思慮千結丁香且須珍重休胡分付

浣溪沙

金獸噴香瑞靄氛夜涼如水酒醺醺照人嬌眼媚生春　我自愁多魂已斷不禁楚雨帶巫雲人情又是一番新

又

坐看銷金暖帳中羔兒酒美獸煤紅淺斟低唱好家風　愛客東君多解事晚妝新與畫眉峯便須催喚出房櫳

又

堆枕冠兒翡翠釵蒙金領子滿絣鞵于中沈淨好情懷　新浴晚涼梳洗罷半嬌微笑下堂來蓮花因甚未曾開

臨江仙

天外濃雲雲外雨雨聲初上檐牙紅蕖應褪洗妝花晚涼如有意霫霫到山家　爲喚山童多索酒金鍾細酌流霞暈生玉頰酒潮斜閒中無寵辱醉裏是生涯

夜行船　送張希舜歸南城

綠蓋紅幢籠碧水魚跳處浪痕勻碎惜別殷勤留連無計歌聲與淚和柔脆　一葉扁舟煙浪裏曲灘頭此情無際窈窕眉山暮霞紅處雨雲想翠峯十二

浪淘沙

窈窕繡幃深窈窕娉婷梅花初試晚妝新那更嬌癡年紀小冰雪精神　舉措忒輕盈歌徹新聲柔腸魂斷不甚聽但恐巫山留不住飛作行雲

如夢令

居士年來懶散凡事只從寬簡身外更無求祇要夏涼冬暖美滿美滿得過何須積趲

卜算子

十載仰高明一見心相許來日孤舟西水門風飽征帆腹　後夜起相思明月清江曲若見秋風寒雁來能寄音書否

眼兒媚

先來客路足傷悲那更話別離玉驄也解知人欲去驤首頻嘶　馬蹄動是三千里後會莫相違切須更把丁香珍重待我重期

惜香樂府卷八

總詞

南鄉子

楚楚窄衣裳腰身占卻多少風光共說春來春去事凄涼懶對菱花暈曉妝　閒立近紅芳遊蜂戲蝶悞採真香何事不歸巫峽去思量故來塵世斷人腸

又

月轉水晶盤樓上初聞一鼓殘又是去年天氣好闌干風動梅梢玉鬭寒　無奈壯情闌對酒如何欲強歡誰道破愁須仗酒君看酒到愁多破亦難

謁金門　和德遠

燈乍滅忽見一天明月恰舞霓裳歌未歇露寒回絳闕　羽服明暉玉雪笑語輕參環玦香澤惱人情不徹夜長窗自白

又　和宗人

傷離索猶記並肩池閣多病起來閒倚薄一秋天氣惡　玉臂都寬金約歌舞新來忘卻回首故人天一角半江楓又落

一翦梅

紅藕香殘碧樹秋羞解羅襦偷上蘭舟雲中誰寄錦

書來雁字回時月滿西樓　花自飄零水自流一種
相思兩處閒愁酒醒夢斷數殘更舊恨前歡總上心
頭

點絳唇

雲髻宮鬟淡黃衫子輕香透晚涼時候睡起新妝就
冰枕生寒玉浸纖纖手沈吟久眉山斂秀愛道奴
家瘦

又舊刻此首後有浣溪沙二首是毛東堂作今
俱刪去

煙洗風梳司花先放江梅吐竹村沙路脈脈搖寒雨
醉魄吟魂無著清香處愁如縷繫春不住又折冰
枝去

菩薩蠻

江城風火連三月不堪對酒江亭別休作斷腸聲老
來無淚傾　風高帆影疾目送舟痕碧錦字幾時來
熏風無雁回

又

春山已蹙眉峯綠春心黯蕩難拘束惆悵爲春傷惜
花心更狂　對花深有意且向花前醉花作有情香
與人相久長

畫堂春

當時巧笑記相逢玉梅枝上玲瓏酒杯流處已愁濃寒雁橫空　去程無計更從容到歸來好事匆匆一時分付不言中此恨難窮

如夢令　寄蔡堅老

居士年來病酒肉食百不宜口蒲合與波薐更著同蒿葱韭親手親手分送臥龍詩友

又

別恨眉尖無數後夜王孫何處歌館與妝樓目斷行雲凝竚凝竚凝竚憶淚千行紅雨

菩薩蠻

隔江一帶春山好平林新綠春光老休去倚闌干飛紅一忍看　東流何處去便是歸舟路芳草外斜陽行人更斷腸

長相思

斂愁眉恨依依腸斷腸斷關情怨別離雲中過雁悲　瘦因誰病因誰屈指無言忖後期此時人怎知

柳梢青

瀟灑仙源夭桃穠李曾對華筵歌媚鶯塵舞彎低月滿勸金船　鑑湖煙水連天政歸棹紅妝鬭妍花霧

香中人詢居士切莫多傳

賀生辰

好事近 賀德遠

不羡八千椿不羡三偷桃客也不羡他龜鶴一總爲凡物　羡君恰似老人星長明無休息好與中興賢主立維城勛績

朝中措 上錢知羣符主管朱知録三首

南樓風物一番新春暮畀斯民豈但仁人愷弟更兼政事如神　人生最貴榮登五馬千里蒙恩祗恐促歸廊廟去思有脚陽春

又

文章學業繼家聲名譽壓羣英早歲掀騰膴仕如公富貴難并　定膺丹詔朱輪迅召陶冶蒼生自是鹽梅姿質佇看大手調羹

又

先生德行冠南豐錦繡作心胸暫屈徒勞州縣文章後進宗工　督郵綱紀才高幕府雅望尤崇此去定膺光寵且須滿醉西東

念奴嬌 上張南豐生日

桂華蟾魄到中秋祗有人聞一六浩渺清風因喚起

千里吹飛鴻鵠碧落翻花瑤空隱瑞聲節瑱玗筑投懷玉燕此時嘉夢重育　始信名在丹臺瞳方八百子已三千熟麟脯靈瓜那更有瓊斝神仙醽醁秋水春山柳腰花面一醉霓裳曲長生清淨自然何用辟穀

好事近

江上一江樓樓上遠山橫翠還更腰金騎鶴引竹西歌吹　壽君春酒遣雙壺滿引見深意肯向龜荷香裏喚儂來同醉

又

劍水靄歡聲喜慶間生人傑一段葱葱佳氣扇熏風時節　今朝銀艾佐琴堂爭把壽香爇去去鳳凰池上見龜巢連葉

柳長春上　董倅

梅喜先春雁驚未臘于門瑞氣浮周匝正當月應上弦時長庚夢與良辰合　螺水恩濃盱江德洽壽杯勸處燃紅蠟明年此際祝遐齡賀賓一一趨東閣

武陵春上　馬宰

又是新逢三五夜瑞氣靄氤氳萬點燈和月色新桃李倍添春　花縣主人情思好行樂逐良辰滿引千

鍾酒又醇歌韻動梁塵

臨江仙上　祝丞

天祐炎圖生國瑞藍田暫屈英僚始知文宿降璇霄中元前五日七夕後三朝　江數風流臨此政少年瀟灑奇標行看峻擢相熙朝功名前稷契壽算等松喬

喜遷鶯上　魏安撫

商飇輕透動簾幕飛梧亂飄庭甃瑞氣氤氳沈檀初爇煙噴寶臺金獸黃花美酒天教占得先他時候誕元老慶有聲此夕降生華冑　歡笑宜稱壽絃管鼎沸宮商方頻奏滿捧瑤巵華堂歌舞拍轉金釵斜溜朱顏綠鬢殷勤深願鎮長如舊嘆濱海道難留指日榮遷飛驟

鵲橋仙上　張宣機

雲峯初斂秋容如洗庭院金風初扇蔥蔥佳氣靄侯門信天上麒麟乍見　祝君此去飛黃騰踏日侍凝旒邃晃和羹調味早歸來坐看取蓬萊清淺

拾遺

柳梢青

晴雪樓臺試燈簾幕適是元宵羅綺嬌春帝城風景今夜應饒 爭知我繫如匏便佳月良天任教早閑柴門從他簫鼓細打輕敲

賀新郎

世諦人多錯阿誰將虛名微利放教輕著萬事莫非前定了選甚微如飲酌算徒徙詫龍韜豹略縱使龍頭安尺木更從教豹變生三角渾是夢恍如昨 吾廬自笑常虛廓對殘編磨穿枯硯生涯微薄負郭田園能有幾隨分安貧守約要不改簞瓢顏樂西掖北扉終須到且嘲風咏月常相謔更要甚萬金藥

東坡引 舊刻此首後有滿庭芳一首是山谷作今刪去

茅齋無客至冰硯凍寒泚南枝喜入新詩裏惱人頻嚼蕊惱人頻嚼蕊 因思去臘江頭醉倚動客興傷春意經年自嘆人如寄光陰如撚指光陰如撚指

杏花天

乍涼淅淅風生幕人獨在朱闌翠閣吹簫信杳爐香

薄眉上新愁又覺　從前事擬將拚卻夢不斷花梢
柳萼一杯睡起誰同酌斜日陰陰轉角

臨江仙

遠岫螺頭濕翠流霞赬尾疎明斷虹斜界雨新晴煙
村燈火晚江浦畫難成　我向其間泛葉終朝露渚
風汀老來心事最關情不堪三弄笛吹作斷腸聲

輥繡毬 和康伯可韻

流水奏鳴琴風月淨天無星斗翠嵐堆裏蒼巖深處
滿林霜膩暗香凍了那禁頻嗅　馬上再三回首因
記省去年時候十分全似那人風韻柔腰弄影冰腮
退做成清瘦

眼兒媚

南枝消息杳然間寂寞倚雕闌紫腰豔豔青腰裊裊
風月俱閑　佳人環珮玉闌珊作惡探花還玉纖撚
粟櫻脣呵粉愁點眉彎

菩薩蠻

日高猶戀珊瑚枕羞紅不忿花如錦雙燕運芹泥燕
歸人未歸　縱饒梳洗罷朱戶何曾跨寂寞小房櫳
回文和淚封

鷓鴣天

落魄東吳二十春風流詩句得清新今年卻恨花星照再見温卿與遠貞京口妓魁趙柔陳玉　分楚佩染巫雲赤繩結得短花茵若非京口初相識安得毘陵作故人

浪淘沙

綠樹轉鳴禽已是春深楊花庭院日陰陰簾外飛來雙語燕不寄歸音　舊事懶追尋空惹芳心天涯消息遠沈沈記得年時中酒後直至而今

謁金門

春睡足簾捲翠屏山曲芳草沿階橫地軸垂楊相映綠　暗憶舊歡難續又是禁煙傳燭陌上踏青新結束鞦韆誰共促

侍香金童

一種春光占斷東君惜算穠李昭華爭並得粉膩酥融嬌欲滴端的尊前舊曾相識　向夜闌酒醒霜濃寒又力但只與冰姿添夜色繡幕銀屏人寂寂只許劉郎暗傳消息

菩薩蠻

新晴庭戶春陰薄東風不度重簾幕第幾小蘭房雛鶯初弄黃　悄寒春未透不解尋花柳只恐漸春深

愁生求友心

清平樂

紫簫聲斷窗底春愁亂試著春衫羞自看窄似年時一半　一春長病厭厭新來愁病重添香冷倦熏金鴨日高不捲珠簾

好事近

齒頰帶餘香謦欬總成珠玉翦碎袖羅花片點金銑春綠　玉魚花露自清涼涓涓在郎腹猶勝望梅消渴對文君眉蹙

思越人向刻品令誤

好事客宮商內吟得風清月白主人幸有豪家意後堂熱有春色　花壓金翹俏相映酒滿玉纖無力你若待我些兒酒儘喫得得得

武陵春

落了丹楓殘了菊秋色苦無多誰喚西風泣淚羅吹恨入星河　碧枝頭上金粟鬧曾揷翠雲窩重揉檀英憶兩娥無奈冷香何

長卿自號仙源居士蓋南豐宗室也不栖志紛華獨安心風雅每遇花間鶯外輒觴詠自娛鄉貢進士劉澤集其樂府以春景夏景秋景冬景及總詞賀生辰補遺類編釐爲十卷雖未敢與南唐二主相伯仲方之徽宗則迥出雲霄矣湖南毛晉識

西樵語業

目錄

西樵語業目錄

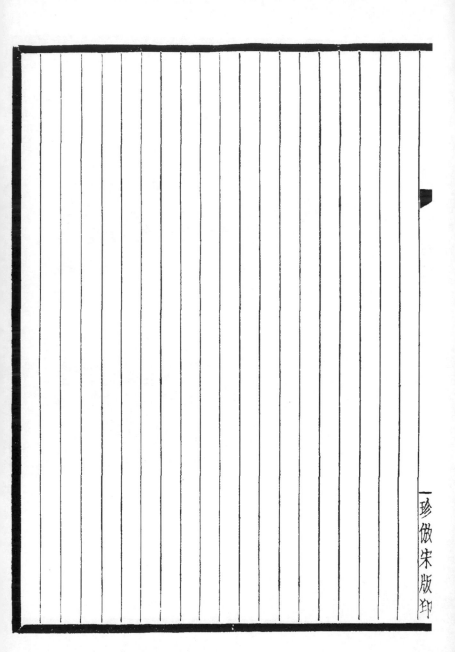

西樵語業

廬陵 楊炎正 濟翁

水調歌頭 登多景樓

寒眼亂空闊客意不勝秋強呼斗酒發興特上最高樓舒卷江山圖畫應答龍魚悲嘯不暇顧詩愁風露巧欺客分冷入衣裘　忽醒然成感慨望神州可憐報國無路空白一分頭都把平生意氣只做如今憔悴歲晚若爲謀此意仗江月分付與沙鷗

又 呈辛隆興

杖屨覓春色行徧大江西訪花問柳都自無語欲成蹊不道七州三疊今歲五風十雨全是太平時征轡晚乘月漁釣夜垂絲　詩書帥坐圍玉麈揮犀與方不淺領袖風月過花期只恐梅梢青子已露調羹消息金鼎待公歸回首滕王閣空對落霞飛

又 送張使君

父老一杯酒爭勸使君留可憐桃李千樹無語送歸舟聽得拈笙玉指都把萬家遺愛吹作許離愁倚醉袖紅溼生怕夕陽流　問君侯今幾日到東州還家時候次第梅已暗香浮只恐道間驛使先寄調羹消息歸去總無由鼎鉉功名了徐赴赤松遊

又呈趙總領

買得一航月醉臥出長安平隄千里過盡楊柳綠陰閒依約曉鶯啼處認得南徐風物客夢恍驚殘重到舊遊所如把畫圖看　英雄事千古意一凭闌惜今老矣無復健筆寫江山天上人閒知己賴有使星郎宿照映此塵寰準擬五湖去爲乞釣漁竿

又

把酒對斜日無語問西風胭脂何事都做顏色染芙蓉放眼暮江千頃中有離愁萬斛無處落征鴻天在闌干角人倚醉醒中　千萬里江南北浙西東吾生如寄尚想三徑菊花叢誰是中州豪傑借我五湖舟楫去作釣魚翁故國且回首此意莫匆匆

又

一笛起城角吹破小梅愁東風猶未誰遣春信到吾州聞得東來千騎鼓舞兒童竹馬和氣與空浮桃李未陰處準擬種千頭　今太守宋人物晉風流政成談笑不妨高興在南樓只恐蓬萊仙伯合侍玉皇香案難作寇恂留約住紫泥認憑軾且優游

又

踏碎九街月乘醉出京華半生湖海誰念今日老還

家獨把瓦盆盛酒自與漁樵分席說尹政聲佳竹馬望塵去倦客亦隨車　聽熏風清曉角韻梅花人家十萬說盡炎熱與咨嗟只恐棠陰未滿已有楓宸趣召歸路不容遮回首江邊柳空著舊棲鴉

滿江紅

春入臺門又見染柳絲新綠對此景一年爲壽一番添福莫怪鳳池頒詔晚要教淮水恩波足聽邊民千歲頌聲中重重祝　堂萱茂庭芝馥歌倚扇杯持玉共勸君一醉滿斟醽醁今夜東風吹酒醒明朝萬里騎黃鵠向九霞光裏望宸輝看除目

又

筆染相思暗題盡朱門白壁動離思春生遠岸煙鎖殘日楊柳結成羅帶恨海棠染就胭脂色想深情幽怨繡屏間雙鸂鶒　春水綠春山碧花有恨酒無力對一奩愁思九分孤寂寸寸錦腸渾欲斷盈盈玉淚應偷滴倩東風吹雁過江南傳消息

又壽稼軒

壽酒如澠拚一醉勸君休惜君不記濟河津畔當年今夕萬丈文章光焰裏一星飛墮從南極便御風乘興入京華班鵷棘　君不是長庚白又不是嚴陵客

只應是明主夢中良弼好把袖間經濟手如今去補天西北等瑤池侍宴夜歸時騎箕翼

又

典盡春衣也應是京華倦客都不記麴塵香霧西湖南陌兒女別時和淚拜牽衣曾問歸時節到歸來稚子已成陰空頭白　功名事雲霄隔英雄伴東南拆對雞豚社酒依然鄉國三徑不成陶令隱一區未有揚雄宅問漁樵學作老生涯從今日

瑞鶴仙 元夕為王使君賦

風光開舊眼正梅雪初消柳絲新染樓臺競裝點照金荷十里珠簾齊捲湘絃楚管動香風旌旗影轉望雲間一點台星飛下洞天清晚　爭看袖紅圍坐舞翠回春笑歌生暖歡聲正遠嬉遊意未容懶恐絲綸趣召清都仙伯歸去朝天夜半倩那人挽取鼇頭醉扶玉腕

賀新郎

十日狂風雨掃園林紅香萬點送春歸去獨有荼蘼開未到留得一分春住早楊柳趁晴飛絮可奈暖埃欺晝永試薄羅衫子輕如霧驚舊恨到眉宇　東風臺榭知何處問燕鶯如今尚有春光幾許可殺一年

遊賞倦放得無情露醑爲喚取扇歌裙舞乞得風光還兩眼待爲君滿把金杯舉扶醉玉伴揮麈

又 寄辛潭州

夢裏驂鸞馭望蓬萊不遠翩然被風吹去吹到楚樓煙月上不記人間何處但疑是蓬壺別所縹緲霓裳天女隊奉一仙滿把流霞舉如喚我醉中舞 醉醒夢覺知何許問瀟湘今日誰與主盟尊俎無限青春難老意擬倩管絃寄與待新築沙隄穩步萬里雲霄都歷徧卻依前流水桃源路留此筆爲君賦

念奴嬌

漢天雲靜望一星飛過湘南湘北當是郴山猿鶴夢喚起日邊消息羽扇綸巾浩然乘興此意無人識扁舟千里但聞清夜橫笛 記得天上人間去年今日曾作稱觴客明月風煙依舊似只覺蓬萊懸隔更恐明朝詔黃飛下趣駕沖霄翼袞衣劍履望公長在南極

又

杏花楊柳對東風染盡一年春色彈壓煙光三萬頃誰識清都仙伯夜泛銀潢手移星緯飛墮從天闕御風乘興偶然身到鄉國 二年人樂昇平舞臺歌榭

處處紅牙拍壽酒千觴斟不盡一醉何妨今夕更約明年鳳凰池上去作稱觴客梅花折得贈君調鼎消息

洞仙歌

芙蓉開了春未江梅透小小東風弄晴晝把萬家和氣吹入笙歌爐熏裏都與慈闈做壽　黃堂今日貴自著萊衣捧勸金船十分酒願從今江海上日日韶華桃李徑總爲人間種就但看取天邊老人星有一點台星共光南斗

又壽稼軒

帶湖佳處髣髴真蓬島曾對金尊伴芳草見桃花流水別是春風笙歌裏誰信東君會老　功名都莫問總是神仙買斷風光鎮長好但如今經國手袖裏偷閑天不管怎得關河事了待貌取精神上淩煙卻旋買扁舟歸來聞早

鵲橋仙

思歸時節乍寒天氣總是離人愁緒夜來無奈被西風更吹做一簾秋雨　征衫拂淚闌干倚醉羞對黃花無語寄書除是雁來時又只恐書成雁去

又壽稼軒

築成臺榭種成花柳更又教成歌舞不知誰爲帶湖仙收拾盡壺天風露　閑中得味酒中得趣只恐天還也妬青山縱買萬千重遮不斷詔書來路

蝶戀花　別范南伯

離恨做成春夜雨添得春江刬地東流去弱柳繫船都不住爲君愁絕聽鳴艣　君到南徐芳草渡想得尋春依舊當年路後夜獨憐回首處亂山遮隔無重數

又　稼軒坐間作首句用邱六書中語

點檢笙歌多釀酒不放東風獨自迷楊柳院院翠陰停永晝曲闌隨處堪垂手　昨日解酲今夕又消得情懷長被春僝僽門外馬嘶人去後亂紅不管花消瘦

又

萬點飛花愁似雨峭殺輕寒不會留春住滿地亂紅風掃聚只教燕子啣將去　獨倚闌干閑自覷深院無人行到無情處簾外絲絲楊柳舞又還裝點人情緒

千秋歲　代人爲壽

五雲縹緲朝退金門曉歸未穩傳宣到龍樓陪夕宴

鳳沼吟春草人間世誰知自有蓬萊島　一杯宜勸
了換得天顏笑人不老春長好從今千百歲總是中
書考瑤池會金盤剩薦安期棗

玉人歌

風西起又老盡籬花寒輕香細漫題紅葉句裏意誰
會長天不恨江南遠苦恨無書寄最相思盤橘千枚
膾鱸十尾　鴻雁阻歸計算愁滿離腸十分豈止倦
倚闌干顧影在天際淩煙圖畫青山約總是浮生事
判從今買取朝醒夕醉

點絳脣

邂逅開尊眼中有個人纖軟袖羅輕轉玉腕回春暖
韻處無多只惱人腸斷詞將半近前相勸撲撲清
香滿

又送別洪才之

水載離懷暮帆吹月寒欺酒楚梅春透忍放持杯手
莫唱陽關免溼盈盈袖君行後那人消瘦不惱詩
腸否

秦樓月

東風寂垂楊舞困春無力春無力落紅不管杏花狼
籍　斷腸芳草萋萋碧新來怪底相思極相思極冷

煙池館又將寒食

浣溪沙

楊柳籠煙裊嫩黃桃花蘸水染紅香薄羅衫子日初長　飲盡東風三百盞醉來愁斷幾回腸教人獨自遣風光

又

三徑閑情傲落霞五湖高興不浮家自斟北斗浸丹砂　閑把胸中千澗壑揖成醉處一生涯雪樓風月篆崗花

桃源憶故人

尊前未語眉先皺只把橫波斜溜此意問春知否蝶困蜂兒瘦　瞇䁯呷丁些來酒越會把人僝僽有箇約伊時候夢裏來相就

踏莎行

宿鷺棲身飛鴻點淚不堪更是重陽到一襟無處著淒涼倚闌看盡斜陽倒　瘦減難豐悲傷易老淡觴消得黃花笑畫眉人去玉篦存濃愁如黛憑誰掃

減字木蘭花

月明如晝占斷小樓供把酒入眼人人如月精神更有情　大家休睡留到天明和月醉生怕醒來月到

波心憶酒媒

生查子

金蓮照夜紅玉腕扶春碧曲妙過雲行人好欺花色
歡生酒面濃笑染爐香溼飲盡十玻璃月墮東方
白

柳梢青

生紫衫兒影金領子著得偏宜步穩金蓮香熏紈扇
舞轉花枝捧杯更著瞇膎唱一箇新行耍詞玉骨
冰肌好天良夜怎不憐伊

相見歡

江湖萬里征鴻再相逢多少風煙都在笑談中　歌
裙醉羅巾淚別愁濃瘦減腰圍不礙帶金重

訴衷情

露珠點點欲團霜分冷與紗窗錦書不到腸斷煙水
隔茫茫　征燕盡塞鴻翔睇風檣闌干曲處又是一
番倚盡斜陽

西樵語業

楊濟翁廬陵人也西樵乃清海府城西山名相去數百里或曰曾流寓於此因以名集今亦無傳但其語業一卷俊逸可喜不作妖豔情態雖非詞家能品其品之閒閒可想見云湖南毛晉識

西元二〇二二年一月一日重製一版

宋六十名家詞　冊二（明毛晉輯）

平裝四冊基本定價參仟元正
（郵運匯費另加）

發行人　張敏君
發行處　中華書局
臺北市內湖區舊宗路二段一八一巷
八號五樓（5FL., No. 8, Lane 181,
JIOU-TZUNG Rd., Sec 2, NEI HU,
TAIPEI, 11494, TAIWAN）
客服電話：886-8797-8396
公司傳真：886-8797-8909
匯款帳戶：華南商業銀行西湖分行
179100026931
印刷：維中科技有限公司
海瑞印刷品有限公司

No. N3054-2

國家圖書館出版品預行編目(CIP)資料

宋六十名家詞/(明)毛晉輯. -- 重製一版. -- 臺北市 : 中華書局, 2022.01

冊； 公分

ISBN 978-986-5512-75-0(全套 : 平裝)

833.5 110021469